The Girl

The Girl 1

꺼미^-^ N세대 연애 소설

초판 1쇄 찍은 날 § 2003년 9월 19일
초판 1쇄 펴낸 날 § 2003년 9월 29일

지은이 § 꺼미^-^
펴낸이 § 서경석

편집장 § 문혜영
편집책임 § 이종민
마케팅 § 정필 · 강양원 · 이선구 · 김규진 · 홍현경

펴낸곳 § 도서출판 청어람
등록번호 § 제1081-1-89호
등록일자 § 1999. 5. 31
어람번호 § 제4-0024호

주소 § 경기도 부천시 원미구 심곡1동 350-1 남성B/D 3F (우) 420-011
전화 § 032-656-4452 팩스 § 032-656-4453
http://www.chungeoram.com
E-mail § eoram99@chollian.net

ⓒ 꺼미^-^, 2003

값 9,000원

ISBN 89-5505-833-0 (SET)
ISBN 89-5505-834-9 04810

꺼미^-^ N세대 연애 소설

The Girl 1

도서출판
청어람

The girl

1

『The Girl』 is···

부담을 안고 시작한 글입니다. 그래서인지 그 부담의 크기만큼이나 애착이 가고, 글자 하나하나 소중한 글이에요.

처음 이 글을 시작했을 땐 바보 같은 조바심에 겁부터 났고, 한창 글을 써내려 갈 땐 '조금만 더'라는 욕심이 늘어가는 편수만큼 불어났습니다. 그리고 글의 마지막엔 모든 작가 분들이 그렇듯 커다란 아쉬움만 덩그러니 남네요.

제 욕심으로는 『The Girl』에는 참 많은 것을 담고 싶었습니다. 그런데 제가 생각하고 의도했던 것의 반밖에 담지 못한 것 같아 무척 아쉬워요.

하하··· 언젠가 더 특별하고, 더 예쁜 사랑 이야기를 쓸 날이 오겠죠?

그때에도 모두 함께이길 기도합니다.

Thank to···

사랑하는 엄마, 아빠, 외할머니, 삼촌, 이 작가님 하며 응원해 준 언니들(유진,미진,유미,유현,윤정), 멋쟁이 형부, 곁에서 늘 힘이 되어준 내 친구 정연이, 애현이, 인경이, 희란이, 윤정이, 채윤이, 항상 내가 자랑스럽다고 말해 준 친구 양승희, 꺼네스 카페 너무나 예쁘게 이끌어주고 있는 우리 한나, 이안이, 유키하나, 늘별이, 늘 바쁜데도 카페와 날 위해 애써주는 춤의 달인 시체 운영이, 방학 때 꿀 따러 가서 소식 끊긴 바바 은주, 요즘 인기 가도를 달리고 있는 질투의 화신 윤희 언니(언니, 사랑해. ㅋㅋㅋ), 청어람과 좋은 인연 만들어준 다죽자 현주, 요즘 고생이 많은 플러스 혜영이, 배드 보이즈 때부터 더걸까지 한결같이 힘이 되어주신 누군가님, 부족함이 많음에도 불구하고 날 너무나 좋아해 주는 귀여운 여름이, 은지, 민지, 뽕짝이, 꺼네스를 가득 채워주시고 계신 모든 회원 분들 너무나 고맙고 감사합니다.

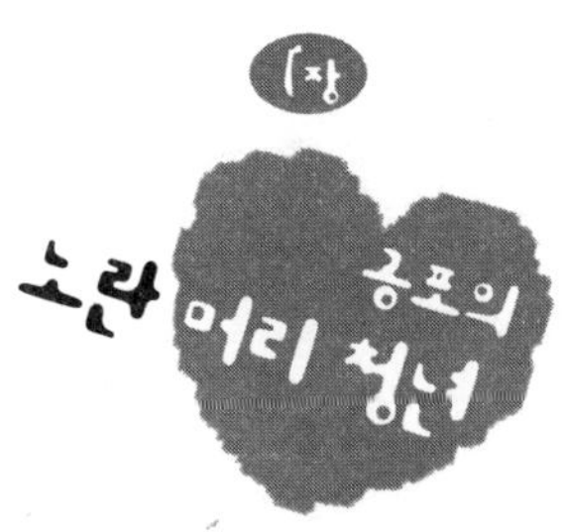
1장
노란 머리 공포의 청년

공포의 노란 머리 청년

"꼬불이, 꼬불꼬불 꼬불이! 산 너머 바다 건너엔 무슨 세상이 있을까!! 꼬불이와 함께 신세계로 떠나보자! 환상의 바다를 건너자!"

"……."

"강 건너엔 무슨 일이 일어날까! 꼬불이와 함께 여행을 떠나보자!! 핑크 빛 바다를 건너 아름답게 펼쳐 오는 은하수를 따라가자!!"

"이파노, 뛰지 마. T_T"

내 침대 위에서 힘차게 뛰어대며 서슴없이 내 몸을 짓밟아대고 있는 저 귀여운 꼬맹이는 너무나 사랑스런, 그래서 확 던져 버리고 싶게끔 충동질해 대는 나의 동생 ^-^ 바로 이파노(군)이시다.

"파노야, T_T 그만. 그만 해."

"꼬불이의 칼을 받아랏!!"

"아악—!!"

꼬불이 노래를 부르며 내 몸을 신나게 짓밟던 파노는 은근히 위협적인 장난감 칼로 침대에 엎어져 있던 내게 초강력 똥침을 놔주고는 자기 방으로 사라져 버렸다.

"이, 이파노!! 아프잖아."

"……."

"도, 동생은 누나한테 그러면 안 되는 거야."

당해본 자만이 아는 장난감 칼의 똥침 위력은 상상 외로 너무나 강력하다. 먼 옛날 파노가 3살 되던 해, 엄마가 파노에게 남자답게 자라줄 것을 요구하며 파노 손에 쥐어주었던 장난감 칼. T_T 난 그 칼이 날 이렇게 괴롭힐 것이라곤 생각지도 못했다. 엄마의 소망이자 꿈나무인 파노는 그렇게 누나인 날 짓밟고 괴롭히며 엄마의 바람대로 남자답게 자라나고 있었다.

아무튼 오늘도 파노 덕분에 달콤한 잠에서 깼다. 이제 슬슬 씻고 학교에 가볼까? 고개를 돌려 벽에 대롱대롱 매달린 시계를 보니 벌써 7시 50분이다. 후우, 오늘도 아침밥은 못 먹겠구나. 난 후닥닥 침대에서 빠져나와 부비적부비적 눈가에 낀 눈곱을 떼어내며 금쪽 같은 시간을 아끼기 위해 화장실로 내달렸다. 하. 그런데 거실을 가로질러 화장실로 내달리던 발밑으로 둥글둥글한 물체가 서너 개 밟혀온다. 맙소사!! 구, 구슬의 덫이구나. T_T 파노의 주특기인 [구슬의 덫]임을 깨닫고 멈추려 했을 땐, 이미 너무나 늦은 상태였다. 그리하여 결국 난 중심을 잃었고, 그대로 바닥에 나자빠져 버렸다.

"아! 이파노, 누나 아프잖아."

"푸하하하. 지각 대마왕! 멍텅구리!!"

빼꼼히 열린 문 틈 사이로 고개만 쏘옥 내민 채, 날 보고 있던 파노는 한참을 웃어 젖히다 참으로 귀여운 멘트를 날리고는 또다시 자기 방으로 쏙 들어가 버렸다. 귀여운 우리 파노. 아무리 그래도!! 그래도 넌 영원히 나의 사랑스런 동생이야. T_T

난 바닥에 있던 수십 개의 구슬을 거실 구석 한쪽으로 쓰윽— 밀어 버리고는 재빨리 회장실로 들어가 씻기 시삭했다. 그렇게 초스피드로 씻고 거실로 나오자 파노가 티비 앞에서 트니트니 체조를 하고 있다. 우리 파노 정말 기특하구나. 이젠 그 어려운 트니트니 체조도 혼자서 너무 잘하네!! 정말이지 눈물이 앞을 가리는 순간이었다.

"누나, 학교 안 갈 거냐!!"

뒤도 돌아보지 않은 채 커다란 목소리로 뚱하게 쏴대는 파노. 아마도 똘똘한 나의 동생 파노는 뒤에도 눈이 달린 모양이다. 조금 더 구경하고 싶은데 틈을 안 주네. T_T

"응응. 누나 이제 옷 입구 갈 거야."

"내가 누나 때문에 놀이터에서 고개를 들고 다닐 수가 없어. 알아?!"

"파, 파노야, 그게 무슨 말이니? T_T"

"소라반 애들이 누나 맨날 지각하는 거 보고 지각 대마왕에 게으름뱅이라고 자꾸만 놀린단 말이야. 씨. 창피해 죽겠어!!"

이런이런, 소라반 아이들이 그랬구나. 우리 파노를 놀렸구나. T_T

"사랑스런 파노야."

"부르지 마, 이 멍텅구리야!!"

"누나가 정말 미안해. 미안."

놀림당했을 파노의 난처함을 나름대로 헤아리며 슬그머니 다가가 파노를 살포시 안고, 부끄러운 누나의 행실을 사과하자니 쌀쌀맞은 파노 녀석, 날 가열차게 밀어내며 말한다.

"씨. 저리 비켜!!"

"파노야. T_T"

"비키라니까!! 나 체조해야 돼!!"

아침 8시 10분.

고등학생 등교 시간으로는 꽤 부적절한 시간. 난 준비를 마치고 집을 나서기 시작했다.

"파노야, 유치원 잘 갔다 와. 알겠지?"

"……."

"누나 먼저 간다~"

물론 매정한 파노는 대답조차 해주지 않았다. 여튼 난 부산하게 발걸음을 움직이며 네모난 엘리베이터에 몸을 실었다. 두 눈을 번뜩이며 날 죽이려 들지 모를 학주와 학주의 권세를 등에 업은 선도부 아이들을 생각하니 오늘은 학교 뒷담장을 넘는 게 좋을 것 같다는 생각이 스치고 지나간다.

타다다다닥―

타다다다—

"잠깐만!! 야야!!"

엘리베이터 문이 닫히려는 순간 들려오는 우렁찬 목소리. 누군가 요란하게 달려오며 잠깐만이라 외친 거 같은데. 난 [닫힘] 버튼을 마구 누르며 엘리베이터 문이 스피드하게 닫히도록 도와주었다. 버튼 하나만 누르면 꾹꾹 잘도 닫혀주는 기특한 엘리베이터 안에서 오늘도 난 열심히 거울을 보며 빗질을 하기 시작한다. 빨리 내려가라, 빨리. +_+)

7. 6. 5. 4. 3. 2. 1.

띵—

1층에 도착하기가 무섭게 스르륵 열리는 엘리베이터 문. 그리고 문이 열림과 동시에 눈앞에 모습을 드러내는 이름 모를 한 청년. 그 청년은 아무 이유 없이 날 보자마자 마치 죽일 듯 무섭게 노려보고 있었다. 바라보기만 해도 무서운 청년. 난 그런 그 청년의 싸늘한 기세에 눌려 엘리베이터에서 내리지 못한 채 이러지도 저러지도 못하고 어물쩡대며 서 있자니 청년이 거친 숨을 몰아쉬며 내게 말한다.

"하아… 야, 너 죽고 싶냐!!"

"네에?"

"내려. 빨리 내려라. 어?"

"왜, 왜요?"

"일단 내리라고."

"왜 그러세요. ㅜ_ㅜ"

"아, 씝. 안 내리냐?!"

"내, 내리고 싶지 않아요."

그러나 나의 말을 무시한 채, 엘리베이터 밖으로 내 몸을 억지로 끌어내는 거친 손길. 그 거친 손길의 소유자는 커다란 키에 노란 머리, 보기 좋게 그을린 피부, 그리고 매서운 눈매, 거기다 성깔있어 보이는 강한 인상을 한껏 풍기고 있었다.

"저, 저기 저한테 왜 이러세요. ㅜ_ㅜ"

너무나 위험스러워 보이는 노란 머리 청년의 괴력에 놀라 발가락 끝까지 힘을 주고 버텨 서서는 난 최대한 조심스럽게 물었다. 그러나 노란 머리 청년은 나의 질문이 썩 맘에 들지 않았는지 이따시만하게 커다란 눈을 일순간 무섭게 번뜩이더니 결국에는 날 엘리베이터 밖으로 끌어내고야 말았다. 그리고 그때서야 만족한 표정으로 건들건들 말을 내뱉는 노란 머리의 청년.

"죽을래?!"

"ㅜ_ㅜ"

"아침부터 너 때문에 뜀박질 엄청 했다."

하아, 무슨 말일까. 나 때문에 아침부터 뜀박질을 하게 됐노라 떠들어대는 노란 머리 청년의 저 뜬금없는 말은 도대체 무슨 뜻인 거지.

"저기… 저는 무슨 말씀인지 잘 모르겠는데. ㅜOㅜ"

"아, 말귀 더럽게 못 알아듣네!!"

“죄, 죄송해요.”

“아까 분명 내가 잠깐만이라고 그랬지?!”

“ㅜ_ㅜ”

“근데 왜 멋대로 엘리베이터 문 닫아. 어?!”

“아, 아, 무슨 말씀인지 이제야 알겠군요.”

“더불어 사는 세상에서 그 따위로 행동하면 될까, 안 될까?”

“죄송해요. ㅜ_ㅜ”

“후. 야, 죄송하다면 다야?”

“정말정말 죄송합니다.”

“너 때문에 7층에서부터 미친 듯 뛰어내려 왔어!!”

“서, 설마 절 잡으려고 그러신 건 아니죠?”

“훗. 맞는데. 너 잡으려고 미친 듯 뛴 건데. ^-^”

살기있는 말을 내뱉으면서도 거침없이 얼굴에 미소를 다는 노란 머리 청년은 그야말로 살아 있는 공포 그 자체였다. 정말이지 내가 커다란 실수를 했구나.

“미안합니다. 정말정말 미안합니다.”

“그래?”

“네, 지각해서 마음이 급한 나머지 제 손이 멋대로 그런 짓을 저질렀어요.”

“훗.”

“다시는 이런 일 없도록 할게요. 부디 노여움 푸세요. ㅜ0ㅜ”

연신 고개를 꾸벅이며 죄송하다고 외쳐 대자 노란 머리 청년의 구겨졌던 얼굴이 아주 미비하지만 조금씩 펴져 가고 있음을 알 수 있었다.

"앞으로 조심해라."

"네네."

"세상 그 따위로 살면 안 된다. 알겠지? ^-^"

"네, 똑바로 살게요."

"몇 학년 몇 반, 이름 뭐야?"

"아, 2학년 3반 25번 이파인이요."

"이파인? 하하, 너 이름은 또 왜 그 따위야."

"저도 모르겠어요. T_T"

"너 참 여러 가지 거슬린다."

"T_T"

"따라와."

불현듯 손가락을 까딱이며 따라오라고 말하는 청년. 따, 따라오라니? 난 노란 머리 청년의 한마디에 곧바로 그 자리에 얼어붙고 말았다. 그 말이 상당히 의미심장했기 때문이다. 따라오라는 말속에는 참으로 수많은 뜻이 꽁꽁 숨겨질 수 있는데, 성깔있어 보이는 노란 머리 청년이 내뱉은 말인지라 결코 좋은 뜻을 숨기고 있지는 않을 듯싶었다. 그러므로 따라오라는 한마디에 알지 못하는 사람을, 특히나 인상이 좋지 못한, 딱 노란 머리 청년 같은 스타일의 사람을 냉큼 따라나선다는 것은 절대 옳지 못한 초이스일 것이다.

그렇게 난 단 몇 초 만에 꽤나 많은 생각을 한 후, 노란 머리 청년의 표정을 유심히 살피기 시작했다. 역시나 너무 위험해 보이는 사람이다.

"야, 따라오라고."

꾸물대며 안절부절못하고 서 있자 몇 발자국 걸어나가던 노란 머리 청년이 인상을 찌푸리며, 꽤 신경질적인 목소리로 말한다. 그 모습이, 그 신경질적인 반응이 어찌나 무섭던지 난 노란 머리 청년의 뒤를 냉큼 따라나서고야 말았다. 그래, 설마 이렇게 밝은 아침에 무슨 일이 생기겠어? 하하하. 새, 생길지도 몰라. T_T

"저, 저기 어디 가는 건데요?"

"……."

"귀찮으셔도 대답 좀 해주시면 안 되나요?"

애처로운 나의 물음에 노란 머리 청년이 건들대며 걸어가던 걸음을 멈추었다. 그리고는 날 너무나 빤히 쳐다본다. 무섭다. 그리고 그 시선에 발맞춰 노란 머리 청년의 강렬한 눈빛을 마주하자니 뒷목이 뻐근한 게 살포시 당겨온다. 아. 키가 참으로 기다란 사람이구나.

"뭐?"

"어디 가는 건지 궁금해서요."

"훗. 우리가 지금 어딜 갈 거 같냐?"

"잘은 모르겠지만 저는 사실 참으로 가난한 집 소녀랍니다."

"뭐래. 야, 너 지금 뭐라는 거냐."

"그러니까 제 말은 도, 돈이 없다는 말이에요. T_T"

"하. 너 말 참 웃기게 한다."

“네에?”

“웃긴다고. 니가 지금 웃기게 말하고 있잖아.”

“제, 제가 그랬나요.”

“어, 니가 지금 날 기집애 뻥이나 뜯고 다니는 동네 양아치로 몰고 있잖아.”

“그게 아니라…….”

“재미없는데 진짜 웃겨. 웃긴다, 아주?”

사실 동네 양아치라고까지는 생각하지 않았지만, 노란 머리 청년은 마치 내 마음속을 훤히 꿰뚫고 있는 것처럼 말했다. 왠지 모르게 청년의 그런 모습이 꽤나 신통방통해 뵈는 것이 무섭기까지 하다. 역시 난 잘못 걸린 거야. T_T

“후우. 그 표정은 뭔데.”

“T_T”

“너 이리 와봐.”

“저기… 잠시만요!!”

“뭐야.”

“그러니까 제 말은… 저기… 저, 저쪽에…….”

“저쪽에 뭐.”

“부, 불이 났어요!! 꺄악!! 불이야, 불이야—!!”

“어디!!”

“저, 저쪽이요, 저쪽—!!”

온몸으로 느껴지는 섬뜩한 위기. 난 그 위기를 모면하기 위해 아주 능숙하게 거짓말을 했고, 다른 생각을 할 겨를도 없이 무작정 뒤돌아 달리기 시작했다.

다다다다다다닥—!!

다다다다다다닥—!!

달리자, 달려!! 절대로 잡혀선 안 돼. 잡혔다간 분명 어제 받은 용돈까지 모두 뺏기고 말 거야. 그럼 한동안 옥수수 빵도 사먹을 수 없잖아. 그럴 순 없어. T_T 정말이지 여간 급박한 게 아니었다. 노란 머리 청년이 당장이라도 긴 다리를 이용해 날 덥석 붙잡아 버릴 것만 같았기 때문이다. 등줄기를 타고 식은땀이 주트륵— 흘러내린다. 실마 여기까지 쫓아오는 건 아니겠지? 그러나 쫓아오고 있을지 모른다는 오싹한 공포감과 함께 불안감이 밀려들고, 그 생각이 머리 속에 미치자 고개는 자연스럽게 뒤로 돌아갔다. 그러나 걱정과 달리 날 쫓아오는 노란 머리 청년은 없었다. 다만 아까 그 자리에 벙찐 표정으로 서 있는 청년이 눈에 박혀왔다.

휴휴, 살았구나. 이제 난 산 거야!! 가쁜 숨이 목까지 차 오르고 다리가 후들후들 떨려올 때쯤 난 그때서야 안심을 하고, 제자리에 멈춰섰다. 역시나 뒤엔 아무도 없다. 히힛. 안전히 도망쳤구나. 정말 다행이야. 앞으로 노란 머리 청년과 마주치지 않도록 조심, 또 조심해야지!!

근데 도대체 얼마나 뛰어온 걸까. 이, 이곳은 도대체 어디야, 어디지? 누가 좀 가르쳐 주세요. 이곳은 어디죠? 이곳은 어디란 말입니까? T_T

  너무나 당황스러웠다. 이곳이 어딘지 도무지 알 수 없었기 때문이다. 그렇다, 난 길을 잃은 것이었다. 이 골목, 저 골목 뒤죽박죽으로 달리지만 않았어도 되돌아가련만. 그러기엔 난 너무 엉망진창으로 달렸고, 후회하기엔 이미 늦은 상태였다. 맙소사, 정말 큰일 났다.

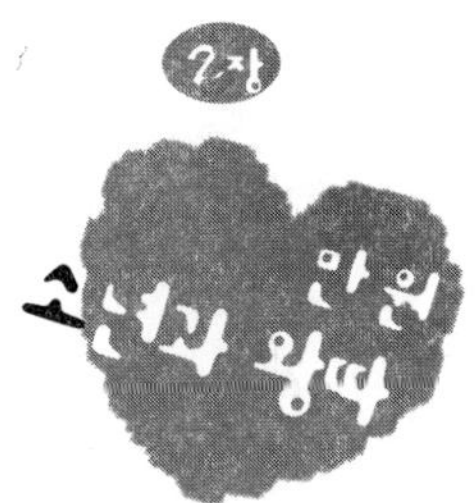
2장
순례자 마을

만 원 소년과 왕따

난 우선 주위를 두리번거리며 이곳이 어디쯤인지 알 수 있는 단서를 찾기 시작했다. 뭐 단서를 찾는다고 해서 딱히 길을 알 수 있는 것은 아니다. 사실 난 손바닥만한 우리 동네조차도 헤매고 다니는 엄청난 길치이기 때문이다. T_T 그렇게 난 텅 빈 골목에 서서 한참을 두리번거리다 느낌이 강하게 오는 방향으로 무작정 걷기 시작했다. '걷다 보면 알아보기 쉬운 커다란 건물이 나오겠지' 하는 생각으로.

그러나 꼬불꼬불 잔뜩 꼬인 미로 같은 이곳을 벗어나기란 생각만큼 어려운 일이었다. 하, 어찌 된 게 가도 가도 끝이 없구나. 갈수록 더 더욱 아리송해져만 가는 터무니없이 썰렁한 골목길. 그런데 바로 그때,

빵!! 빵-빵-빵!!

텅 빈 골목길을 가득 메우는 요란한 소리와 함께 심플한 택시 한 대가 눈에 들어왔다.

"이봐, 학생 좀 비켜봐. -_-"

피로에 찌든 듯 운전석에 앉아 비키라 말하는 택시 기사 아저씨가 순간 얼마나 얼마나 반가웠는지 모른다. 아저씨, 정말 반가워요!!

"아저씨. T_T"

하마터면 구세주처럼 느껴지는 택시 기사 아저씨 앞에서 눈물을 흘릴 뻔했다. 그만큼 아저씨가 반갑고, 반가웠다. 아, 이제 학교에 갈 수 있겠구나. 난 아저씨가 떠날세라 재빨리 택시 위에 올라타곤 커다랗게 외쳤다.

"문일 고등학교 후문이요!!"

내 말이 떨어지기가 무섭게 피곤에 찌들어 보였던 아저씨는 엄청난 속력을 내기 시작했고, 아슬아슬한 골목길을 여유있게 빠져나가는 대단한 곡예 운전 기술을 과시하셨다.

"우아아. 아, 아저씨, 스피드 광이시군요."

천장에 붙어 있는 안전 손잡이를 꾸욱 잡은 채, 새하얗게 질려선 아저씨의 광적인 스피드에 대해 상기시켜 드리자니 아저씨의 얼굴에 광기 어린 미소가 서서히 번져 나간다.

"후후, 내가 말이지. 이래 봬도 말이야."

"네. T_T"

"사고 경험 한 번 없는 무사고 경력의 총알택시 운전기사라구."

꽤나 자랑스럽다는 듯 말하는 아저씨. 그러나 이런 식으로 운전을 하면서 사고 한 번 낸 적 없다는 것은 철저한 거짓말이거나, 신이 내린 기적일 것이다. ㅜ_ㅜ 하여튼 난 생전 처음 타보는 총알택시의 스피드감에 흠뻑 젖어선 학교까지 어떻게 온 건지 기억이 가물거릴 정도였다.

"이봐, 학생 다 왔어~"

"아."

"돈 내고 얼른 내리라구. 나도 바쁜 사람이야."

"네네. 얼마예요?"

"여기 써 있잖아. 1,900원. -_-"

"아저씨, 잠깐만요, 지갑 좀 꺼내구요."

그렇게 택시비를 지불하기 위해 지갑을 꺼내려고 가방을 더듬거리는 나. 그러나 가방을 열려는 바로 그 찰나, 어이없게도 가방의 옆 지퍼가 활짝 열려 있는 게 눈에 들어왔다. 아, 서, 설마 아니겠지. 아닐 거야. 아니야. ㅜ_ㅜ 그러나 열려진 가방 안에는 들어 있던 지갑이며, 필통 심지어 몰래 숨겨두었던 빵까지도 온데간데없이 자취를 감춘 최악의 상황이었다. 어디로 간 거지? 하, 모두들 어디로 가출을 했담. ㅜ_ㅜ 그러나 비어 있는 가방을 끊임없이 뒤적여 봐도 감쪽같이 사라진 것들이 다시 나올 턱은 없었다.

"저기, 아저씨."

"왜?"

"지갑이 없어진 거 같아요."

“뭐? 학생, 지금 그걸 말이라고 하는 거야?!”

“정말이에요. ㅜ_ㅜ”

“돈이 없으면 택시를 타지 말아야지. 이런 무경우가 어딨어?!”

“죄송해요. 분명 아까까지 있었는데.”

“그런 말은 필요 없고. 학생!! 돈을 내라구, 돈을!!”

“정말 죄송해요. 제가 연락처 주시면 있다가 갖다 드릴게요.”

“학생, 그런 뻔한 거짓말이 통할 거 같아?”

“지, 진짜예요.”

“내가 어디 학생 같은 사람을 한두 번 보는 줄 아냐구!”

“정말 일부러 그런 게 아니랍니다.”

“후, 이거 정말 말이 안 통하는 학생이구만!”

“아저씨, 그럼 친구들한테 전화 좀 해볼게요. ㅜ_ㅜ”

참으로 난감한 상황이었다. 생각나는 것이라고는 친구들의 얼굴뿐. 정말 어쩌면 좋다지. 난 급한 대로 핸드폰을 꺼내 친구들에게 전화를 걸었지만, 결과는 한마디로 처참했다. 보충수업 시간인지라 전화를 받는 아이들이 단 한 명도 없었기 때문이다.

“아저씨, 정말 죄송해요.”

“미치겠구만!”

“친구들이 전화를 안 받는데 어쩌죠. ㅜ_ㅜ”

“그걸 나한테 물으면 어째?! 빨리 돈을 내라구!”

그렇게 뚜렷한 해결책이 서질 않자 아저씨의 다그침은 점점 극에 달해갔고, 난 쩔쩔매며 있을 수밖에 없었다. 바보같이 가방이 열린지도 모르고 미친 듯이 뛰기만 했다니, 난 정말 바보야. 어쩐지 뛸수록 가방이 가벼워진다 싶었는데 이런 날벼락이 떨어질 줄이야. 바보바보. 이파인, 바보 멍청이!! TOT

"교복 입고 학교 다니는 학생이 이래서 되겠어?!"

"T_T"

"돈이 없으면, 타지를 말아야지. 안 그래, 학생?!"

"T_T"

"아침부터 남의 장사 공칠 생각이 아니면 이게 뭐냐구!!"

"죄송해요."

"그런 말을 듣자는 게 아니잖아."

"전화번호라도 적어주시면 제가 돈 꼭 갖다 드릴게요. 네?"

"내가 처음 보는 학생 말을 어떻게 믿겠어?"

"그래도."

"막말로 학생이야 거짓말하고 도망가면 끝 아니야!"

"절대 그런 짓 하지 않아요. T_T"

"잔소리 말고 경찰서에 가자고! 빨리 따라 나와!"

"아, 아저씨! T_T"

"학생 같은 사람들 때문에 세상이 야박해지는 거야!!"

"죄송해요. 제가 잘못했어요, 아저씨."

그러나 매정한 아저씨는 날 택시에서 끌어내더니만 경찰서로 가자며 마구잡이로 팔을 잡아끌기 시작했다.

"경찰서에 가서 얘기해! 어디 가서 얘기해 보자구!"

"아저씨, 잠깐만요!!"

"뭐가 또 잠깐만이야?! 엉?"

"저, 저기 저 학생한테 돈 빌려서 드릴게요."

때마침 멀찌감치에서 우리 학교 교복을 걸친 채 느릿느릿 걸어오고 있는 한 남자 아이. 난 아저씨를 밀쳐 내고 무작정 그 남자 아이에게로 달려갔다.

"저기요."

"……."

"혹시 돈 좀 있으세요? T_T"

"……."

"죄송한데요. 돈 있으시면 2,000원만 빌려주세요."

"……."

그러나 무표정한 얼굴로 대꾸 한마디 없는 그 아이. 그 아이는 다급한 표정으로 돈을 빌려달라 구걸하는 나를 미동도 하지 않고 서서 그저 지켜볼 뿐이었다.

"있다가 꼭 갚을 테니까 제발 2,000원만 빌려주세요."

"……."

"제가 지갑을 잃어버려서 그래요. 그걸 모르고 택시에 탔거든요."

"……."

"그래서 지금 경찰서에 끌려가게 생겼답니다. 제발 빌려주세요."

"훗."

그제야 피식— 웃더니만 주머니에서 만 원짜리 지폐를 꺼내 건네는 남자 아이. 난 그 돈을 냉큼 낚아채선 행여나 내가 도망갈까 바로 뒤까지 따라붙은 기사 아저씨의 두 손에 아주 고이 쥐어드렸다.

"아저씨, 이제 됐죠?"

"학생 다음부터는 돈 없으면 택시 타지 마라."

"T_T"

"멀쩡한 두 다리 냅두고 뭐 하는 짓이야?! 자, 여기 거스름돈."

쓴소리와 함께 거스름돈을 내게 던져 주곤 쏜살같이 사라져 가는 아저씨. 단 몇 초 만에 까만 점이 되어가는 택시를 보면서 난 긴 한숨을 내쉬었다. 휴~ 참으로 무서운 세상이야. 단돈 1,900원에 경찰서까지 끌려갈 뻔하다니.

여튼 그렇게 가슴 철렁한 위기를 간신히 모면하고 나니 그때서야 내게 돈을 빌려주었던 남자 아이가 내게서 멀어져 가고 있다는 것을 깨달았다. 아, 이름을 알아야 하는데!!

"저기요!! 저기 잠깐만요!! 잠깐만 기다려요─!!"

난 순식간에 꽤 멀리까지 걸어가 버린 남자 아이의 뒤를 허겁지겁 쫓아가 옷자락을 낚아채 세웠다. 하아, 무슨 걸음이 이렇게 빠른 거야. T_T

"저기, 정말 고마워요."

"……"

"돈은 있다가 갖다 드릴게요. 정말정말 고맙습니다."

"……"

"근데 몇 반이에요? 이름은요?"

“…….”

“도, 돈을 갖다 주려면 알아야 하잖아요. ^-^”

어설프지만 생글생글 미소를 지으며 날 위기에서 구해준 그 남자 아이에게 이름을 물었지만, 그 아이는 그런 날 내려다볼 뿐 아무 말도 하지 않는다.

“가르쳐 주세요. T_T”

“…….”

“그래야 제가 돈을 갚을 수 있답니다.”

“니가 말해.”

“네에?”

“받고 싶을 때 내가 찾아갈 테니까 니가 말하라고.”

“아, 2학년 3반 25번 이파인이요.”

내게 이름을 말해 주기 싫었던 탓일까. 차가워 보이는 얼굴을 해선 반말을 서슴없이 내뱉어대는 그 아이의 대범함에 난 학년, 반, 번호, 이름까지 주르르 읊어주었다. 잘한 일인지 모르겠지만, 그 아이의 바람대로 내 모든 것을 빠짐없이 알려주고 나자 이렇다 저렇다 말도 없이 저만치 떨어져 있는 정문으로 걸어가 버리는 남자 아이. 정문으로 가면 분명 학주한테 걸려서 혼날지도 모르는데 참으로 겁도 없는 아이구나.

저벅저벅 정문 쪽으로 멀어져 가는 그 아이의 뒷모습을 보면서 살짝 걱정이 되긴 했지만 난 그 아이에 대한 걱정을 접어두고 뒷담을 넘기 시작했다. 하아, 그런데 웬 담이 이렇게도 높은 거지. T_T 오늘은 정말 힘든 하루가 될 것만 같아.

끙끙. 끙끙끙.

하루 사이에 몸무게가 몇 배로 불어난 걸까. 오늘따라 유난히 높게만 느껴지는 담을 어렵사리 타고 올라가면서 내일부터 다이어트라도 해야겠다는 생각을 절실히 했다.

"후. 다 올라왔다. T_T"

그러나 거기서 끝은 아니었다. 왜냐하면 아직 높다란 담장에서 내려가지 못했기 때문이다.

"어, 어떻게 내려간담."

담장 위에 위태위태한 자세로 쭈그려 앉아선 한없이 멀게만 느껴지는 땅바닥을 내려다보고 있자니 막막함에 눈물이 절로 날 것만 같았다. 정말 믿고 싶지 않지만, 아마도 재수가 없으면 하루 종일 이러고 있어야 할지도 모르겠다. 정말 최악이야, 최악!! 어정쩡한 자세로 담장 위에 앉아 있는 여고생. 누가 저 좀 구해주세요. TOT

"누구 없나요? T_T"

혹시나 하는 마음에 간절히 외쳐 보는 나. 그러나 역시 아무도 없는 것 같았다. 슬슬 발도 저려오는데 난 언제까지 이러고 있어야 하는 걸까. 하느님, 하느님!! 하느님이 진정으로 계시다면 부디 절 구원해 주세요. 네에? T_T

"정말 아무도 없어요? 살려줘요. 살려주세요."

"……."

"누가 나 좀 살려주세요!! 살려달란 말이에요!!"

부시럭. 부시럭. 부시럭.

바로 그때 나무에 가려져 있던 풀숲에서 부스럭거리는 소리가 나더니만 누군가 튀어나왔다. 뽀얀 피부에 앵두 같은 입술을 가진 아이. 풀숲에서 대뜸 튀어나온 그 예쁘장한 아이가 배시시 웃으며 내게 말한다.

"울지 마. ^o^ 내가 구해줄게!!"

하지만 한 손에 죠리퐁을 들고 서 있는 저 아이의 도움만은 받고 싶지 않았다. 일명 학교에서 '죠리퐁 소년' 이라고 불리는 예쁘장한 얼굴에 [윤비호]라는 이름을 가진 아이. 유명한 만큼 위험한 아이라고 소문이 꽤 자자하다. 물론 그렇다고 해서 비호가 나쁘다는 것은 절대 아니다. 다만 모든 아이들이 비호를 멀리하고 싫어할 뿐이다. 전교생의 왕따 윤비호.

"하하. 아냐아냐. 괜찮아."

"응?"

"나 혼자 내려갈 수 있을 것 같아. T_T"

"바보. ^o^ 못 내려와서 울고 있었잖아."

"아냐, 그렇지 않아."

"거짓말!"

"정말이야. 다시 생각해 보니까 내려갈 수 있을 거 같아."

"그래? 알겠어. ^-^"

알겠다며 꽃미소를 한껏 날리고는 죠리퐁을 한 주먹 집어선 능숙하게 입 안에 탈탈 털어 넣는 비호. 그렇게 비호는 죠리퐁을 주섬주섬 먹으며 담벼락 밑에서 떠날 생각을 하지 않았다. 비호야, 그렇게 쳐다보고 있으면 내가 반드시 내려가야 하잖니. T_T

"비, 비호야, 왜 거기 서 있는 거야."

"구경!"

"난 괜찮으니까 가서 하던 일 계속해."

"히힛. 구경할 거야. ^o^"

"왜?"

"심심하니까. 나 신경 쓰지 마. 그냥 여기서 조용히 있을게."

"아, 그래, 꼭 그러고 싶다면 어쩔 수 없지. T_T"

"빨리 내려와."

"으응."

"거기 오래 있으면 새똥 맞을지도 몰라. >_<"

"응?"

"우아. 조심해!! 참새들이 응아 하려고 하잖아!!"

"하하하. 마, 말도 안 돼. T_T"

"정말이야. 내 눈에는 참새들이 힘 주는 거 다 보여. ^o^"

"진짜?"

"응, 진짜. 그니까 빨리 내려오는 게 좋을걸!"

비호는 죠리퐁을 맛있게 씹어 먹으며 참새들이 응아를 할지 모르니 어서 내려오라고 어쭙잖은 충고를 해주었다. 역시 듣던 대로 이상한 아이인 것 같아. T_T 그렇게 난 해주지 않아도 될 비호의 걱정 속에 두 눈을 질끈 감고, 바닥으로 몸을 던졌다.

철푸덕—!!

높다란 담장 위에서의 점프. 그로 인해 내 몸에 전해진 충격파는 엄청났다. 아프다. 도, 돌맹이에 찍혔나 봐. 아파 죽겠어. T_T

"파인아, 괜찮아??"

"아, 아니."

"아파?"

"몰라. 잘 모르겠어. 아파."

"바보. ^O^ 울지 말구 나 잡고 일어나 봐."

"응."

난 비호가 내민 손을 잡고 바닥에서 힘겹게 몸을 일으켰다. 아야. 너무 아프잖아. 그렇게 난 바닥에서 일어나 교복을 온통 둘러싸고 있는 흙을 열심히 털어내었다. 그리고 나니 자연스레 강한 통증이 밀려오는 무릎으로 눈이 간다. 이, 이거 뭐야!! 이거 피 맞지?! 새빨간 게 피인 것 같아. 지금 내 무릎에서 빠, 빨간 피가 배어 나오고 있어. T_T

"피, 피가 나!!"

"우아, 아프겠다."

"응, 아파. 아파 죽겠어."

"울지 마. ^O^ 내가 양호실에 데려다 줄게."

내 눈에 그렁그렁 맺힌 눈물을 손으로 쓰윽— 닦아주며 양호실에 데려다 주겠다고 말하는 비호. 이내 비호가 내게 등을 보이며 바닥에 쭈그려 앉는다.

"나한테 업혀."

“응?”

“내가 양호실까지 비행기처럼 슝~ 데려다 줄게!”

“아, 아니야. 걸어갈 수 있어.”

난 고개를 절레절레 흔들며 동시에 두 손도 힘차게 저어대며 비호의 제안을 거절했다. 하늘하늘— 턱없이 약해 보이는 비호의 허리가 무척이나 신경 쓰였기 때문이다. 하지만 사실 그보다도 더욱 신경 쓰이는 것은 내게 친절한 호의를 베푸는 비호, 비호 그 자체였다. 비호야, 고맙지만 이러지 마. 이러면 안 돼. T_T 그렇다. 사실 난 남의 눈을 무척이나 의식하고 사는 그런 속물스런 아이였던 것이다.

“히힛~ 빨리. 빨리빨리!”

“아니야. 안 돼.”

“에이, 빨리! 괜찮으니까 빨리 업혀. ^O^”

그러나 끝까지 생글생글 미소 지으며 빨리 업히라고 손짓해 대는 비호. 그렇게 순수한 표정을 한 비호를 보고 있자니 내 얼굴엔 난감한 표정이 저절로 떠오른다.

“빨리 업히래두~”

비호야, 부탁이야. 제발 부탁이니 날 혼란스럽게 하지 말아줘. 반 친구들이 말했어, 비호는 이상한 아이라고. 위험한 아이라고. 마주쳐도, 말을 걸어도, 절대 상대하지 말라고 그랬단 말이야. 그런데 비호 니가 이렇게 나오면 난 도대체 어떻게 해야 하는 거니. T_T 모르겠어, 모르겠어, 난 모르겠단 말이야.

하지만 그런 고민도 아주 잠시였다. 결국은 꾸물대며 서 있는 내 손에 자신의 죠리퐁 봉지를 쥐어주고는 빨리 업히라 재촉해 대는 비호의 끈질긴 권유 때문에 난 비호의 호리호리한 등에 내 몸을 내맡기고 말았다.

"자, 출발이다!!"

큰 소리로 출발을 외치고는 날 등에 업은 채 무섭게 달리기 시작하는 비호. 거울처럼 잘 닦여져 있는 복도를 정말이지 잘도 달려댄다. 꺄아아아아. 비호야, 이러다 넘어지면 어쩌려고 그러니. 조심해. 넘어졌다간 우리 둘 다 뇌진탕으로 죽고 말 거야. 죽고 말 거라구!! T_T

"위, 위험해."

"히힛."

"비호야, 천천히 가. 천천히!!"

"안 돼, 안 돼. ^O^"

"왜왜왜! 왜 안 된다는 거니, 비호야. T_T"

"쉿! 파인아, 조용히 해!"

"으응?"

"조용조용. 자, 비호 비행기가 나가신다! 슝슝슝~"

꺄아악-!!

난 작은 비명을 입 안으로 꿀꺽 삼키며, 비호의 목덜미를 나도 모르게 꽉 안아버렸다. 하아, 하아, 총알택시보다 더 무서워. 백 배는 더 무서웠어.

"다 왔다. 잠깐만. >_<"

양호실 문 앞에 다다르자 날 조심스럽게 내려주는 비호. 비호는 날 양호실 앞에 세워둔 채 먼저 안으로 쏙— 들어갔다. 그리고 이내 들려오는 비호의 아주아주 우렁찬 목소리.

"선생님! 너무너무 아픈 환자가 왔어요!!"

"……."

"선생님 빨리 수술해 주세요!!"

그러나 잠시 후, 시무룩한 표정으로 양호실을 걸어나오는 비호.

"선생님이 없어. 놀러갔나 봐."

양호실 안에서 한참 동안 선생님을 불러대던 비호가 밖으로 나오더니만 내게 한 말이었다.

"그렇구나. T_T"

쿠궁!

근데 양호 선생님이 없다는 말에 왜 눈앞이 깜깜해지는 건지 모르겠다. 그렇다. 사실 난 꽤 겁이 많은 아이여서 지금 머리 속으로 이 상처를 치료받지 못하면 죽을지도 모른다는 끔찍한 상상을 하고 있는 중이다. 이제 난 어쩌면 좋지?

"또 울어?"

"아냐."

"에이, 울잖아. 파인이 울보울보!"

"우, 우는 거 아니라니까. T_T"

"히힛. 울지 말구 들어가자!!"

"응?"

"들어가자구. 빨리빨리."

내 손을 잡아끄는 비호의 따뜻하고 커다란 손. 그렇게 비호의 손에 이끌려 약 냄새가 물씬 풍기는 양호실 안으로 들어가니 비호가 날 간이 침대 쪽으로 밀어 넣는다.

"왜, 왜 그래?"

"여기에 가만히 누워 있어. ^0^ 내가 금세 뛰어가서 양호 선생님 찾아올게!"

"아, 저기 근데……."

"응?"

"빠, 빨리 찾아와. 빨리 와야 돼."

"응응! 대신 내 죠리퐁 잘 지켜줘야 돼!!"

비호는 죠리퐁을 잘 지켜달라는 말을 남긴 채, 양호 선생님을 찾아 어디론가 달려나가 버렸다. 비호가 빨리 돌아오길 기도한다. 비호야, 부디 내 몸에 세균이 몽땅 퍼지기 전에 양호 선생님을 찾아줘. 만약 그렇지 않으면 난 죽을지도 몰라, 살려줘. 살려줘, 비호야. T_T 온 몸으로 퍼져 나가는 세균의 미세한 움직임을 느끼며 간이 침대에 걸 터앉아 비호와 선생님이 오기만을 기다렸다.

얼마쯤 지났을까. 세균들에 의해 졸음이 밀려들 때쯤, 양호실 문이 벌컥!! 열리며 비호와 선생님이 등장했다. 학교 구석구석을 뛰어다녔 는지 땀에 흠뻑 젖은 비호와 당황한 표정이 역력한 양호 선생님. 선 생님이 내게 다가와 다급히 묻는다.

"얼마나 다친 거니??"

나의 상처를 아주 조금은 부끄럽게 만드는 질문이었다. 걱정을 하고 있는 선생님에게 떳떳하게 말하기엔 너무나 자그마한 상처. 그치만 선생님, 이 자그마한 상처가 절 너무나 아프게 한답니다. TOT

"말해 봐, 어디를 얼마나 다친 거야. 응?"

"여, 여기요."

아직까지 빨간 피가 배어 나오는 무릎. 내가 손가락으로 무릎을 가리키자 선생님은 꽤 심각한 표정으로 상처를 유심히 살피신다. 그리고는 이내 비호의 머리를 한 대 쥐어박으시는 선생님. T_T

"요 녀석! 수술해야 한다고 해서 놀랐잖아!!"

"다쳤잖아요."

"비호야, 이런 상처는 수술을 하는 게 아니야. -_-"

"헤헷. ^o^"

선생님의 꾸지람에 배시시— 하얀 미소를 짓는 비호. 양호 선생님은 그런 비호를 보며 어쩔 수 없다는 듯 피식 웃으시고는 소독약과 연고를 가지고 내 앞에 앉으셨다.

"조금 따가울 거야."

"네에."

소독약에 푹 절여진 솜을 갈색 병에서 꺼내며 조금 따가울 것이라 말하는 양호 선생님. 선생님은 정말 거짓말쟁이다. T_T 나도 소독약이 상처에 닿으면 굉장히 아프다는 것쯤은 빠삭하게 잘 알고 있는 똑똑한 청소년인데. 정말 너무해요!! 선생님, 그건 너무 뻔한 거짓말이잖아요. 전 이제 그런 말에 속지 않는답니다. T_T 그때 울상이 된 날 보던 비호가 내 손을 잡으며 말한다.

“괜찮을 거야. ^o^”

마치 마법처럼 내 귓가를 울리는 비호의 말. 그러나 그 달콤한 말과 달리 소독 작업은 상당히 아팠다.

“호오~ 호오~”

물론 소독약에 의해 하얀 거품이 뽀글대며 올라오는 상처에 비호가 연신 바람을 불어주긴 했지만, 그래도 아픈 건 아픈 거다. TOT 이 나쁜 세균들, 빨리 죽어죽어!! 그렇게 날 놀라게 했던 상처는 아무런 무리 없이 아주 잘 치료되었고, 난 나의 뛰어난 참을성에 많은 감탄을 했다. 히힛. 나도 이제 어른이 되어가는 모양이다.

“파인아, 이제 괜찮아?”

“응응.”

“다행이다. 이제 아프지 마!”

“고마워, 비호야.”

“아냐아냐. 히힛~”

고맙다는 말에 부끄러운 듯 얼굴을 붉히는 비호. 비호 말이야. 어쩌면 비호, 정말 좋은 아이일지도 몰라. 이렇게 따뜻한데 무섭고 나쁜 아이일 리 없잖아. 이렇게 예쁘게 웃는데 나쁜 아이일 리 없잖아. 그치?

“아, 좀 있으면 조례 시간이다.”

“응.”

“비호야, 그만 교실에 가자.”

“……”

“비호야, 안 가?”

몇 발자국 앞서 나가는 날 전혀 따라올 기색 없이 서 있는 비호. 그런 비호를 어리둥절해서 쳐다보자 비호가 싱긋 웃으며 날 향해 손을 흔든다.

“헤헷. 먼저 들어가!”

“비호 넌?”

“난 애벌레 구경하다가 들어갈 거야.”

애벌레 구경을 할 거라며 죠리퐁 봉지를 한 손에 꼭 쥔 채 사라져 버리는 비호. 그래, 나쁜 아이는 아닐지 몰라도 역시 조금 이상한 아이인 건 분명해. 역시 비호는 이상한 아이야. T_T

3장

노란 머리 전학생 예방역

노란 머리 전학생 예반휘

그렇게 비호가 사라지고 난 담임한테 들킬세라 교실로 마구 뛰었다. 다행히 담임은 아직 교실에 오지 않은 상태였다. 그러나 안도의 한숨을 내쉬며 부상당한 다리를 이끌고 자리에 가서 앉자 앉기가 무섭게 귀신같이 들이닥치는 담임이다. 거만하게 출석부를 겨드랑이 사이에 끼고 한 손에는 몽둥이를 든 채, 변함없이 교실에 등장한 담임. 늘 그랬듯이 교실에 들어오자마자 나부터 찾는다.

"이파인!"

"네에."

"이파인 학교 왔나?!"

"네. 와, 왔답니다."

한 손을 번쩍 들며 대답하자 꽤 미심쩍은 표정을 지으며 말하는 담임.

"학교에 지각했다는 소리, 내 귀에 들어오는 날엔."

"T_T"

"1년 내내 화장실 청소하게 될 줄 알아!! 알겠나, 이파인."

"네."

유독 나만 미워하는 담임. 담임이 날 왜 저토록 미워하고 싫어하는지 그 자세한 이유는 나도 알 수가 없다. 난 사실 고등학교에 입학한 이래 지금껏 단 한 번도 빠짐없이 지각을 해왔다. 그만큼 참으로 한결같음을 자랑하는 성실한 아이인데. 도대체 왜 나만 미워하는 것일까. TOT 여튼 난 독하기로 소문난 담임에게 톡톡히 찍혀 버린 불쌍한 아이였다.

"들어와라."

"……."

"전학생 안 들어오고 뭐 하나."

바로 그때 뜬금없이 전학생을 외치는 담임. 전학생이라니?! 누가 전학을 온 건가. 담임이 활짝 열린 앞문을 향해 전학생을 외치며 들어오라고 말했지만, 눈을 씻고 둘러봐도 사람의 흔적은 없었다.

"흠. 오늘 우리 반에 전학생이 한 명 왔는데 잠시 화장실에 간 모양이니까 선생님이 미리 소개하겠다."

순간 담임의 말에 술렁이는 교실.

"이름은 예반휘, 외국에서 살다 온 친구다."

웅성웅성.

"전학 왔다고 이유없이 따돌리지 말고, 모두 친하게 지내도록."

담임은 전학생에 대해 간단히 설명한 후, 친하게 지내라는 당부의 말과 함께 날 살짝쿵 째려보고는 교실을 빠져나갔다. 날 바라볼 때면 늘 미움으로 가득한 담임의 자그마한 눈동자. 오늘도 그 작은 눈동자가 반짝인다. 선생님, 정말이지 미움은 시, 싫답니다. 저도 사재의 정을 느끼고 싶은 착한 학생인걸요.

"어머어머~ 들었어? 반휘래, 반휘. 예반휘!!"

"응."

"파인아, 이름 이쁘지 않냐? 오~ 필 온다, 필 와!!"

"으응."

평범한 일상에 갑작스레 끼어들게 된 예반휘라는 이름의 전학생. 아직 얼굴은 보지 못했지만, 아이들을 들뜨게 만들기엔 충분했다. 하지만 난 아이들과 함께 들뜨기엔 너무나 지쳐 있었다, 후아암. 안 되겠어, 한숨 자야지. 아침부터 너무 무리했나 봐. T_T 그렇게 난 긴 하품을 하며 책상에 얼굴을 묻었다. 하, 졸음이 솔솔~ 밀려오는구나.

그러나 책상에 엎어진 지 채 몇 초도 지나지 않아서였다. 요란한 소리를 내며 힘차게 열리는 뒷문.

드르륵– 쾅!!

"아, 씹. 담배 한 대 피우기 더럽게 힘드네."

"……."

"뭐야, 뭘 봐. 뭘 쳐다보는데!"

"……."

"아. 니들 내가 누군지 궁금하구나?"

웅성웅성.

"훗. 나 전학생이야. 전학생 예반휘. 알겠냐? ^-^"

"……."

"그니까 그 따위로 쳐다보지 마. 기분 나쁘잖아. 기분 나빠서 자꾸 쳐버리고 싶네. ^-^"

전학생? 잠을 자려고 엎드린 와중에도 건들건들 떠들어대는 전학생의 목소리가 귓가에 정확히 박혀왔다. 건들거리는 말투로 보아 아무래도 조금 무서운 아이가 전학 온 모양이다. 역시 조, 조심하는 게 좋겠어.

"참, 깜빡할 뻔했다."

"……."

"2학년 3반 25번 이파인, 어딨냐? ^-^"

음. 이파인. 이파인? 이, 이파인이면 바로 나잖아!!

"네에? 저 여기 있는데요. T_T"

날 부르는 소리에 난 기겁을 하며 거의 반사적으로 고개는 물론 손까지 번쩍 들며 자리에서 일어났다. 그리고 난 그 자리에 꽁꽁 얼어붙고 말았다. 날 보며 공포스러운 미소를 싱긋 짓고 있는 저기 저 사람!! 이른 아침부터 날 곤경에 처하게 만들었던 바로 그 노란 머리 청년이었다. 맙소사, 이럴 순 없어! 이래서는 안 돼. 이건 정말 말도 안 되는 거잖아요. ㅜ_ㅜ 그러나 아니라고 믿고 싶은 간절한 마음과 달리 저기 저만치에 당당히 서 있는 사람, 분명 노란 머리 청년이다.

"반응 한 번 빨라서 좋네."

"ㅜ_ㅜ"

"훗. 근데 너 표정이 왜 그러냐."

"ㅜ_ㅜ"

"넌 내가 반갑지도 않냐. 난 니가 아주 반가운데. ^-^"

"저도 반가워요. 정말 반갑습니다."

"그래, 니가 반가워할 줄 알았어."

"네."

"들었지? 나 오늘 니네 반에 전학 왔다. ^-^"

"그러시군요. 축하드려요. 전학 추카추카!!"

"근데 너 아까 누가 도망가라 그랬어?"

"네… 에?"

"사람 귀찮게 왜 하나씩 질질 흘리면서 도망간 건데?"

"아, 그, 그게…….'

"하하. 너 하는 짓이 참 재밌더라. ^-^"

"ㅜ_ㅜ"

잔뜩 꼬는 듯한 말투. 무섭게 쏘아보는 강한 눈빛. 비웃음에 더 가까운 싸늘한 미소, 그리고 그와 더불어 노란 머리 청년 손에 들린 지갑과 필통이 눈에 박혀온다. 애들아, 거기 있었구나!! ㅜoㅜ

"이거 니 꺼 맞지?"

“네.”

“짜증나니까 빨리 가져가라.”

“네에?”

“빨리 안 가져갈래?!”

손에 들린 필통과 지갑을 들어 올리며 빨리 가져가라고 재촉을 해대는 노란 머리 청년. 곱게 돌려주지 않을 것이라 생각했는데, 정말 정말 다행이구나. 생각지도 못했던 의외의 반응에 잠시 벙쪄 있었지만 난 노란 머리 청년의 마음이 변할세라 단숨에 달려가 필통과 지갑을 받아 들었다.

“가, 감사합니다!”

“훗.”

“정말정말 감사해요!!”

“얼마나 감사한데?”

“마, 말할 수도 없을 만큼 감사하죠.”

“그래? 하하. 그럼 말하지 마.”

“네에? T_T”

“훗. 농담이야, 농담.”

“네. 감사합니다. 진짜 많이 고마워요.”

그렇게 연신 고개를 꾸벅이며 감사하다는 인사를 하고는 필통과 지갑을 들고 자리로 돌아가려는데 문득 노란 머리 청년이 날 부른다.

“야.”

“네에?”

“잠깐 이리 와봐.”

손가락을 까딱이며 잠깐 이리 와보라는 노란 머리 청년. 그 말이 귓가에 박혀옴과 동시에 침 한 방울이 꼴깍 넘어가고 나의 건강한 심장이 불규칙하게 뛰어대기 시작했다. 왜 또 부르는 거지? 아, 어떡하면 좋아. T_T 어쩌지, 어쩌지, 어쩌면 좋다지. 피해야 돼. 무, 무서운 사람이잖아. 저 사람은 무서운 사람이야!!

그렇게 도망가야 한다는 생각이 머리 속을 가득 메우고, 그와 동시에 난 노란 머리 청년을 힘껏 밀쳐 버리고는 교실을 달려나갔다. 그리고 죽을힘을 다해 어디론가 뛰어본다. 하지만 이내 나의 뒤통수 뒤로 듣고 싶지 않은 노란 머리 청년의 공포스런 목소리가 들려온다.

“야, 너 거기 안 서냐?!”

“미안해요. T_T”

“좋은 말로 할 때 서라. 어?”

“그럴 수 없어요. 죄송합니다.”

“계속 그렇게 도망가다 잡히면 죽을 줄 알아!”

“T_T”

“너 오늘 진짜 인생 끝나는 수가 있다!! -_-”

“잡히지 않을 거예요!!”

“뭐?”

“그러니까 쫓아오지 마세요. 부탁이에요!”

“아, 진짜 미쳐 버리겠네.”

“저도 그래요. 저도 그렇답니다. T_T”

"농담 아니다. 너 잡히면 가만 안 둬!"

그 말을 끝으로 노란 머리 청년의 목소리는 더 이상 들리지 않았다. 하지만 청년의 맹렬한 추격은 계속되고 있었다. 바람에 날리는 청년의 옷깃 소리가 들리는 것 같다.

다다다다다닥―!!

다다다다다닥―!!

잡혔다간 정말로 내 인생 끝날지도 몰라. 노란 머리 청년은 분명 그러고도 남을 사람이니까. 살고 싶어요, 난 살고 싶었을 뿐이랍니다. T_T

"헉헉. 그, 그만 쫓아오세요."

"훗."

"이제 슬슬 포기하시는 게 서로한테 좋잖아요."

"조용히 안 하냐?!"

"T_T"

"말 안 하고 열심히 뛰는 게 좋을 거야."

"왜… 요."

"여차하면 너 그냥 잡히는 수가 있거든. ^-^"

안타깝게도 노란 머리 청년은 포기라는 것을 모르는 사람인가 보다.

"저한테 정말 왜 이러세요?"

"하하, 넌 왜 그러는데?"

"자꾸 이러시면 저도 괴롭답니다. 제발 이러지 마세요. T_T"

“너야말로 왜 자꾸 도망가냐?!”

“전 다만 그쪽이 무서운 것뿐이에요.”

“아, 그래, 그랬구나.”

“네에.”

“뛰는 거 힘들지?”

“네. ㅜ_ㅜ”

“너도 그만 뛰고 싶지?”

“헉헉. 그럼요, 당연하죠.”

“훗, 그렇게 당연해?”

“네, 사실 전 지금 숨이 차서 죽겠는걸요.”

“그래, 그럼 그만 뛰게 해줄게.”

“고마워요. 고, 고맙습니다!!”

“대신 인생 끝낼 준비 단단히 해라. ^-^”

“네에?”

“예의상 이제 그만 잡아준다 그 소리야.”

“꺄아아아!!”

난 노란 머리 청년의 말이 끝나기가 무섭게 청년의 손아귀에 단단
히 잡히고야 말았다. 알 수 없는 괴성을 지르면서 말이다.

“사, 살려주세요!!”

“내가 아까 말했잖아, 잡히면 죽는다고.”

“그, 그러지 마세요.”

“싫다면?”

“모르겠어요. T_T”

“훗.”

“근데요, 잘 모르겠는데. 그래도 살고 싶어요. T_T”

“너 이번만 봐준다. 알겠냐?”

“네에?”

“이딴 식으로 또 도망가면 그땐 진짜 가만 안 둬.”

“네!!”

“그리고 나 양아치 아니다.”

“네?!”

“삥 뜯고 다니는 양아치 아니라고.”

“아.”

“니가 아침에 나 양아치로 몰았잖아.”

“미안해요. 제가 실수했어요. 죄송합니다.”

“잘 아네. 너 실수했어.”

“T_T”

“우리 집 부자거든. 엄청 부자. 무슨 말인지 알지? ^-^”

“네, 알아요.”

“그래, 이제라도 알면 됐네. 앞으로 잘 지내보자.”

“네에.”

“난 예반휘다.”

“저, 저는 이파인입니다! 우리 잘 지내봐요.”

“언제까지 말 높일래? 말 놔.”

"으… 응. T_T"

"훗. 말 하난 잘 듣네."

그렇게 난 노란 머리 청년을 알게 되었다. 노란 머리의 전학생 예반휘.

"야, 이 학교에서 제일 잘생긴 놈이 어떤 놈이냐?"

한바탕 뜀박질한 후 복도를 가로질러 교실로 향할 때였다. 뜬금없이 학교에서 제일 잘생긴 아이가 누구냐고 묻는 반휘. 제, 제일 잘생긴 아이? 반휘의 물음에 난 아주 잠깐이지만 깊은 생각에 빠질 수밖에 없었다. 우리 학교에 얼굴로 으뜸인 아이가 있었던가. 아무래도 내 기억 속에 그런 아이는 없는 것 같다. 후, 모른다고 대답해도 괜찮은 거겠지?

"글쎄, 난 잘 모르겠는데."

"훗. 몰라?"

"으응. 난 그런 거 잘 몰라."

"너 이상한 애구나. ^-^"

"T_T"

"여자들은 원래 그런 거 빠삭하게 알고 있는데."

"하하. 그런 거였나."

"양아치, 너 양아치야, 알아? 양아치. ^-^"

"양아치? 나 양아치 아냐, 아닌데."

"하하, 웃기지 말라 그래."

"아닌데 정말. 난 그런 아이가 아니야."

　　그러나 양아치가 아니라고 떠들어대는 내 말에 반휘는 관심조차 없는지 듣는 둥 마는 둥 창밖만 내다보며 비웃음을 흘릴 뿐이었다. 억울해, 억울해. 이건 정말 억울해!! T_T

　　"저기 반휘야, 나 진짜로 양아치 아니야."

　　"그래?"

　　"응, 아니야. 아닌데 자꾸 양아치라 그러면 정말 곤란해."

　　"훗, 뭐가 곤란한데?"

　　"내 마, 마음이 자꾸만 곤란해져. T_T"

　　"하하, 사람 좀 그만 웃겨라."

　　"진짜야. ㅠ_ㅠ"

　　내가 그렇게 웃기는 아이였나. 휴우, 반휘의 반응에 그저 마음만 답답해져 온다. 그래, 반휘도 곧 알게 될 거야. 내가 양아치가 아니라는 사실 꼭 알게 될 거야. 그런데 바로 그때,

　　"슝슝슝~ 비켜 비켜 비켜주세요!"

　　"……."

　　"슝슝슝~ 빨리빨리 비켜주세요!!"

　　불현듯 내 귓가를 자극해 오는 하이톤의 목소리. 그 소리에 뒤를 돌아보니 저만치에서 무서운 속도로 달려오고 있는 비호가 보인다. 언제나 힘이 넘치는 아이구나.

　　"파인아!!"

　　"응."

　　"여기서 뭐 하고 있어? ^o^"

빙긋 웃으며 뭐 하냐고 묻는 비호. 어디서부터 뛰어왔는지 이마엔 벌써 송골송골 동그란 땀방울이 맺혀 있다.

"으응. 그, 그냥……."

"히힛, 그냥이 뭐야. 바보!"

"비호 넌 안 들어가고 뭐 하는데?"

"나는 비행기놀이 중!!"

"비행기놀이?!"

"응! 날아라, 날아라, 날아라~ 비행기!"

[날아라, 비행기]를 연신 외쳐 대며 점점 멀어져 가는 비호. 비행기놀이라니. 비호야, 그게 비행기놀이인 거니? 바보, 바보!! 그건 비행기놀이가 아니라 달리기잖아. 그건 그냥 팔 벌리고 뛰는 것뿐인데 어떻게 비행기가 되겠어. 그동안 전혀 몰랐는데 비호는 혼자서 저렇게 노는구나. 정말정말 불쌍한 아이야. T_T 불쌍한 비호. 정말이지 왕따는 나빠. 진짜 나쁜 거야. 하, 이런. 누, 눈물이 나려고 하잖아. T_T 그렇게 멀어져 가는 비호의 모습에 나도 몰래 눈시울이 붉어져 올 쯤이었다. 옆에 말없이 서 있던 반휘가 입을 연다.

"훗. 저 새끼 좀 생겨먹었네."

적당히 빈정대는 말투. 하지만 그다지 기분 나쁜 표정이 아닌 것으로 보아 반휘는 비호가 썩 맘에 든 모양이다.

"우리 반이냐?"

"아, 비호? 으응, 우리 반이야."

"훗."

내 말에 반휘는 알 수 없는 미소를 흘리고는 이내 교실로 발걸음을
옮기기 시작했다. 그리고 그렇게 교실로 들어가려는 바로 찰나!!

"여어~ 튀는 전학생 오셨구만."

"……."

"머리 색깔 한 번 죽여주네, 어디 얼굴 좀 보자."

이건 또 무, 무슨 소리지!! 기분 나쁘게 비꼬는 말투에 뒤를 돌아다
보니 학교에서 싸움을 꽤 한다 싶은 아이가 몇몇 아이들과 함께 삐딱
하게 서 있었다. 저 아이들이 여기까지 왜 온 거지. 위, 위험한 아이
들인데. ㅠ_ㅠ

"제길. 못 들었냐? 그 잘난 얼굴 좀 보자고."

"훗."

"저 새끼 웃는 것 좀 봐라. 너 지금 웃었냐? 왜 웃는데?!"

"니가 지금 웃기고 있잖아."

"뭐?"

"참 재밌네. 정말 재밌다. 어?"

"뭐라고?"

"별 같잖은 새끼들이 내 얼굴 구경하러 오는 거 재밌잖아."

"씹. 뭐?! 야, 너 다시 말해 봐!"

"하하. 왜 화는 내고 그러냐. 근데 여기 소문 되게 빠르다."

"저 새끼가."

"내 얼굴 잘났다는 거 그새 소문났네. ^-^"

특유의 차가운 미소를 얼굴에 달고는 그 위험한 아이들을 서슴없

이 노려보며 즐겁게 말하는 반휘. 바, 반휘야, 그 아이들에게 그래선 안 돼. 위험한 아이들이라구!!

"저기, 반휘야, 조금 있으면 수업 시작하는데."

"응, 알아. ^-^"

"빨리 교실에 들어가자. 들어가는 게 좋겠어."

"응, 알겠어. 잠깐만."

반휘의 옷깃을 슬며시 잡아당기며 교실 안으로 들어가자고 재촉하는 나. 그러나 반휘는 좀처럼 꿈쩍을 않는다.

"어디시 지딴 새끼가 선학 온 거야?"

"미국. ^-^"

"제길. 너 단단히 각오하고 따라와라!!"

"훗. 근데 너! 니가 이 학교 짱이야?"

"뭐?"

"니가 학교 짱이냐고. 짱이면 따라가 줄게."

"아, 아니다!! 그게 뭐가 중요한데?"

"나도 갑빠가 있지."

"헛. 뭐?"

"너같이 하찮은 새끼들은 상대하기도 쪽팔려. ^-^"^"

"너 진짜 뒈지고 싶냐!!"

"훗. 성격 되게 더럽네. 꼬우면 일짱 먹고 오든지."

"저게 진짜!!"

"안 되면 짱이랑 같이 와. 알겠지?"

반휘는 상황을 참으로 의연하게 대처한 후, 날 교실로 먼저 밀어 넣고는 뒤따라 안으로 들어왔다. 순간 반휘가 얼마나 굉장해 보였는 지 모른다. 반휘는 정말 굉장한 아이구나. 갑빠가 있다더니 정말 다른 아이들과 달라, 다르다. 역시 조심하는 게 좋겠어. T_T

"야, 자리 좀 양보해라."

"어… 어?"

"니가 저기 앞에 가서 앉아. ^-^"

교실에 들어오자마자 맨 뒷줄에 앉아 있는 남자 아이에게 말하는 반휘. 부드러운 말투와 달리 반휘는 그 아이를 거칠게 밀어내고 있었 다. 지, 지금 반휘가 친구 자리를 뺏고 있는 건가. 저렇게 친구 자리 를 뺏는 건 정말 나쁜 아이나 하는 짓인데. 반 친구에게 저래서는 안 되는 건데. T_T 마, 말려야 해!!

"반휘야, 니 자리는 앞쪽이야."

"뭐?"

"그렇게 친구 자리 뺏으면 안 돼."

"하하. 안 들려. 뭐라고? ^-^"

용기를 내어 한 말에 반휘가 잘 안 들린다며 내가 있는 쪽으로 서 서히 다가온다. 그 발걸음 소리와 함께 내 가슴도 타 들어가는 것 같 다. 괜히 참견했나 봐. 내가 지금 시, 실수한 거지.TOT 맞아, 커다 란 실수를 한 거야. 반휘는 무서운 아이인데.

터벅터벅 다가오는 반휘의 움직임에 반사적으로 온몸이 뻣뻣하게 굳어져 온다. 그리고 밀려드는 끔찍한 후회감에 정말이지 금방이라

도 눈물이 쏟아질 것만 같았다. 하아, 내가 어리석었어. T_T

“양아치.”

“으응.”

“훗. 너 말이야.”

“T_T”

“너 나처럼 잘생긴 놈이 맨 앞에 앉아 있는 거 봤어?”

뜬금없이 이게 무슨 말이지?

“양아치, 원래 나처럼 잘생긴 애들은.”

“응.”

“이렇게 맨 뒤에 껄렁하게 앉아 있어야 멋진 거다. ^-^”

“아, 그렇구나.”

“잘 봐, 나 잘생겼잖아. 그치?”

“으응.”

“그러니까 나같이 멋진 놈은 여기 앉아야 돼. 알겠어?”

“응.”

“양아치, 앞으로 태클 걸지 마. ^-^”

그렇게 내 어깨를 툭툭— 쳐대며 일리있어 보이는 이야기를 늘어
놓는 반휘 때문에 난 고개를 끄덕이며 자리로 돌아와야만 했다. 반휘
는 무서운 데다 갑빠도 있고, 거기다 말까지 참말로 잘하는 아이구
나. 조심, 또 조심해야겠어. T_T

“자, 빨리 비켜라. ^-^ 이제부터 여긴 내 자리다.”

결국 반휘는 어정쩡하게 생긴 남자 아이의 자리를 빼앗아 자기 자

리로 만들고야 말았다. 그리고는 굉장히 만족스러운지 이리저리 엎드려 보며 미소 짓는 반휘다. 그치만 공교롭게도 미소 짓는 반휘의 모습은 참으로 섬뜩했다. 무서워, 무서워, 무서워. 반휘처럼 웃는 모습이 위협적인 아이는 정말 처음이야.

　그렇게 난 한참을 두려움에 떨다가 밀려드는 피곤함 때문에 잠이 들어버린 듯하다. 잘 잤다 싶어 눈을 떠보니 어느새 점심 시간이다. 버, 벌써 점심 시간이네. 꽤 많이 잤구나. 점심 시간임을 깨닫고 뒤척뒤척 잠에서 깨어나 주위를 둘러보니 어째 아무도 없다. 벌써 도시락 다 먹어치우고 바깥으로 나들이 나간 건 아니겠지. 하하. 아닐 거야. 그럴 리 없어. 나의 친구들은 그런 아이들이 아니야!! T_T

　그러나 막을 수 없는 불안감. 밀려드는 불길한 예감에 혹시나 하고 걸상 고리에 걸려 있는 도시락 통을 살포시 열어보니 아주 말끔하게 비워져 있었다. 또 도시락을 털렸잖아. T_T

　종종 당하는 일이었다. 하지만 매번 도시락을 털리면서도 하늘이 노래지는 기분은 어찌 된 게 변함이 없다. 이래 봬도 난 아침마다 번번이 늦게 일어나는 바람에 식사 한 번 제대로 못하고 등교하는 불쌍한 아이인데, 아무래도 나의 친구들 눈엔 그런 내가 썩 불쌍해 보이지 않는 모양이다. 그러니까 아무런 죄책감도 없이 내 도시락을 마구 터는 거겠지. T_T

　나 말이야. 나 정말 은따인가 봐. 은따 은따 은따! 내 머리 속을 어지럽히는 [은따]라는 단어 때문에 난 또다시 책상에 얼굴을 묻어버렸다. 그리러다 불현듯 아침에 몰래 챙겨두었던 빵을 떠올렸다. 맞아,

그것도 잃어버렸지. 잃어버린 나의 빵. 필통이랑 지갑을 떨어뜨리면서 분명 그 빵도 어딘가에 떨어졌을 텐데. 반휘가 주운 건 아닐까? 그래, 어쩌면 반휘가 그 빵의 행방을 알지도 몰라!! T_T 그렇게 한 가닥의 희망이 되어버린 아주 맛깔스런 빵을 생각하며, 난 반휘가 자리에 있는지부터 확인했다. 다행스럽게도 반휘는 책상에 엎어진 채로 교실에 남아 있었다. 자, 자는 모양인데 멋대로 깨워도 되는 걸까. 아냐아냐, 화를 낼지도 모르는데 역시 깨우지 않는 게 낫겠지? 그치만 그러기엔 난 지금 배가 너무나 고픈걸. 어쩌면 좋다지.

그렇게 빈휘의 주위를 서성이며 10분이 넘도록 고민을 한 것 같다. 그때 갑자기 자리를 박차고 일어나며 내게 큰 소리로 묻는 반휘.

"뭐야, 뭔데! -0-"

"악!"

"나한테 뭐 할 말 있냐?"

깜짝이야. 자는 줄 알았더니 자고 있던 게 아니었구나, 반휘야.

"아니, 그냥."

어쩔 줄 몰라 하는 표정으로 어물쩡 얼버무리는 내 말에,

"양아치, 자꾸 신경 쓰이잖아."

"아, 응."

"그니까 괜히 옆에서 알짱대지 마. 알겠지?"

라고 말하고는 다시 책상 위로 엎어져 버리는 반휘다.

"저기, 잠깐만 반휘야!!"

"왜?"

"저기 그러니까 그게 말이야."

"뭐? ^-^"

"혹시 내 빵 못 봤나 해서."

"빵? 아~ 빵?"

"응. 내가 가방에 빵을 넣어두었는데 아까 떨어뜨린 거 같아서. 혹
시 지갑이랑 필통하고 같이 없었어?"

"훗. 그거 이렇게 동그랗게 생긴 거 말하는 거지?"

"응응, 맞아, 그거야! 그것도 있었어?!"

"하하. 응, 있기야 있었지."

"정말? 정말 있었어?!"

"어. ^-^"

"그럼 그 빵 나한테 돌려줄 수 없을까. T_T"

"근데 나도 돌려주고 싶은데 돌려줄 수가 없네."

"으응? 어째서? 그게 무슨 말이야? 돌려줄 수가 없다니?"

"벌써 뱃속에 들어갔는걸. -0-"

"배?"

"다시 조립해서 줄 수는 없잖아."

"왜, 왜 내 빵이 니 뱃속에 들어간 거야? 왜, 왜, 왜?"

"니 빵이 자꾸만 먹어달라고 부탁해서. -0-"

"내, 내 빵이? T_T"

"응, 그 볼품없고 맛대가리없는 빵이 자꾸 먹어달라고 유혹했어."

"하아. 진짜?"

"응. 고작 팥빵 주제에 되게 황당해."

"말도 안 돼. 그런 짓을 했을 리 없어."

"진짜라니까."

"내 빵은 그런 아이가 아닌걸. 그리고 내 빵은 말할 줄 몰라."

"웃기지 마. 그 빵이 날 막 유혹했어. 말도 잘하던데 뭐."

"ㅜ_ㅜ"

반휘의 말을 난 결코 믿을 수 없었다. 아니, 믿고 싶지 않았다. 10년이 넘도록 단골로 드나든 빵집에서 말하는 빵을 팔고 있었다니. 도대체 그동안 난 왜 그 사실을 까맣게 몰랐던 걸까. ㅜ_ㅜ 학교가 끝나는 대로 빵집에 달려가서 빵집 아주머니께 꼭 물어봐야겠다. 왜 가족과도 같은 나에게마저 말하는 빵을 팔고 있단 사실을 꽁꽁 숨겼는지. 반드시 그 이유를 알아야겠어!!

"양아치, 뭐야. 우냐?"

"아니. ㅜ_ㅜ"

"울고 있네 뭐."

"아니야."

"우는데 뭐가 아니야."

"아니야, 아니야. 우는 거 아니야."

"훗. 울면서 왜 안 운대냐."

"아니라니까. 우는 거 절대 아냐!!"

"다 보이는 거짓말 진짜 잘하네. ^-^"

"ㅜ_ㅜ"

"하하. 되게 재밌는 양아치다. 어?"

"아니야!! 우는 것도 아니구, 양아치도 아니라구!"

"따라와."

"응?"

"따라오라고."

갑자기 내 손목을 잡아채선 교실 밖으로 빠르게 걸어나가는 반휘. 사실 우는 게 아니라고 우겼지만, 찔끔찔끔 눈가를 적셔오는 눈물을 숨기지는 못했다. 반휘는 정말이지 눈치도 빠른 아이구나. 그래, 맞아. 난 슬퍼서 울고 있었어.

그렇게 반휘는 슬픔에 잠겨 있는 날 끌고 휘적휘적 어디론가 열심히 걷기 시작했다. 그러나 상당히 빠른 걸음인지라 뒤쫓기가 쉽지않다. 후아후아. 이대로 반휘한테 끌려가다간 다리가 쭈욱~ 늘어나 버릴지도 몰라. T_T

"반휘야, 천천히 좀 걸어. T_T"

"하하, 그럴까."

"응, 그래 주면 정말 고마울 거 같아."

"훗. 그래."

"근데 우리 어디 가는 거야?"

"담배 피우러."

"다, 담배? 난 담배 안 피우는데."

"내가 피울 거야. ^-^"

"그럼 난 왜 데려가는데?"

"또 울까 봐 감시하려고."

"안 울었다니까. 나 안 울어. 울지 않아."

"아무튼 배고파서 우는 건 거지들이나 하는 짓이야. 알겠어?"

"응. T_T"

"넌 거지가 아니라 양아치잖아. 그치?"

"응? 아, 응."

"양아치는 울면 안 되는 거야. 양아치의 생명은 폼이거든."

"그렇구나."

"그래, 똑똑한 양아치, 내 말 무슨 뜻인지 다 알아들었지?"

"근데 반휘야, 난 거지도 아니고 양아치도 아냐."

그러나 내 말에 반휘는 '피식' 웃으며 계단을 오를 뿐이었다.

—절대 출입 금지—

반휘의 손에 이끌려 열심히 계단을 오른 끝에 다다른 옥상 문 앞. 그것은 옥상 철문 앞에 덩그러니 붙어 있는 아주 깔끔하고 심플한 팻말의 내용이었다. 맞아, 옥상은 출입이 금지되어 있는 곳인데. 학주가 저번에 옥상에 올라가는 사람은 정말 가만두지 않는댔어.

"반휘야, 내려가자. 응?"

"왜 그러는데."

"옥상에 올라갔다가 걸리면 학생과에 끌려갈지도 몰라. T_T"

"홋. 그래?"

"응응, 그러니까 가지 않는 게 좋아. 문 앞에도 붙어 있잖아, 절대 출입 금지라고."

"하하. 그러네."

"응. 빨리 교실에 가자."

하며 엉거주춤 뒤돌아서려는 순간 탁— 하는 둔탁한 소리와 함께 발밑으로 [절대출입금지]라 적힌 팻말이 보인다. 아악, 반휘야, 무슨 짓을 한 거니. T_T 휘둥그레진 눈으로 반휘를 쳐다보자 무표정하던 반휘의 얼굴에 감도는 알 수 없는 미소. 역시나 공포스럽기 짝이 없는 미소다.

"이거 되게 웃긴다. 그냥 떨어지네. ^-^"

"그거 떼면 안 되는데. T_T"

"왜? 이거 없으면 옥상 가도 되는 거잖아."

"하지만… 그래도 가면 안 돼."

"에이, 그런 게 어딨냐."

"학주가 알면 가만 안 둘 거야. 정말이야, 정말."

"훗. 웃기지 말라 그래."

하며 발밑에 떨어져 있는 팻말을 발로 뻥 차버리고는 옥상 문을 손쉽게 열고 밖으로 걸어나가는 반휘다. 이러면 안 되는데. 정말이지 이래선 안 되는데. T_T 하지만 반휘는 불안감에 속이 타는 내 맘을 아는지 모르는지 능숙하게 주머니에서 담배를 꺼내 물며 옥상 난간 쪽으로 성큼성큼 걸어가 버린다. 그래서 할 수 없이 난 뻐끔뻐끔 담배를 피워대는 반휘의 모습을 뒤로한 채, 옥상 문 앞에 털썩 주저앉아 버렸다. 여기 앉아서 망이라도 봐야지. T_T 학주가 오면 이쪽으로 해서, 저쪽으로 몰래 도망가는 거야. 그래, 그럼 분명 잡히지 않고 교실까지 갈 수 있을 거야. 초조한 눈빛으로 계단을 뚫어져라 쳐다보며 만약의 상황을 대비해 머리 속으로 도망갈 방법을 그려보았다. 괜스레 심장이 콩닥콩닥 뛰어댄다.

덥석—

"양아치, 왜 여기 앉아 있냐."

우욱. 깜짝이야. T_T

"으응?"

"여기 앉아서 뭐 해?"

"그냥 학주 오나 안 오나 보고 있었어."

"왜?"

"응?"

"뭐 하러 망 보냐고."

"학주가 오면 빨리 도망가야 하잖아."

"하하."

"그러려면 내가 여기서 지켜보고 있어야지."

"됐어, 일어나."

"아냐아냐. 난 그냥 여기서 감시하고 있을래."

"까짓거 걸리면 걸리는 거지. ^-^"

"아, 안 돼!!"

"뭘 또 몸까지 바들바들 떨면서 망을 보냐."

"절대 안 돼. 걸리면 안 된단 말이야."

"왜 절대 안 되는데."

"걸리면 학생과에 끌려가니까."

"홋. 그게 그렇게 무섭냐? ^-^"

"응응. 학생과는 정말 무서운 곳인걸."

"아직도 학생과 무서워하는 순진한 양아치가 있네."

"ㅜ_ㅜ"

"양아치 그럼 내가 무섭냐, 학주가 무섭냐."

"아."

"대답해 봐."

"난… 반휘도 무섭구, 학주도 무서워."

"하하. 내 질문이 어려웠구나. 그럼 학주랑 나랑 싸우면 누가 이길까? ^-^"

"잘은 모르겠지만 학주는 선생님이잖아. 반휘는 학생이고. 그러니까 학생하고 선생님하고 싸우면 안 되는 거잖아."

"그럼 학주가 이긴다고?"

"으응."

"땡~ 틀렸다, 양아치. ^-^"

"ㅜ_ㅜ"

"나 싸움 되게 잘해. 진짜로 싸우면 내가 이긴다, 이겨. ^-^"

"우와~"

"홋. 몰랐지? 원래 잘생긴 애들은 못하는 게 없어."

“그렇구나. 그런 거구나.”

“알아들었으면 일어나.”

“응.”

“저쪽 가서 나무에 참새 몇 마리 있나 그거나 세어보자.”

반휘의 말에 어쩔 수 없이 바닥에서 일어나 난간 쪽으로 걸음을 옮기기 시작하는 나. 그래, 믿자, 믿자, 믿자! 반휘는 분명 학주를 이기고도 남을 아이야. T_T

“자, 받아.”

불현듯 주머니에서 무언가를 꺼내 내게 슝— 던지는 반휘. 그 물체가 가볍게 포물선을 그리면서 내 손 위에 가뿐히 떨어진다.

“빙고. -0-”

“어? 뭐야? 우와. 이거 빵이네!!”

“그래, 빵. ^-^”

“이게 어디서 났어?”

“뱃속에서 다시 조립한 거야. 조립해서 꺼내느라 죽는 줄 알았다.”

“와, 그럼 이거 내 빵이야? 근데 꼭 호떡처럼 눌려 버렸네.”

“팥호떡이다~ 생각하고 맛있게 먹어.”

“고마워. 고마워, 반휘야.”

“홋, 먹기나 해.”

그렇게 학교 옥상에서 나란히 서서 반휘는 담배를 피우고, 난 맛있는 팥빵을 먹으며 나무 위에 앉아 있는 참새들을 세기 시작했다. 물론 자꾸 날아갔다가 다시 돌아오는 변덕스러운 참새가 있어서 참새를 세는 작업이 쉽지만은 않았지만, 그래도 즐거웠다. 무엇보다도 맛있는 팥빵이 있어서 더 더욱 행복했다!

"저기 근데 반휘야."

"응?"

"저쪽에 앉아 있는 뚱뚱한 새도 참새야?"

"어디? 아, 저거? 저건 참새가 아니라 돼지새야. 돼지새."

"돼지새? 돼지새란 것도 있어?"

"어, 방금 전에 내가 만들었어. 그니까 저건 세지 마."

그렇게 점심 시간은 흐르고, 흐르고, 계속 흘러가고 있었다.

"파인아, 이파인!! 너 어디 갔다 온 거야? 계속 찾았잖아. 너 주려고 빵 이렇게 많이 사 왔는데!!"

교실에 들어서기가 무섭게 가지각색의 빵이 잔뜩 담긴 까만 봉지를 들어 올리며 요란스럽게 말하는 무니. 무니야, 넌 역시 나의 친구였구나. 우린 친구였어. T_T

"우와, 빵이다!!"

"빨리 와서 먹어. 파인이 너 교실에 없어서 얼마나 놀랐는데~"

"히힛. 응."

"내가 니 도시락 몰래 까먹어서 가출해 버린 줄 알았잖아. -_-"

"그랬구나."

"그래, 기집애야. 근데 너 어디 갔다 왔어?"

"아, 반휘랑 옥상에 좀 갔다가."

“어머! 우리 파인이 그 전학생이랑 그새 친해진 거야?!”

“그, 그냥.”

“호호~ 잘됐네. 반휘 걔 어때? 응?! 말하는 것도 멋지지?”

“으응. 그, 그냥.”

“그래 뭐 보나마나 멋있겠지!! 그치그치?”

“응. 그런 것 같아.”

“여자 친구는 있대? 어느 동네로 이사 왔대?”

“글쎄, 난 잘…….”

“좀 물어보지 그랬어~ 한구은 왜 다시 온 거래? 혈액형은 뭐래니? 참참, 공포 영화 같은 거 보는 건 좋아한대?”

“무니야, 난 아무것도 몰라. 반휘한테 아무것도 안 물어봤는걸.”

“어머, 미안미안. 우리 파인이 배고프겠다, 빨리 빵 먹어.”

“응. 맛있게 먹을게, 무니야.”

난 조용히 의자에 앉아 무니가 사다준 빵을 하나씩 먹기 시작했다. 까만 봉지 안에는 내가 가장 좋아하는 바나나 크림빵을 포함해서 총 7가지의 빵이 들어 있었는데, 비록 슈퍼 제품이지만 정말 맛있었다.

“파인아~ 맛있지, 맛있지?”

“응응.”

“그럴 줄 알았어! 파인이 너 그거 하나도 빠짐없이 다 먹어야 돼!”

“몽땅 다?”

“당연하지. 이 언니가 오랜만에 사다 줬는데!!”

“아, 알겠어.”

그 많은 빵을 다 먹으라니. 조금 무리가 있을 듯싶었지만, 무니의 성의를 생각해서 꼭 다 먹어야겠다고 생각했다. 그러나 사실은 무니의 뜨거운 눈초리가 날 감시하고 있어서 먹지 않을래야 않을 수가 없었다. 배부른데. 진짜 배부른데. T_T

어라? 그런데 날 향하고 있는 줄 알았던 무니의 눈이 다른 곳을 향하고 있다. 예쁜 나의 친구 무니가 반휘를 쳐다보고 있다. 하트로 변한 끈적한 시선으로 말이다. 아마도 무니는 오늘 전학 온 반휘한테 무척이나 관심이 있는 모양이다. 반휘를 끊임없이 쳐다보는 것으로 보아 무니가 핑크빛 사랑을 시작하려나 보다.

러브러브, 핑크빛 러브! 공무니♡예반휘.

히힛, 머리 속으로 나란히 서 있는 무니와 반휘의 모습을 상상해 본다. 그래, 둘이 참 예쁘다. 예쁘구나.

4장

왕자병과 미미

왕자병과 미미

"미미야, 빨리 가서 밥 먹어. 많이 먹어야 예쁜 나비가 되지!"

꼬물꼬물. 꼬물꼬물.

"난 미미가 빨리 나비가 됐으면 좋겠어. 그래서 미미가 하늘을 훨훨 날았으면 좋겠다."

"캐캑. 캑! 콜록콜록."

순식간의 일이었다. 간신히 입을 틀어막고 기침을 해대는 나. 욱. 빵이 목에 걸렸어!! T_T 콜록콜록. 살려주… 세요!! 살려줘요!!

넋이 나가선 멍청히 상상을 해대다가 무턱대고 넘긴 빵이 목에 걸려 버린 것이었다. 얼굴은 홍당무처럼 달아오르고, 목에 걸린 빵 때문에 기침은 멈추질 않는다. 물을 마셔야 하는데… 물이 필요해. 선생님, 정말 미안해요. TOT 난 열심히 기침을 해대며 한 손을 번쩍— 들고는 뭐라 말도 하지 못한 채 그냥 교실을 뛰어나와 버렸다. 그리고는 반들반들한 복도를 가로질러 뛰기 시작한다.

"콜록콜록. 켈룩켈룩. 콜록켈룩."

쾅당—!!

"콜록콜록. 아야……."

아침부터 미끌거리던 복도. 예감이 좋지 못했는데, 결국은 넘어지고 마는구나. 아파, 아프잖아.

"아, 아파. T_T"

그때 내 어깨를 덥석— 잡아오는 손길, 그리고 귀여운 목소리.

"우욱. 괜찮아??"

비호였다. 생글생글 밝은 미소가 어울릴 법한 얼굴에 걱정스런 표정을 달고는 내게 묻는 비호.

"파인아, 파인아, 괜찮은 거야? 응?"

"으응. T_T"

"진짜? 우와, 파인이 씩씩하다!!"

"맞아, 난 씩씩해."

"히히힛. 멋지다, 파인이 멋지다. ^o^"

신기하다는 듯 날 내려다보며 멋지다는 말을 남발하는 비호. 이내 내게 하얗고 기다란 손을 내밀어 내 몸을 일으켜 준다. 그리고는 바닥에서 콩콩콩— 뛰어대는 비호다.

"파인아, 이렇게 뛰어봐. 콩콩콩 뛰어봐!!"

"응? 아, 응."

"시작! 콩~ 콩~ 콩~!!"

비호가 시키는 대로 복도 한가운데서 콩콩콩— 뛰고 나니 다시금 물어오는 비호.

“콩콩콩 뛰어도 아픈 데 없어??”

“응, 없어.”

“그럼 정말 괜찮은 거네. 씩씩하고 튼튼한 파인이, 파인이!!”

“으응.”

“신난다! 우리 뛰자!! 교문까지 누가 먼저 가나 내기하자.”

“응??”

“자, 준비!! 요이~ 땅!!”

“잠깐만!! 잠깐만 기다려, 비호야.”

그러나 준비, 요이 땅을 순서대로 외친 비호는 앞으로 먼저 달려나가 버리고, 난 멀어지는 비호의 모습을 멍하니 지켜볼 수밖에 없었다. 느닷없이 달리기를 하자니. 여기부터 교문까지는 꽤 먼 거리인데. 비호야, 난 달리기라면 정말이지 꽝인 아이야. 그래서 난 달리기 내기 같은 건 하고 싶지 않아. 우리 그냥 뛰지 않으면 안 되니? 그러나 무심히도 멀어져 가는 비호의 뒷모습. 그렇게 정신없이 뛰어가던 비호가 갑자기 멈춰 서더니 뒤돌아 날 본다. 그리고는 아직도 제자리에 서 있는 날 향해 어서 오라고 손짓한다. 어서 뛰어오라고 제자리에서 콩콩 점프를 해대며 손짓한다. 그래서 난 마지못해 뛰기 시작했다. ㅜ_ㅜ

사실 뛰지 않아도 되었지만, 친구가 없는 비호가 불쌍해서 뛰었다. 혼자 달리기놀이를 하면 외로울 테니까. 아무도 없이 혼자 노는 건 정말 외롭고 쓸쓸한 것일 테니까. ㅜ_ㅜ 하아. 하아. 평소에도 멀게만 느껴지던 교문. 오늘따라 더욱 멀게만 느껴진다. 비호는 쌩쌩 잘도 뛰어가는데, 난 정말 운동 부족인가 봐. 왜 이렇게 힘든 거지?

그나마 처음에는 가벼웠던 걸음이 시간이 지날수록 점차 무거워지고, 교문을 바로 눈앞에 두고는 거의 걷다시피 했다. 그때, 숨을 헐떡이며 걸어가는 날 향해 다시 되돌아오는 비호. 내게 다가와서는 커다란 손을 내밀며 빨간 앵두 같은 입술로 말한다.

"우리 같이 1등 하자. ^-^"

비호의 말에 난 우물우물 어색하게 서 있을 수밖에 없었다. 같은 반이 되고도 지금까지 말 한마디 제대로 나눠보지 않았던 비호. 그저 반 친구들의 말만 믿은 난 비호가 나쁘고 무서운 아이라고 생각했는데, 같이 1등을 하자며 내게 손을 내미는 비호는 따뜻하고 착한 아이였다. 내가 믿고 있던 것과는 달리 비호는 정말 좋은 아이가 분명했다.

"빨리! 빨리 같이 1등 하자!!"

라는 말과 함께 힘없이 늘어져 서 있는 내 손을 꼬옥─ 감싸 쥐는 비호. 그렇게 내 손을 잡은 채, 교문을 향해 성큼성큼 걸어간다. 그리고 교문에 다다르자 내 손을 감싸 쥔 자신의 손을 교문에 처억─ 갖다 대고는 이내 '빙긋' 웃으며 경쾌한 목소리로 말하는 예쁜 비호.

"이파인, 윤비호!! 공동 1등!! 우리 둘 다 1등!!"

비호의 말과 비호의 행동에 하마터면 눈물이 날 뻔했다. 울면 안 되는데. 하지만 난 정말 나쁜 아이야. 다른 친구들의 말만 믿고, 이렇게 착하고 순수한 비호를 멀리했다니. 내가 너무 나빴어. 정말정말 나빴던 거야.

“어? 파인이 운다. 왜 울어?”

“T_T”

“아침에도 울고 또 운다. 울면 안 되는데.”

“우는 거 아냐. 그냥 눈에 모래가 들어가서 그래.”

“그렇구나. 난 우는 줄 알았어. 근데 우는 거 아니구나. ^-^”

하며 비호가 내 눈가를 적셔오는 따뜻한 눈물을 손으로 쓰윽 닦아 주었다. 우는 거 아닌데. 정말 아닌데… 나 바보같이 울고 있었나 봐. T_T

“비호야, 미안해. 미안미안.”

“응? 뭐가?”

“그냥 다 미안해. 정말 미안해.”

“바보, 뭐가 미안해. 우리 같이 1등 했잖아. 그니까 웃자!!”

“으응.”

그렇게 난 비호가 좋은 아이란 것을 알게 되었다. 윤비호, 비호는 이제 왕따가 아니야.

딩동댕동―

5교시가 끝나는 종이 울리고, 난 비호와 나란히 교실로 들어갔다. 교실에 발을 들여놓자마자 휘둥그레진 눈으로 날 쳐다보는 무니. 이내 후닥닥 달려와서는 날 끌고 자리로 간다. 그리고는 다그치듯 무섭게 묻는다.

“이파인, 너 어디 갔다 와!!”

“응?”

"왜 윤비호랑 같이 들어오는 거야?!"

"그냥."

"너 뛰어나가고 비호 쟤도 너 따라서 뛰어나갔어. 알아?"

"아, 그랬구나."

"뭐야, 진짜. 너 설마 윤비호랑 어울리는 거 아니지?"

"그냥 다 똑같은 친구잖아."

"누가? 너 지금 윤비호가 우리 친구라는 거야?"

"응."

"얘가 정말 큰일 날 소리 하네. 알잖아, 쟤 왕따 거!!"

"모르겠어. 난 그런 거 몰라."

"야, 이파인!! 파인아, 너 갑자기 왜 그래?!"

"내가 뭐. T_T"

"윤비호 저놈이 뭐라고 널 꼬셨는지 몰라도 어울리지 마!"

"몰라, 난 모르겠어."

"모르긴 뭘 몰라! 어울리지 말라면 그냥 어울리지 마!!"

"무니야, 난 그냥 다 친구 할래. 비호도, 무니도 전부 친구."

"니가 잘 몰라서 그렇지. 윤비호 쟤 질 안 좋은 애야!!"

"무니야, 무니야, 나 한숨 잘게. T_T"

난 무니의 말을 집어삼키며 책상에 얼굴을 묻고 잠을 청했다. 도대체 왜 비호를 싫어하는 걸까. 무니도 그렇고 다른 아이들도 왜 모두 비호를 멀리하는 거지? 비호도 알고 보면 정말 좋은 아이인데 왜 그러는 거야. 그래, 무니도 곧 알게 될 거야. 비호가 좋은 아이라는 거

모두 알게 될 거야. 내가 모두에게 알려줄 거야. 꼭 그럴 거야.

흔들흔들— 흔들흔들—

"양아치, 계속 잠만 잘 거냐. 집에 안 가?"

"우움."

"일어나라, 양아치."

날 흔들어 깨우는 소리에 슬며시 눈을 떠보니 내 앞에 반휘가 서 있다. 그리고 교실은 텅 비어 있었다. 벌써 수업이 끝난 모양이다.

"빨리 가방 챙겨."

반휘의 말에 주섬주섬 책상에 펼쳐진 책과 연습장을 가방에 챙겨 넣는데, 연습장 한쪽 모퉁이에 적힌 무니의 글씨체가 눈에 들어온다.

파인아, 급한 일 있어서 먼저 간다. 내일 보자. —_—

아마도 무니가 삐친 모양이다. 내가 비호 편을 들어서 화가 난 건가. 그치만 비호도 착한 아이인데, 정말 착한데. 정말 머리 아파, 머리 아파, 이런 거 정말 싫어.

"무슨 생각을 그렇게 하냐?"

"아무것도 아니야."

"훗. 양아치도 고민 같은 게 있는 모양이네."

"어, 어떻게 알았어?"

"난 원래 모르는 게 없어. ^-^"

"우와, 반휘는 정말 대단하구나."

“말했지. 잘생긴 애들은 못하는 것도 없고, 모르는 것도 없다고.”

“그럼. 내가 뭐든지 물어봐도 다 대답해 줄 수 있겠네?”

“하하. 당연하지. 그걸 말이라고 하냐, 양아치.”

“그럼 하나만 물어봐도 돼?”

“어, 뭐든지 물어봐.”

“으음. 그니까…….”

“뭔데 그렇게 뜸을 들여?”

“있잖아. 그니까 다른 아이들이 모두 싫어하는 그런 아이가 있는데.”

“응.”

“근데 사실은 그 아이가 정말 착하고 좋은 아이거든. 그런데 다들 싫어해.”

“훗. 그래서?”

“난 그 아이가 착하다는 거 아니까 같이 친구 하고 싶은데… 내 친구는 그 아이랑 어울리면 안 된대. 근데 난 친구가 되고 싶어.”

“그래?”

“응. 난 그 아이랑 사이좋게 지내고 싶어. T_T”

“그렇구나.”

“난 정말 어떻게 해야 할지 모르겠어. 그것 때문에 마음이 자꾸 답답하고 이상해. 반휘야, 난 어떻게 해야 해?”

“그럼 그 왕따라는 애.”

“응?”

“잘생겼냐? 얼굴 말이야.”

“아. 으응, 예쁘게 생겼어.”

“훗. 그럼 놀아. 이쁘고 잘생긴 애들이랑은 놀아도 돼.”

“그래도 되는 걸까?”

“어, 내 말 믿고 놀아. 놀아도 돼.”

“응. 고마워, 반휘야. T_T”

반휘한테 답답한 마음을 털어놓고, 확실한 답변을 듣고 나니 마음이 한결 가벼워지는 기분이다. 그래, 난 비호랑 그냥 친구 할래, 반드시 친구가 되어줄 거야. 좋은 아이랑은 놀아도 되는 거니까. 비호는 정말 좋은 아이니까!

“자, 이제 고민 싹 해결됐지?”

“응응!”

“훗. 양아치도 웃는 게 훨씬 낫네. 그만 가자. 집으로 고고!”

그러고 보니 같은 동네 사는 친구가 생겼구나. 조금은 무서운 아이지만 그래도 반휘는 정말 똑똑하고 좋은 친구야!! 앞으로 비호랑도 반휘랑도 모두모두 친하게 지낼 거야.

난 반휘와 함께 학교를 빠져나왔다. 집으로 향하는 발걸음이 가볍다.

룰루랄라— 룰루랄라—

그렇게 신이 나서 반휘와 집으로 향하는 길. 엇! 저 아이, 저 아이 오늘 아침에 돈 빌려줬던 아이인데!!

“아, 저기요!! 저기 잠깐만요!!”

골목길로 꺾어 들어가는 그 아이를 보자마자 큰 소리로 부르며 곧바로 뒤쫓아갔는데, 내 소리를 듣지 못했는지 그대로 멀어져 갔다. 못 들었나 보네. 빨리 돈 갚아야 하는데.

"뭐야? 누군데?"

"으응? 아침에 돈 빌렸던 사람."

"하하. 모르는 사람한테 돈 꿨냐?"

"아, 아냐. 빨리 집에 가자, 반휘야!"

힘든 하루가 이렇게 저물어간다.

다음 날.

"나는 꼬불이 왕자다!! 멍텅구리 악마는 죽어라!!"

"파노야, T_T 파노야, 그러지 마."

오늘도 어김없이 파노의 괴롭힘 속에 어렵사리 잠에서 깨어났다. 휴, 우리 파노는 언제나 힘이 넘쳐 나는 아이다.

"나 밥."

부시럭대며 화장실로 발걸음을 옮기는데, 파노가 손에 쥔 칼로 날 툭툭 치며 말했다. 밥을 달라고 말이다.

"엄마가 밥 안 챙겨놓고 갔어?"

"그래, 멍청아! 엄마가 누나한테 빵 구워달라 그러랬어!"

"응. 누나가 금방 씻고 빵 구워줄게."

"싫어. 나는 밥 먹고 싶어. 밥 먹을 거야."

"파노야, 누나 시간 없어. 그냥 빵 먹자, 응? 파노야."

“싫어!! 밥 안 주면 유치원 안 가!!”

“왜 그래. 빵도 맛있잖아. 파노 너 빵 좋아하잖아.”

“이제 아냐!! 난 밥 먹을 거야!!”

“ㅜ_ㅜ”

“상어반 선생님이 아침에는 꼭 밥 먹어야 한다고 그랬어!!”

“아냐. 가끔 빵을 먹어주는 것도 좋은 거란 말이야.”

“씨. 누가 그래?!”

“그리고 원래 잘생기고 멋진 사람은 아침에 빵 먹어.”

“진짜야? 그럼 빵 줘.”

귀여운 파노. 누구를 닮아서 저렇게 귀가 얇은 건지 모르겠지만, 역시나 사랑스러운 나의 동생이다. 그렇게 난 오늘 아침 파노와 함께 빵을 먹어줬고, 여전히 느지막한 시간에 난 등교 길에 올랐다. 오늘도 담을 넘어야지. 근데 반휘는 벌써 학교 갔으려나? 문득 떠오르는 반휘가 학교에 등교했는지 살짝쿵 궁금했지만, 정확히 몇 호에 사는지도 모르고 해서 그냥 터벅터벅 학교로 향하였다. 걱정이 밀려든다. 휴우, 오늘은 무사히 담을 넘을 수 있을까. 뒷담을 마주하자 걱정이 꽤 앞섰지만, 난 재빠르게 담을 넘기 시작했다. 다행히 어제보단 조금 수월하단 느낌이 든다.

“미미야! 미미야!!”

이게 무슨 소리지? 미미? 미미는 또 누구야? 귓가를 파고드는 낯익은 목소리에 난 담을 넘자마자 소리가 나는 쪽으로 살금살금 걸어가 보았다. 그리고 그곳에 쭈그려 앉아 있는 비호를 발견했다. 누구랑 얘기하는지 도무지 알 수 없는 비호.

"미미야, 이것 좀 먹어봐!"

아무것도 없어 보이는 바닥을 내려다보며 열심히 이야기를 하는 비호. 누구랑 말하는 건지 모르겠다. 비호야, 지금 도대체 누구랑 얘기하는 거니.

"비호야, 여기서 뭐 해?"

"어? 파인이다!!"

"응응. 근데 여기서 뭐 하고 있어?"

"파인아. T_T"

"왜, 왜 그래. 왜 그러니, 비호야. TOT"

"미미가 아픈가 봐. 우리 미미가 밥을 안 먹어."

"미미가 누군데?"

"미미!! 내 친구 미미!!"

비호의 친구 미미? 비호가 자신의 친구라 말하며 손가락으로 가리킨 곳엔 아주 늠름하게 생긴 애벌레 한 마리가 날 올려다보고 있었다. 저 자그마한 애벌레가 비호의 친구였다니. 그랬구나. 비호는 그동안 애벌레 친구랑 놀았던 거구나. T_T

"그게 미미야?"

"응. 미미야, 빨리 이거 먹어!! 배고프잖아!"

죠리퐁 한 움큼을 손에 들고는 애벌레 친구 미미에게 먹으라고 강요해 대는 비호. 그 모습에 아침부터 눈물이 나려고 한다. T_T

"비호야."

"응?"

"비호야, 애벌레는 죠리퐁 같은 거 먹지 않아."

"애벌레가 아니라 미미야. 그리고 미미는 조리퐁 아주 좋아해!"

"그럴 리 없어. 그건 비호만의 생각이겠지. T_T"

"아냐! 내가 매일 여기다 죠리퐁 두고 가면 미미가 다 먹었단 말이야!"

"진짜?"

"응. 진짜로 다음날 되면 죠리퐁 다 먹고 없었어."

"비호야, 그건 게미 친구들이 가져간 서셌지. T_T"

내 말에 커다란 눈을 껌뻑이며 말없이 미미를 내려다보는 비호다. 그리고 이내 비호가 심각한 얼굴로 물어온다.

"그럼 우리 미미는 뭐 먹어?"

"으응?"

"죠리퐁 안 먹으면 뭐 먹고 살아. 우리 미미 뭐 먹는데?"

"나뭇잎!"

"나뭇잎?"

"응, 저기 봐. 저기 나뭇잎에 구멍난 거 보이지??"

"응, 보여. 나뭇잎에 뽕뽕 구멍나 있어."

"저게 다 미미가 먹어서 그런 거야."

"우와. 정말? 저거 진짜 미미가 다 먹어서 그런 거야??"

"응, 정말이야."

"와하하. 미미 돼지다!! 돼지 미미!! 그치?"

"아, 응. ^-^"

"꿀꿀꿀 돼지는 미미래요! 미미는 돼지랍니다!!"

무성하게 뻗은 큼지막한 나무를 올려다보며 미미를 돼지라 놀리는 비호. 하얀 얼굴에 예쁜 미소가 감돈다. 비호는 웃는 모습이 참 예쁜 아이구나.

"미미야, 빨리 가서 밥 먹어."

꼬물꼬물.

"난 미미가 돼지여도 좋아. 많이 먹어야 예쁜 나비가 되지!"

꼬물꼬물.

"난 미미가 빨리 나비가 됐으면 좋겠어. 그래서 미미가 하늘을 훨 훨~ 날았으면 좋겠다. ^o^"

조심스럽게 미미를 집어 들어선 나뭇잎 위에 살그머니 올려놓으며 다정스럽게 떠들어대는 비호. 비록 아무 말 없는 미미이지만, 대답 대신 꼬물꼬물 나뭇잎 위를 잘도 기어간다.

"미미 예쁘다. 그치? 예쁘지?"

나뭇잎 위를 종횡무진 열심히 기어다니는 미미를 흐뭇한 표정으로 한참 동안 구경하던 비호가 내게 물었다. 미미가 예쁘냐고. 쭈글쭈글 하게 생긴 애벌레가 예쁘냐고. T_T 아, 아니라고 말하면 비호가 상 처받겠지?

"아, 으응. 예, 예뻐."

"히힛. 파인이, 바보."

"바, 바보라니. T_T"

"예쁘다고 생각 안 하잖아. 근데 예쁘다고 말하니까 바보야."

"비, 비호야……."

"그러지 마. 거짓말은 나쁜 거잖아. ^o^"

"으응."

나의 대답에 만족한다는 듯 싱긋 웃고는 죠리퐁 봉지를 주섬주섬 챙긴 뒤, 어디론가 뛰어가는 비호. 사뿐사뿐 참으로 잘도 뛰어다니는 비호다.

"비호야, 어디 가? 교실에 안 들어가?"

"응응. 파인아, 안녕~ 안녕안녕~"

손을 커다랗게 휘저으며 반대 편으로 점점 멀어져 가는 비호. 난 그런 비호의 뒷모습을 잠시 지켜보다가 부랴부랴 교실로 올라왔다. 그리고 생각없이 교실 문을 열고 들어갔더니 담임의 불호령 소리가 귓가에 떨어진다.

"이파인!! 복도에 나가서 무릎 꿇고, 손 들고 있어!!"

아침 보충이 담임이라는 것을 정말이지 새까맣게 잊고 있었던 나이다. 바보. 바보, 이파인!! 난 복도 한쪽에 가방을 내려놓고, 반질반질 차가운 복도 바닥에 무릎을 꿇고 앉았다. 시원한 느낌이 다리를 타고 올라온다.

"우, 차가워."

"이파인, 빨리빨리 손 못 들어?!"

어느새 복도로 나와서는 꼼지락대고 있는 내게 소리를 질러대는 담임, 날 싫어하는 표정이 역력하다.

“ㅜ_ㅜ”

“지금부터 수업 끝날 때까지 손 똑바로 들고 있어!!”

“네.”

“한 번이라도 내렸다가는 일주일 내내 반성문 쓸 줄 알아!!”

“네에.”

“감시 카메라 달아놨으니까 수작 부렸다간 알아서 해!!”

힘이 들면 담임이 보지 않는 사이에 살며시 내렸다가 다시 벌을 서려고 했는데 담임이 저렇게 강하게 나오니까 심장까지 얼어붙는 기분이다. 후, 거기다 감시 카메라라니. 어, 언제 그런 것까지 설치한 거지. ㅜ_ㅜ

“양아치.”

“음?”

“우리 양아치 아침부터 여기서 뭐 하냐? ^-^”

“엇, 반휘야.”

“왜 여기 이러고 있는데.”

“지각해서 걸렸어. 반휘 너도 지각한 거 아니야? 담임한테 걸리면 혼날지도 모르니까 수업 끝나고 들어가.”

“훗. 양아치 의리있네.”

“응응!”

“근데 그렇게 손 들고 있으면 팔 아프지 않냐.”

“아. 아파. ㅜ_ㅜ”

“그럼 내가 망 봐줄 테니까 잠깐 손 내리고 있어.”

"아."

"계속 그러고 있으면 우리 양아치 팔 빠진다."

"안 돼. 담임이 수업 끝날 때까지 들고 있으랬어."

"그러니까 안 걸리게 내가 망 봐준다잖아. ^-^"

"그치만 손 한 번이라도 내리면 일주일 내내 반성문 쓴댔는 걸."

"하하. 양아치 겁이 참 많구나."

"담임이 그러는데 여기에 감시 카메라 달아놨대."

"홋. 어디?"

"몰라. 암튼 그래서 절대로 내리면 안 돼. 담임한테 죽어."

"그럼 내가 잡아줄 테니까 힘 빼."

라고 말하며 내 양쪽 팔을 꽈악 잡아주는 반휘. 그렇게 반휘는 팔을 잡아주고, 난 반휘가 하라는 대로 팔에 힘을 쭈욱— 뺐다. 그러자 정말 거짓말처럼 팔이 아프지 않다. 반휘는 정말 머리도 좋은 아이다. 어떻게 이런 생각을 한 거지? 이제부터 반휘를 천재소년이라고 불러야겠다. 천재소년 예반휘!!

"반휘야, 나 이제 괜찮아. 담임한테 걸릴지도 모르니까 딴 데 가 있다가 교실에 들어가."

한참 동안 말없이 내 팔을 잡아주고 있는 반휘에게 괜찮다며 다른 곳에 피신 가 있으라 말하자 반휘가 피식 웃음을 흘리며 말한다.

"말 안 해줘도 종 치기 딱 5분 전에 튈 거다. ^-^"

장난스런 말투의 반휘. 알 수 없는 웃음을 흘리며 복도 끝을 쳐다본다. 그러고 보니 반휘도 피부가 좋네. 잡티 하나 없이 깨끗하잖아!

비호도 굉장히 뽀얗고 예쁜 피부를 가졌는데.

“뭘 그렇게 쳐다보냐.”

“으응?”

“잘생긴 오빠 얼굴 그렇게 계속 쳐다보면 안 되지.”

“우웃.”

“그러다 우리 양아치 나한테 반하면 곤란하잖아. ^-^”

“아, 아니야! 나 반휘 너 본 거 아니야!!”

“훗. 순진한 양아치. 당황하는 거 봐. 되게 웃겨. 하하.”

“ㅜ_ㅜ”

“나 담배 한 대 피우러 갔다 온다. 이따 보자.”

반휘는 그렇게 내 팔을 놓아주고는 휘적휘적 복도 끝으로 여유롭게 사라져 버렸다. 맙소사. 아무래도 반휘는 살짝 왕자병에 걸린 아이인가 보다. 그래도 착한 반휘 덕에 벌 한 번 참 편하게 섰구나!!

터벅터벅— 터벅터벅—

복도 반대 편에서 들려오는 발걸음 소리. 슬며시 소리가 나는 쪽을 보니 멀리서 한 남자 아이가 걸어오고 있다. 우, 창피해. 난 재빨리 고개를 푹 숙이고는 그 남자 아이가 빨리 지나가기를 기다렸다. 부끄럽다. 점점 가까워 오는 발걸음 소리. 그런데 그 소리가 날 지나치지 않고 내 앞에 멈춘다.

“야.”

뭐지?

난 낮은 목소리의 [야]라는 말을 듣는 순간, 고개를 번쩍 들어 소리가 나는 쪽을 올려다보았다. 그리고 혼자 화들짝 놀라서는 자리에서 벌떡 일어나 인사를 했다.

"아, 안녕하세요!!"

"……."

"어제 집에 가는 길에 잠깐 봤었는데."

반가움과 고마움이 서려 있는 내 말에 아랑곳하지 않고 무표정한 얼굴로 날 내려다보며 서 있는 이 아이, 어제 내게 돈을 빌려주었던 바로 그 아이다.

"빌 서냐."

"네. 지, 지각을 좀 해서요."

"……."

"아참, 돈 드릴게요, 잠깐만요. 잠깐만 기다려 주실래요."

"돈 받으러 온 거 아니야. 벌이나 서. 상관하지 말고."

감정이 없는 듯 차가운 말투. 여전히 대범한 그 아이는 반말쟁이다. 그리고 [남제하]라고 적힌 하얀색 명찰, 분명 1학년이다. 이럴 수가. 나보다 한 살 어리잖아. 어린 아이였어, 나보다 어린 아이. T_T

"그, 그럼 여기까지 어쩐 일로 오신 건가요?"

"못 들었어, 내 말?"

"네에?"

"상관하지 말라고. 상관 말고 벌이나 제대로 서."

짜증이 담긴 말을 툭 내뱉고 높다란 교실 창문을 슬쩍 들여다보는 제하라는 아이. 이내 터벅터벅 어디론가 걸음을 옮긴다. 돈 갚아야 하는데. 돈을 받으러 온 게 아니어도 난 갚아야만 하는데. 자꾸 멀어져 간다. 얼른 돈을 갚아야지, 이대로 그냥 보낼 순 없어! 난 번쩍 들고 있던 손을 내리고 돈을 꿔줬던 그 아이의 뒤를 마구 쫓아갔다. 요새 들어 뛰는 일이 왜 이리도 많이 생기는지 모르겠다. 아차, 담임!! 담임한테 걸리면 죽는데. 수업 끝날 때까지 벌 제대로 서라고 했는데. 아무래도 일주일 내내 반성문을 써야겠구나.

"저기요, 저기요!!"

"……."

"저기 잠깐만요. T_T"

콰당―

그런데 너무 급하게 뛴 모양이다. 하필이면 이런 상황에서 엉덩방아까지 심하게 찧으며 뒤로 나자빠졌다. 거기다 넘어지면서 손으로 바닥을 짚었는지 손목이 욱신거린다. 덜렁쟁이 이파인. 이러다 정말 몸이 남아나질 않겠어. T_T

"사람 귀찮게 하네."

어느새 되돌아왔는지 성가시다는 듯 날 일으켜 세워주는 그 아이. 차가운 얼굴에는 짜증과 불만이 한가득이다.

"미안해요. T_T"

"……."

"전 그냥 돈을 갚으려고 쫓아온 것뿐인데 미끄러지는 바람에."

"하아, 참나."

어이없다는 식의 이죽대는 웃음. 이내 그 아이가 내게 손바닥을 쭉 내밀며 말한다.

"갚을 거면 빨리 갚아. 사람 귀찮게 하지 말고."

"아, 네네."

그 아이의 행동에 멈칫 당황해선 주머니를 뒤지며 열심히 돈을 찾기 시작하는 나. 그런데 주머니를 한참 뒤져 대던 내 머리 속에 떠오르는 한 가지. 가방 속에 든 지갑, 그리고 그 지갑 안에 고이 든 빳빳한 만 원짜리 지폐 한 장.

"아, 저기……."

"뭐."

"저기 그러니까 그게 지갑이 가방에 있네요. ㅜ_ㅜ"

"짜증나."

"미안해요. 급하게 쫓아오느라 지갑이 가방에 있는 걸 깜빡."

"진짜 짜증난다, 너."

"죄송해요. 있다가 제가 꼭 갖다 드릴게요."

"사람 귀찮게 하지 마."

"네. 근데 몇 반이세요. ㅜ_ㅜ"

"후우."

신경질적으로 머리를 넘기며 긴 한숨을 쉬는 그 아이. 심장이 벌렁벌렁 자꾸만 겁이 난다. 어쩌면 좋다지. 내가 또 실수를 한 건가.

"이파인!! 이파인!! 거기서 뭐 하는 거야!!"

때마침 들려오는 끔찍한 목소리. 이 소리는 다, 담임이잖아!! ㅜ_ㅜ 노발대발 화가 머리끝까지 치민 듯한 담임의 목소리가 복도를 울리

고, 나의 얼굴은 조금씩 일그러져 가기 시작했다. 난 이제 죽은 거나
다름없어. 차라리 죽는 게 나을지도 몰라.

"서, 선생님, 잠깐만요!! T_T"

몽둥이를 들고 무서운 속도로 달려오는 담임에게 크게 소리치고는
최대한 애처로운 눈빛으로 그 아이를 올려다보는 나. 그러자 그제야
나지막이 입을 여는 그 아이.

"1학년 3반 남제하. 점심 시간 때 와."

"네에."

"훗. 근데 너 아주 제대로 걸렸다?"

날 향해 뛰어오고 있는 담임을 쏘아보며 빈정대는 웃음을 단 채 그
아이가 내게 한 마지막 말은 바로 그것이었다. 너 아주 제대로 걸렸
다. T_T 비록 1학년이지만 그 제하라는 아이도 우리 담임의 성격을
꽤나 잘 알고 있는 모양이다. 그래, 이제 난 죽었어, 죽은 거야.

학생과 상담실.

담임에게 잡혀와 기다란 막대기로 엉덩이를 5대나 맞고, 지금은
살짝 삐었는지 욱신대는 손으로 열심히 반성문을 쓰는 중이다. 커다
랗기만 한 A4 용지 3장을 앞뒤로 꽉꽉— 채워야 한다니 눈앞이 캄캄
하기만 하다.

"이걸 언제 다 쓰지. T_T"

맨 윗줄. 최대한 이름을 커다랗게 써넣고는 하얀 종이를 차근차근
까만 글씨로 채워 나가기 시작하는 나. 전혀 채워지지 않을 것만 같

던 백지가 까만 글씨로 서서히 채워져 간다.

[선생님, 정말 죄송해요]로 시작해서 [선생님, 다시는 안 그럴게요]로 깔끔한 마무리를 지어가고 있는 나의 반성문. 손가락이 아프다. 손바닥도 까맣게 됐네. 까맣게 되어버린 손바닥을 이리저리 문대며 욱신대는 팔목을 조물조물 주무르고 있을 때였다. 끼익— 음침한 소리와 함께 살그머니 열리는 문. 윽, 담임인가 보다!

"선생님, 반성문 다 썼어요. T_T"

깜지가 되어버린 A4 용지를 팔랑거리며 반성문을 다 썼다고 말하는데, 어째 담임은 아무 말이 없다. 선생님. 선생님? 선생님이 아닌가. 혹시나 하는 마음에 문가 쪽으로 다가가자 열린 문틈으로 불쑥— 들어오는 머리통 하나.

"어? 비호야!!"

"히힛. 여기 있는 거 맞네."

"비호 니가 여긴 어떻게 온 거야?"

"치타가 파인이 납치해 가는 거 보고 구하러 왔어."

치타. 그건 바로 날쌘돌이 담임의 별명이다.

"수업 시간이잖아. 담임한테 걸리면 어쩌려구. T_T"

"괜찮아. 치타는 지금 공부 중이야."

"그렇구나."

"근데 뭐 하고 있었어?"

"반성문 썼어. 저기 있는 거, 저거 다 내가 쓴 거야."

"우와, 종이가 까맣다."

"그치? 되게 까맣지?"

"응, 굉장하다, 이거 정말 파인이가 이렇게 만들었어?"

"응응."

신기하다는 듯한 표정으로 반성문을 열심히 구경하는 비호. 그다지 구경할 것도 없는 반성문을 참으로 열심히도 읽어대는 비호다. 그리고는 한참을 읽어 내려가던 비호가 내게 묻는다.

"똑같은 말만 써 있네."

"응응. 반성문이니까."

"근데 뭐가 그렇게 죄송한 거야?"

"아, 응. 그냥 선생님 말을 좀 안 들었거든. T_T"

"그렇구나."

내 말을 이해했는지 고개를 끄덕이며 구석진 곳에 놓여 있는 소파에 몸을 묻어버리는 비호. 그렇게 소파에 앉아서 뻐끔뻐끔 두 눈을 껌뻑이며 아무 말 없이 날 바라보던 비호가,

"졸리다."

라는 말과 함께 이내 눈을 감아버린다. 순식간에 조용해진 상담실 안. 새하얀 커튼이 창문을 통해 들어오는 바람에 의해 펄럭이고, 비호의 하얀 얼굴과 너무나 대조적인 까만 머리칼 또한 살랑살랑 흩날린다. 그리고 그곳에 자연스레 비춰지는 따스하고 눈부신 햇빛.

내 눈에 박혀오는 그 풍경 아닌 풍경이 그림처럼 너무나 아름답다. 진짜 그림 같아. +_+ 비호는 머리가 굉장히 까맣구나. 얼굴은 투명할 정도로 하얗고, 머리는 칠흑처럼 까맣고. 참 재밌다. 비호 참 예쁘다~♡

난 조심스레 책상에 기대서서 비호의 모습을 관찰하기 시작했다. 자그마한 얼굴에 커다란 눈망울, 적당히 높은 코, 앵두처럼 빨간 입술. 정말이지 뜯어보면 볼수록 예쁘고 잘생긴 얼굴의 비호. 비호는 참 예쁘게 생겼구나, 진짜 예쁘게 생겼어~♡ 그리고 무엇보다도 평소와 달리 지그시 눈을 감은 표정없는 비호의 얼굴이 나도 모르게 심장이 뛸 만큼 멋있었다. 쿵쾅쿵쾅— 이상해. 심장이 자꾸만 제멋대로 뛰어. 심장이 아픈가 봐, 이상해. T_T

"파인아, 파인아."

"응?"

"자꾸 눈물이 날 땐, 그럴 땐 어떻게 해야 하지?"

들릴 듯 말 듯 중얼대는 비호의 소리가 너무 작아서 하마터면 듣지 못할 뻔했다. 눈물이 날 땐 어떻게 해야 하냐구?

"글쎄, 자꾸만 눈물이 나면… 음……."

"……."

"난 그냥 계속 우는데 막 울어버리면 가슴이 되게 시원해."

영 시원치 않은 나의 대답에 비호는 감았던 눈을 번쩍 뜨더니만 말없이 웃어버린다.

"근데 그건 왜에?"

"그냥, 그냥 궁금해서. ^O^"

"응."

"우와. 근데 파인이 눈 되게 예쁘다!"

"눈? 아닌데. 안 예쁜데."

“예뻐, 예쁜데. 이렇게 아래로 처져서 더 예뻐!!”

손가락으로 또랑또랑 눈을 축 내려뜨리며 그게 더 예쁘다는 말하는 비호. 그 말에 왠지 모르게 마음이 씁쓸해져 온다. 그래그래, 내 눈에 조금 처지긴 했어. T_T

“우리 미미랑 닮았다. 미미 눈이랑 똑같아.”

“그렇구나.”

미미가 너무 작아서 눈 따위는 구경조차 할 수 없었는데, 비호의 친구 미미도 쌍꺼풀이 없는 작고 처진 눈을 가졌구나. 그랬구나, 정말이지 나랑 닮은꼴인 줄은 꿈에도 몰랐어.

“엇, 조금 있으면 점심 시간이다!”

“정말? 우아, 정말이네.”

비호의 말에 벽에 매달린 시계를 보고는 그제야 점심 시간이 가까워져 왔음을 알아차렸다. 나도 모르게 저절로 깊은 한숨이 나온다. 휴, 그 아이가 반드시 점심 시간 때 찾아오라고 했는데. 근데 자꾸만 가고 싶지 않아. 제하라는 아이 무서워. 너무 무섭고 차가워. T_T 그렇게 그 아이를 찾아가야 했지만, 그 아이의 차가운 말투가 자꾸만 생각나서 못내 찾아가기가 꺼려졌다.

여튼 오전 시간을 몽땅 상담실에서 보내고 정성을 다해 쓴 반성문을 책상 위에 가지런히 올려놓은 채, 난 가방을 챙겨 들고 비호와 함께 상담실을 빠져나왔다.

“심심하면 미미 보러와!”

“응. 비호야, 이따가 갈게!! 미미랑 재밌게 놀고 있어.”

“히힛. 파인아, 안녕~ 안녕안녕!!”

손을 흔들며 저만치로 뛰어가 버리는 비호. 어찌나 빠른지 몇 초 만에 복도 끝으로 사라져 버린 것 같다. 나도 얼른 가서 돈 갚고, 밥 먹으러 가야지!! ㅠ_ㅠ 난 밀려드는 긴장감에 지갑을 꼭 쥐고는 1학년 3반으로 씩씩하게 걸어갔다. 어쩌면 아주 조금은 울상이었는지도 모른다. 휴우.

톡톡—

1학년 3반 문 앞에 서 있는 한 여자 아이. 난 그 여자 아이의 어깨를 살찍 치며 물었나.

“저기 미안한대요.”

“(질겅질겅)네?”

“혹시 1학년 3반에 남제하라는 아이 있나요?”

“(질겅질겅)남제하? 제하는 왜요?”

“볼일이 좀 있어서요. 그 아이 좀 불러주실래요?”

“(질겅질겅) -_- 불러주기 싫다면 어쩔래요?”

“네? 아, 네. 그럼 어, 어쩔 수 없죠. T_T”

거칠게 껌을 씹어대며 쫙— 찢어진 눈으로 날 흘기는 여자 아이. 요즘 아이들은 정말 무섭다는 생각이 절로 들었다. 아무래도 조금 더 착하게 생긴 아이한테 물어봐야 할 것 같다. 별수없이 난 껌을 씹고 있는 여자 아이를 지나쳐 뱅뱅이 안경을 쓰고 있는 한 남자 아이를 붙잡았다. 그리고는 남제하라는 아이를 불러달라고 간절히 부탁했다. 그러자 멈칫 망설이는 것 같던 뱅뱅이 소년이 이내 교실로 가서 그 아이를 불러다준다.

"여기 돈이요!!"

빳빳한 만 원짜리. 난 그 아이가 교실에서 나오기가 무섭게 들고 있던 만 원을 넙죽 내밀었다. 그러나 도무지 받을 생각이 없는지 그저 차가운 눈초리로 날 내려다보는 그 아이. 그 아이의 눈빛에 손가락 마디마디 발가락 끝까지 얼어붙는 느낌이다.

"도, 돈 받으세요. T_T"

"……."

"정말 잘 썼어요. 정말정말 고마웠어요."

고맙다는 말과 함께 들고 있던 돈을 코앞까지 쑥 들이밀자 그때서야 그 아이가 내 손에 쥐어진 돈을 받아 들었다. 휴, 이제 됐어. 이제 난 자유의 몸이야.

"그럼 우리 다음에 좋은 모습으로 만나요. ^0^"

홀가분한 마음에 빙그레 화사한 미소를 지으며 뒤돌아 교실로 가려는 바로 그 찰나였다. 갑자기 저 멀리서 누군가 나와 그 아이의 이름을 부른다.

"남제하!! 이파인!!"

결코 듣고 싶지 않은 끔찍한 목소리.

"학교 문제아 두 놈이 같이 모여 있구만."

학주였다. 날카로운 눈빛으로 나와 그 아이를 훑어보며 문제아라는 말로 우리 둘을 싸잡아 버리는 학주. 왠지 느낌이 좋지 않다. 정말로 좋지가 못해. T_T

"두 놈 다 날 보면 찔리는 게 있을 텐데?"

"네에?"

오늘은 딱히 잘못한 것도 없는 것 같은데, 다그치듯 물어보는 학주를 이해할 수 없어서 되물을 수밖에 없었다. 그러자 학주가 몇 걸음 앞으로 걸어나가며 말한다.

"둘 다 상담실로 따라와!!"

학주의 말에 짜증이 났는지 인상을 찌푸리는 그 아이. 그리고 무슨 일인지 도통 영문을 알 수 없어 어벙벙한 채로 서 있는 나. 결국 우리 둘 다 학주의 뒤를 쭐레쭐레 따라나섰다. 학주의 말을 거슬렀다간 더 큰 화를 당할지도 모르기 때문이다.

그렇게 학주의 뒤를 따라 들어선 칙칙한 상담실 안. 책상 위엔 내가 써놓은 반성문이 꽤나 가지런히 놓여 있다. 아아, 또 한마디 듣겠구나. 이럴 줄 알았으면 이름이라도 작게 써놓는 건데.

"이거 이거 또 이파인이구만?"

"ㅜ_ㅜ"

정성스레 쓴 나의 반성문을 살짝 들었다가 한쪽 구석으로 휙― 던져 버리는 학주. 치켜뜬 눈으로 날 노려보다가 의자에 털썩 앉는다. 그리고는 무서운 목소리로 내게 말을 한다.

"이파인, 오늘도 지각했지?"

"네에."

"저번부터 그렇게 경고했는데 계속 이딴 식으로 나올 거야?!"

"잘못했어요."

잘못했다는 말에 까만 눈썹을 꿈틀거리는 학주. 쥐 잡듯 날 마구 잡아댈 것 같더니만 이내 그 아이를 쳐다보며 무섭게 말한다.

"남제하, 넌 또 뭐야?! 잠잠하다가 왜 싸움질이야? 어?"

"……."

"너 이 새끼, 내가 항상 주시하고 있는 거 알아, 몰라??"

"……."

"대답 못해?!"

"무슨 말씀인지 잘 모르겠는데요."

"뭐? 이 새끼가 선생님을 바보로 아나!!"

"……."

"너 지금 모르겠다는 말이 입 밖으로 나와? 어??"

"……."

"건방진 새끼! 너한테 맞은 놈들이 벌써 다 진술했어!!"

"……."

"어디서 시치미를 떼? 선생님이랑 지금 해보자는 거야?!"

"……."

"그래, 너 같은 새끼가 조용한 게 이상한 거지."

"……."

"남제하, 어디 니 입으로 말을 해봐!! 패싸움한 거 맞지? 어디 아니면 아니라고 말해 보라고!!"

확신에 찬 목소리로 그 아이에게 소리치는 학주. 그러자 관심없다는 듯 딴곳에 시선을 두고 있던 그 아이가 일그러진 미소를 지으며 말한다.

"선생님이 그렇다고 생각하면 그런 거죠."

마치 감정이 메마른 것처럼 그저 차갑기만 한 목소리. 그건 자기가 그랬을 수도 있다는 여지가 있는 대답이었다지만 내게는 그 아이의 대답이 자신이 하지 않았다는 말처럼 들렸다. 그러나 학주에게는 그게 아니었나 보다. 그 아이의 말이 끝나기가 무섭게 학주에 손에 들려 있던 국사책이 놀라운 속도로 그 아이의 얼굴을 향하는 걸 보니 그렇다.

탁　!!

툭!!

학주가 늘 소중히 여기는 국사책, 그 책이 학주의 손을 떠나 그 아이의 얼굴을 강타하고 그대로 바닥에 떨어졌다.

"구제불능 같은 자식."

"……."

"너 같은 새끼는 정말 구제불능이야!"

"그 아이가 아, 안 그랬을 수도 있잖아요. ㅜ_ㅜ"

한심하다는 투로 그 아이를 노려보며 떠들어대는 학주의 말에 나도 모르게 정말 무심코 튀어나온 말이었다. 왠지 한쪽 말만 듣고 저렇게 사람을 몰아붙이는 게 불공평해 보여서, 묵묵히 당하는 그 아이가 답답해서… 그래서 한 말이었는데 오히려 내 말에 발끈─ 하는 건 학주가 아닌 바로 그 아이 제하였다.

"훗. 니가 어떻게 알아?"

“아니 그, 그냥……”

“너 나 알아? 잘 모르잖아.”

“그래도 한쪽 말만 듣고 그러는 거 불공평하잖아.”

“알지도 못하면서 아는 척하지 마. 재수없어.”

“ㅜ_ㅜ”

“싸웠어. 내가 애들 팼다는데 니가 왜 끼어들어.”

“ㅜ_ㅜ”

“어제 패싸움한 거 애들 때린 거 저 맞아요.”

“……”

“이제 어쩌실래요?”

학주를 쏘아보며 반항기 어린 말투로 이야기하는 그 아이. 그래도 난 학주보다는 그 아이의 편이 되어 도와주고 싶었는데 도대체 왜 한 발 더 나서서 자기가 했다고 그러는 건지 모르겠다.

“이파인, 넌 교실에 가봐.”

“네?”

“다음에 또 지각했다간 1년 내내 화장실 청소야!!”

학주는 고갯짓과 함께 나가라는 말을 내뱉고는 엄청나게 기다란 몽둥이를 집어 들었다. 아마도 저걸로 그 아이를 때리려나 보다. 사람 잡겠어. 저걸로 맞았다간 정말 몸이 남아나지 않을 거야. ㅜ_ㅜ 말려야 하는데.

“빨리 나가봐!”

그러나 결국은 딱히 말리지도 못하고 내게 윽박을 질러대는 학주 때문에 난 떨어지지 않는 발걸음으로 상담실을 빠져나와야 했다.

　탁— 탁— 탁— 탁—

　상담실 문이 닫히자마자 몽둥이로 내려치는 소리가 연거푸 귓가에 박혀온다. 그 소리에 움찔움찔 심장이 멎을 것 같은 건 나였다. 분명 그 아이가 그런 거 같지 않았는데 왜 바보같이 그냥 맞는 거지. T_T 왜 일부러 누명을 쓰는 거야. 내 머리로는 도무지 이해가 가지 않았다. 비록 차갑고 삐딱해 보이는 아이지만, 나한테 선뜻 돈을 빌려준 걸 보면 분명 심성이 참으로 착하고 올바른 아이인 거 같은데.

　난 꼬르륵거리는 배를 부여잡고 상담실 앞에서 그 아이가 나오기만을 기다렸다. 그래도 돈을 빌려줬던 아이인지라 신경이 쓰이는 건 당연했다. 그렇게 나름대로 문짝에 귀를 대고 무슨 대화가 오가는지 들어보려 안간힘을 써봤지만, 매타작 소리만 들릴 뿐 그 외에 소리는 아무것도 들리지 않는다.

　그리고 한참 후, 터벅터벅 둔탁하고 구질구질한 발걸음 소리가 들려온다. 학주가 나오려나 보다! 난 두 귀를 쫑긋 세우고 있다가 가까워 오는 발걸음 소리에 다른 곳으로 후닥닥 몸을 숨겼다. 예상대로 상담실에서 나온 건 학주였다. 그리고 그렇게 학주가 상담실을 나와선 저만치로 멀어져 갈 쯤 그 아이도 복도로 나왔다. 잔뜩 구겨진 얼굴에 걸음을 내딛는 그 아이의 다리가 영 어색하다. 역시 많이 맞은 모양이야. 아프겠다, 정말 아프겠다. T_T

　절뚝이는 다리. 난 살그머니 그 아이의 뒷모습을 쫓기 시작했다. 그러나 얼마 가지 않아 제자리에 우뚝 멈춰 서는 그 아이. 뒤도 돌아

보지 않고 내게 말한다.

"따라오지 마. 짜증나니까."

"……."

"씨발. 짜증나."

그 아이는 그렇게 말하고 순식간에 내게서 멀어져 갔다. 꽤 많이 맞은 거 같은데, 그래도 참을성이 참으로 좋은 아이인 모양이다. 쩔뚝거리면서도 저렇게나 빨리 걸어가 버리다니. 근데 정말로 그 아이가 때린 걸까? 그 아이의 입으로 직접 들었으면서도 영 믿을 수 없다. 도대체 어떤 게 진실인 거지. T_T 그렇게 깊은 생각에 빠져서는 느릿한 걸음을 교실 쪽으로 옮기는 나. 바로 그때 툭―

"양아치, 무슨 생각을 그렇게 하냐."

내 어깨를 툭 치며 어디서 나타났는지 모를 반휘가 말을 걸었다. 무슨 좋은 일이 있었는지 얼굴에 미소가 한가득이고.

"아니, 그냥."

"이상하네. 우리 양아치가 무슨 생각을 하는 걸까나? ^-^"

"아니야! 근데 반휘 넌 무슨 좋은 일 있어?"

"훗. 별로. 왜?"

"기분 되게 좋아 보이는데."

"하하. 양아치, 원래 나같이 잘생긴 애들은 이렇게 가만히 있어도 1분 1초가 정말 즐거워. 몰랐지?"

"와, 신기하다."

"후후."

"그럼 반휘 같은 아이들은 참 좋겠다, 정말 좋겠다!"

"어, 사실 좀 좋아."

"응응. 그럴 거 같아."

"들어가자, 양아치!"

부러워, 부러워. 난 반휘가 너무나 부러워. T_T 그렇게 반휘에 대한 부러움에 휩싸인 채 들어선 교실. 교실 안은 싸하게 감도는 분위기로 이상하리만큼 조용했다. 무슨 일이지? 왜 이렇게 조용한 거야. 언제나 점심 시간은 웃고 떠드는 반 아이들로 화기애애했는데 이상해. 그렇게 이상한 분위기에 어리둥절해선 반휘를 올려다보자 반휘 역시 이유를 알 수 없다는 듯, 어깨를 한 번 으쓱— 일뿐이었다.

그러나 나의 궁금증은 교실을 한 번 쓱 훑어보다가 해결되었다. 교실 구석 한쪽, 조금 논다 싶은 몇 안 되는 날라리 아이들이 금방이라도 때릴 것처럼 비호를 삥 둘러싸고 있는 광경. 그 광경이 모든 것을 말해 주고 있었다.

"윤비호, 이 살인자!!"

"……."

"나 말이야. 너만 보면 재수가 없더라, 이 미친 새끼야."

"……."

"씨발. 너 니네 엄마 죽인 것처럼 내 친구도 죽인 거냐?"

"……."

"무슨 말이든 해봐. 니가 죽였잖아, 니가!! 역겨운 새끼, 너 같은 살인자 새끼가 학교는 왜 다니는데!!"

알아들을 수 없는 남자 아이의 말에 늘 초롱초롱 예쁘게 빛나기만 하던 비호의 눈동자가 텅 빈 듯 심하게 흔들린다. 그리고 나와 눈이 마주치고도 마치 보지 못한 사람처럼 고개를 돌려 버리는 비호다.

비호가 엄마를 죽이다니. 저 아이의 친구를 죽이다니? 살인자라니. 그게 다 무슨 소리야. 난 무슨 소리인지 하나도 못 알아듣겠어.

"비, 비호야! 윤비호!!"

난 교실이 떠나갈 듯 비호의 이름을 크게 외쳤다. 그러자 교실 안의 모든 시선이 하나둘 내게로 쏠린다. 비호는 착한 아이인데, 비호는 정말 좋은 아이인데 저렇게 괴롭힘당하는 거 정말 싫어. 내가 도와줄 거야. 착한 비호는 내가 지켜줄 거라구!!

"너네 뭐 하는 거야!! 비호 괴롭히지 마!!"

"하!!"

"비호야, 왜 그래. 무슨 일이야. 저 아이들이 왜 그래."

내 말에 비호를 둘러싸고 있던 아이들은 가지각색의 표정 변화를 일으키다가 어이없다는 식의 웃음을 흘렸고, 비호는 그 아이들의 어깨에 자연스레 손을 얹으며 환한 미소를 단 채 말했다.

"그냥 놀고 있는 중이야. ^o^"

"으응?"

"그니까 신경 쓰지 말고 담임한테 가봐. 담임이 파인이 찾았어."

"이거 진짜 웃기게 돌아가네."

"파인아, 빨리 가. 빨리."

"이거 지금 뭐냐. 야, 니가 이파인이야?"

　비호의 팔을 거칠게 쳐내며 날 향해 물어오는 날라리 아이들 중의 한 명. 어디선가 자주 봤던 얼굴인 거 같은데, 누군지 잘 기억이 나지 않는다.

"니가 이파인이냐고!!"

"마, 맞다면 어쩔 건데! 너, 너네 비호 괴롭히지 마!!"

"하아. 뭐 이런 어이없는 경우가 다 있어?"

"나, 나도 어이없어!!"

"따사람도 아니고 니가, 니가 지금 저 새끼 편드는 거냐?"

"그, 그렇다!! 비호 괴롭히지 마."

"꺼져라. 괜히 그러다 한 대 맞지 말고 꺼져."

　그 낯익은 얼굴의 날라리 아이는 그렇게 내게 으름장을 놓고는 비호에게 주먹을 날렸다. 그리고 이어지는 마구잡이식의 구타에 비호가 쓰러져 간다.

"왜 그래!! 비호 때리지 마!! 하지 말라구!!"

　비호가 도대체 뭘 잘못했다고 때리는 거야. 왜 비호를 괴롭히는 거야. T_T 화나, 정말 화나!! 근데 그보다 더 싫고 화가 나는 건 비호를 때리는 아이들 때문이 아니야. 내가 이렇게 화나는 진짜 이유는 비호가 맞는 걸 보면서도 가만있는 다른 아이들. 그저 그러려니 하면서 방관하는 눈빛으로 쳐다보고 있는 교실 안의 아이들 때문에 화가 나서 견딜 수가 없어. 모두들 뭐야. T_T 착하기만 한 비호를 왜 싫어하고 미워하는 거야. 그동안 나도 몰랐긴 마찬가지지만 비호도 정말 좋은 아이란 말이야!!

“하지 말라구!! 비호 때리지 마!!”

어떻게든 싸움을 말려야겠단 생각에 소리를 질러대며 그 날라리 아이들에게 달려들려는 찰나였다. 누군가 내 어깨를 꽉 잡더니만 뒤로 밀쳐 낸다. 그리고 이어서 들려오는 낮은 목소리.

“그만 해.”

반휘였다. 왠지 모르게 무게감 실린 반휘의 한마디에 비호를 향해 날아가던 주먹이 멈칫 멈춰 버리고, 어느새 날라리 아이들의 시선이 반휘를 향한다. 그렇게 반휘에 의해 일방적으로 비호가 당하던 싸움이 잠시 멈췄다. 싸한 분위기. 반휘가 건들건들 비호 쪽으로 몇 걸음 내디딘다. 그리고는 이내 슬며시 뒤돌아 날 보고 싱긋 웃어 보이는 반휘다. 바, 반휘가 왜 날 보고 웃는 거지?

“너 뭐라 그랬어??”

반휘를 무섭게 노려보며 묻는 날라리 A(설명을 보태자면 4명의 날라리 아이들 중에서 가장 키가 작은 아이다). 그 날라리 A는 반휘의 참견에 그저 짜증난다는 표정이다. 그러나 그런 날라리 아이의 반응이 재밌고 신난다는 듯 미소 지으며 말하는 반휘.

“못 들었구나. 그만 하라고, 그만 하라고 말했어. ^-^”

“야, 노란 머리. 넌 끼어들지 마라.”

“훗. 웃긴다. 이 학교엔 웃긴 새끼들 되게 많네.”

“그래서 뭐, 씨발.”

“아니, 니네 웃긴다고. ^-^ 하하, 근데 요즘은 남자 새끼들도 그 따위로 싸우냐?”

"뭐?"

"지금 니들이 하는 거, 그거 기집애들이 잘하는 짓이잖아. ^-^"

"뭐야?!"

비꼬는 듯한 반휘의 말투에 상당히 열이 받은 듯 신경질적으로 말하는 날라리 B(어디선가 본 적이 있는 것 같다던 바로 그 아이다).

"훗. 더티하게 싸우는 새끼들이라 그런가. 말귀 진짜 못 알아먹네. 니네 진짜 짜증나는 새끼들이다. ^-^"

"쳇, 저 새끼는 또 뭐야?!"

"나? 나 예반휘야. ^-^"

"그게 누군데?"

"하하. 그게 나라고. ^-^*"

"저 개새끼가 지금 나랑 장난하자네?"

날라리 B. 터벅터벅 반휘에게 다가서며 반휘의 어깨를 세차게 툭툭 쳐댄다.

"니 일 아니니까 좋게 말할 때 상관 말고 꺼져, 씹."

"야, 뭐래. ^-^"

"병신아, 넌 사람 말이 말 같이 안 들리냐?!"

"훗. 내가 왜 꺼져. 이제 니들이 슬슬 꺼져야지."

"그렇게 까불다가 뒈지게 맞고서 울지 말고, 그냥 꺼지라고!!"

"생각은 기발한데, 내가 왜 너 같은 새끼한테 맞고 우냐."

"뭐?!"

"하하. 되게 재밌네. 아, 웃겨. ^-^"

　조금은 더 부풀려 웃으며 여유롭게 떠들어대는 반휘. 하지만 난 가슴이 조마조마, 불안불안 못내 걱정스러웠다. 저러다가 반휘까지 맞게 되면 안 되는데. 저 날라리 아이들은 4명인데 반휘는 혼자라서 큰일이다.

　"예반휘라 그랬냐? 따라 나와라, 너!!"

　"그럴까?"

　"어디 맞고도 그 딴 여유 부릴 수 있나 함 보자."

　"그래. ^-^"

　날라리 아이의 말에 짧게 대답을 하고는 먼저 교실 밖으로 나가는 반휘. 아마도 반휘는 저 아이들을 상대로 싸우려나 보다. 그래선 안 되는데. 그렇게 되면 반휘가 많이 불리한데. T_T

　"바, 반휘야, 싸우지 마!! 싸우면 안 돼."

　날라리 아이들과 밖으로 나가려는 반휘의 옷깃을 간신히 잡으며 싸우지 말라고 말하는 나. 그러나 반휘는 그런 날 보고 웃을 뿐이었다.

　"쟤네는 4명이잖아."

　"응, 알아."

　"그니까 싸우면 쫄리잖아. 싸우지 마."

　"양아치. ^-^"

　"응. T_T"

　"내가 저 새끼들 4명 합친 것보다 잘생겼지?"

　"으응? 아, 응."

“그러니까 문제없어. ^-^”

“ㅜ_ㅜ”

“내가 워낙 잘생겨서 저딴 새끼들은 상대도 안 될 거야.”

그렇게 반휘는 날 안심시키고 그 아이들과 멀어져 갔다.

5장
날개 없는 천사

날개 없는 천사

"와, 파인이 또 운다. 파인이 울보! 자꾸 울면 바보 된다 그랬는데."
"치, 그런 게 어딨어. 말도 안 돼. 누가 그래?"
"우리 엄마가… 엄마가 그랬어."

교실 안.

"비호야, 비호야. T_T"

새하얀 얼굴이 엉망이 되어선 바닥에 쓰러져 있는 비호, 어째 아무런 움직임이 없다. 아무리 비호의 이름을 불러도 꼼짝을 않는다. 분명 눈을 뜨고 있는데 그 아이들에게 당할 때처럼 눈동자가 텅 비어 있었다. 마치 죽은 사람의 눈처럼 아무것도 비춰지지 않는다.

"정신 차려! 비호야, 정신 좀 차려봐!"

비호의 몸을 정신없이 흔들고, 비호의 뺨을 찰싹찰싹 소리가 날 정도로 치며, 그렇게 난 한참 동안 비호를 불러댔다. 그러나 비호는 아무런 반응이 없다.

"…파인아."

꼼짝 않는 비호를 붙잡고 한참을 있은 후에야 들을 수 있었던 비호의 목소리. 비호가 내 이름을 부르고 있었다.

"응응, 비호야. 비호야, 괜찮아?"

"아파."

"아프면 안 되지. 우리 빨리 양호실에 가서 치료받자! 일어나 봐."

난 아프다고 말하는 비호를 부축해서 양호실까지 무사히 끌고 왔다. 비록 점심 시간이라 양호 선생님은 안 계셨지만, 나름대로 이 약 저 약을 뒤져서 비호의 상처를 치료해 줬다.

"비호야, 또 아픈 데 없어?"

"응."

"있으면 말해. 내가 몽땅 다 치료해 줄게. 응?"

"없어. 이제 한 개도 안 아파. 다 나았어."

"정말 괜찮은 거야?"

"응응. 나 진짜로 괜찮아! 정말이야. ^o^"

웃는 모습을 보니, 저렇게 예쁜 미소를 짓는 비호를 보니 그제야 안심이 되고, 그제야 진짜 비호 같아 보인다. 진짜 비호다, 진짜 진짜 비호다. T_T

"얼마나 놀랐다구."

"히힛, 응."

"나는 정말 비호가 어떻게 되는 줄 알았어."

"와, 파인이 울보! 또 운다. 자꾸자꾸 울면 안 되는데."

"T_T"

"바보, 울지 마. 자꾸 울면 진짜로 바보 된다!"

"아냐, 아니야."

"진짜야. 진짜로 바보 된다 그랬어!"

"그런 게 어딨어. 말도 안 돼. T_T"

"진짠데."

"아냐. 누가 그래!! 누가 그런 말도 안 되는 소리를 해."

"우리 엄마가… 엄마가 그랬어. ^o^"

가늘게 말끝을 흐리며 씁쓸한 미소를 짓는 비호. 비호의 말에 나도 모르게 아차 싶었다. 그리고 머리 속을 스치고 가는 날라리 B의 말.

"너 니네 엄마 죽인 것처럼 내 친구도 죽인 거냐?"

어찌 된 일인지는 모르겠지만, 비호의 엄마 돌아가신 게 분명한데… 내가 비호의 아픈 부분을 건드린 것 같아서 내심 당황스러웠다. 그러나 당황해하는 날 보며 그저 비호는 예쁜 미소를 지을 뿐이었다. 참 예쁘다. 비호 참 예쁘다. ^-^

"우아, 나 졸려."

긴 하품을 하며 양호실 간이 침대에 몸을 던지는 비호. 이내 하얀 이불을 머리끝까지 덮어버린다.

"잘 거야?"

끄덕끄덕.

머리끝까지 덮은 하얀 이불을 걷어낼 생각도 하지 않은 채, 보일 듯 말 듯 고개만 힘차게 끄덕이는 비호다.

"그래, 그럼 잘 자."

"……."

"나 그만 교실에 간다. 이따 봐."

하고는 뒤돌아서는데 하얀 이불 틈으로 삐져 나온 비호의 손이 날 붙잡는다.

"가… 지 마."

가지 말라고? 그냥 내 생각일지 몰라도 작게 중얼대는 비호의 목소리가 미세하게 떨리는 것 같다.

"여기 있어. 나랑 같이 있어."

그렇게 내 손을 꼭 붙들며 같이 있자고 말하는 비호 때문에 난 잠시 망설이다 그대로 의자에 주저앉았다. 내 손을 잡은 비호의 하얗고 예쁜 손이 굉장히 따뜻하다. 이렇게 따뜻한 손 잡아본 거 정말 처음인 거 같아. 진짜 따뜻하다.

"비호야, 자?"

끄덕끄덕.

"그렇구나. 자는구나."

끄덕끄덕.

비호는 자는 와중에도 내가 말하는 소리를 모두 들을 수 있는 모양이었다. 난 잠이 들면 무슨 소리를 듣기는커녕 누가 업어가도 모를 만큼 꿈나라로 쏘옥 빠져 버리는데 비호는 내가 묻는 말에 고개를 끄

덕이고 있으니 정말 신기할 따름이다. 비호는 정말 신통방통 이해할
수 없는 아이야. ㅠ_ㅠ

근데… 근데 말이야, 비호의 손이 작게 떨리는 거 같은데, 누워 있
는 비호의 몸이 자꾸만 들썩이는 거 같은데… 비호야, 자는 거 아니
었어? 아까 나한테는 잔다고 했잖아. 잔다고 했으면서 왜 울어? 왜
우는 거야? 무슨 슬픈 꿈이라도 꾼 거야? 적막하리만큼 조용한 양호
실 안에서 비호의 작은 떨림과 들썩거림은 내게 크게만 느껴졌다. 그
리고 그만큼 아프게 느껴졌다. ㅜ_ㅜ 슬픈 꿈을 꾸나 봐. 소리 내서
울지도 못할 만큼 슬픈 꿈을 꾸나 봐. 착한 비호가 많이 슬픈가 봐.

"비호야… 비호야, 슬픈 꿈 꾸지 마."

"……."

"예쁜 꿈 꾸고 예쁘게 웃어야지. 그래야 비호잖아."

"……."

비호는 아무 말도 없었다. 그냥 그렇게 한참을 들썩이며 울다가 쌔
근쌔근 다시 잠이 든 것 같았다. 그게 전부였다. 그리고 비호의 입에
서 끊임없이 중얼대는 말.

"…엄마 보고 싶어."

한참 후.

"하아. 질긴 새끼들. 힘들어 뒈지는 줄 알았네."

양호실 문이 거칠게 열리고, 그와 동시에 누군가 양호실 안으로 들
어왔다. 그리고 짜증과 불만 섞인 말이 연이어 터졌다. 누, 누구지?
비호의 손을 잡은 채 침대에 기대 깜빡 졸고 있던 나는 문소리에 놀

라 깨어났고, 누군가 싶어 조심스레 문가 쪽을 살피기 시작했다. 그리고 그렇게 살피던 와중에 내 눈에 비춰진 건 다름 아닌…

"반휘야!!"

바로 반휘였다.

"어? 어. 양아치, 여기 있었냐."

"으응. 근데 괜찮은 거야? 다친 데 없어??"

"훗. 당연하지. 내가 누구냐, 멋쟁이 예반휘잖아. ^-^"

사실 반휘가 4명의 날라리 아이들과 교실을 빠져나갈 때만 해도 굉장히 걱정을 했었는데, 지금 반휘의 모습은 생각 외로 너무나 말짱했다. 물론 바닥에서 몇 번 구르기를 했는지 옷이 온통 흙으로 엉망이었지만, 그렇게 흐트러진 옷매무새를 제외하고는 몸 어디에도 상처 따윈 없었다.

"다행이다. 정말 다행이야, 반휘야."

"하하. 우리 양아치, 쓸데없이 내 걱정 했구나?"

"난 정말 반휘가 크게 다치는 줄 알았어."

"사실 내가 조금만 덜 잘생겼어도 그 새끼들한테 어이없게 당하는 건데."

"으응."

"우리 양아치도 알다시피 내가 워낙 잘생겼잖아."

"아."

"그래서 새끼들 짭도 안 되더라. ^-^"

"그랬구나. 정말 다행이다. 반휘 정말 굉장해!"

"응. 내가 원래 굉장한 구석이 좀 있어."

그동안은 잘 몰랐는데 예쁘고, 잘생기면 정말정말 좋은 건가 보다. 반휘는 참 좋겠다.

"근데 아까 갠 괜찮냐."

옷에 묻은 흙을 털어내며 무신경하게 물어오는 반휘. 아마도 비호가 걱정스러웠던 모양이다.

"아, 비호? 응, 괜찮아."

"그래?"

"응, 내가 다친 데 다 치료해 줘서 지금 자고 있어."

"어디? 아, 저기 시체처럼 누워 있는 거?"

"응응."

"양아치, 근데 재 왕따냐?"

"응? 아, 응."

"훗, 그래?"

"응. ㅠ_ㅠ"

"하하, 새끼 되게 맘에 드네."

"근데 비호 이제 왕따 아냐. 내가 비호 친구니까."

"누가 뭐래냐. 우리 양아치 또 울라 그러네. ^-^"

"난 그냥… 비호가 불쌍하니까. 불쌍해서."

"뭐가 그렇게 불쌍한데."

"비호 정말 착한 아인데 다른 아이들이 몰라주니까."

"양아치 참 착하네. 이파인, 너 참 착한 애다. ^-^"

이유는 잘 모르겠지만, 반휘는 내게 착하다는 칭찬을 해주며 긴 팔을 뻗어 내 볼을 쭈욱 잡아당겼다. 그게 얼마나 아팠는지 모른다. 정말이지 코끝이 시큰할 정도로 아팠다.

"반휘야, 아파. ㅠ_ㅠ"

서서히 밀려드는 아픔에 얼굴을 잔뜩 찌푸리자 그때서야 세차게 잡고 있던 내 볼을 놓아주는 반휘. 뭐가 그렇게 재밌는지 깔깔대며 웃기에 바쁘다.

"아파. 아프잖아. T_T"

"하하, 귀엽네."

"우, 볼도 뜨거워졌어. 만져 봐, 진짜 뜨거워."

보지 않아도 빨개졌을 성싶은 뜨거운 볼을 반휘에게 들이밀며 울먹울먹 다그치자 웃기에 바쁘던 반휘가 내 볼에 손을 갖다 댄다. 그리고는 이렇게 말했다.

"하하, 그래, 되게 뜨겁다."

라고.

"거봐, 뜨겁지!"

"어, 좀 뜨겁네, 양아치. ^-^"

"아파서 죽는 줄 알았잖아. 아파."

난 한참을 투덜거리며 후끈후끈 달아오른 볼 위에 양손을 올려놓았다. 그러나 뜨거워진 볼의 열기에 손은 금세 뜨거워지고 그렇게 한참을 엎치락뒤치락 씨름하고 있는데,

"양아치, 일로 와봐."

하며 날 부르는 반휘. 그 말에 뾰로통한 얼굴로 투덜투덜 걸어가자 볼 위에 사뿐히 올려져 있던 내 손을 툭 쳐내고는 순식간에 내 볼을 감싸는 반휘다. 근데 그렇게 내 볼을 감싼 반휘의 손이 무척이나 시원하다. 반휘의 손이 이렇게 차가웠나 싶을 정도로 얼굴에 시원한 감촉을 남기고 있었다. 와아, 시원하다! 되게 시원하다!!

"와, 시원해."

차가운 감촉에 신이 나서 큰 소리로 외치자 반휘가 싱긋 웃으며 날 내려다본다. 아마 반휘도 시원해하는 내가 꽤 뿌듯했나 보다.

"히힛. 반휘야, 나 이제 괜찮아."

그 말에 내 얼굴을 감싸 쥐었던 반휘의 손이 스르륵 떨어져 나가고 이내 반휘는 양호실 냉장고를 뒤적거리기 시작했다.

"박카스 없나. 박카스 먹어줘야 하는데. -0-"

궁시렁 궁시렁. 부스럭 부스럭.

그렇게 냉장고를 뒤져 대던 반휘는 결국 체력 소모를 했단 핑계로 박카스 한 병을 뚝딱 섭취했다.

꿀깍꿀깍―

어찌나 맛있게 마시는지 순간 나도 먹고 싶을 정도였다. 맛있게 먹네. 참, 맛있겠다. T_T

내 부러움 서린 눈총을 느꼈는지 반휘는 날 보며 상당히 멋쩍게 웃었지만, 그렇다고 해서 내게 박카스를 한 모금 나눠 주거나 하진 않았다. 반휘는… 반휘는 욕심쟁이. ㅠ_ㅠ

딩동댕동―

점심 시간이 끝나는 종소리임과 동시에 5교시가 시작됨을 알리는 종소리. 그 소리에 나와 반휘는 잠시 망설이다 쿨쿨 잠을 자고 있는 비호를 두고 교실로 향했다.

꼬르르륵. 꼬르르르륵.

갑자기 뱃속에서 요란한 소리가 울려 퍼진다. 그 거대하고 웅장한 소리에 나도 움찔 놀랐다. 그리고 슬그머니 반휘의 눈치가 보이기 시작했다. 설마 듣지 않았겠지. T_T 그렇게 살금살금 눈치를 보며 속이 쓰릴 정도의 배고픔을 느끼고 있을 때였다.

"우리 양아치 배고프냐?^-^"

하며 부끄럽게 아는 척을 해대는 반휘. 얼마나 창피하고 부끄러웠는지 모른다. 그러나 그 와중에도 뱃속에서 들려오는 소리는 멈추지 않았다.

"하하, 소리 장난 아니다. 화난 거 같아."

"화난 거 아냐. 배고파서 그런 거야."

"훗. 그래?"

"응. 나 점심도 못 먹었단 말이야. T_T"

"그럼 심심한데 떡볶이나 먹으러 갈까?"

"떡볶이??"

"그래, 임마. 떡볶이."

순간 고민이 되긴 했지만 곧 반휘의 뒤를 따라나섰다. 이대로 교실에 들어가면 아무래도 수업에 큰 방해가 될지도 모르니까. ^-^

그렇게 떡볶이 집으로 향하는 반휘와 나. 뒷담을 넘어 학교 근처에

서 가장 유명한 떡볶이 집에 도착했다. 그리고 떡볶이에 순대. 후식
으로 3단 아이스크림까지 사먹었다. 얼마나 맛있었는지 모른다. 정
말 말로 표현조차 할 수 없을 정도로 최고였다. 그렇게 배부르게 먹
고 자꾸만 녹아내리는 아이스크림을 열심히 핥으며 학교로 되돌아가
는 길.

　　"와, 진짜 배부르다."

　　"하하, 양아치 니 배 완전 올챙이 배 같다. 웃겨. ^-^"

　　"응. 내 배는 올챙이 배야. 우아~ 배불러 죽겠어,"

　　"나도."

　　"근데 말이야. 반휘는 참 좋은 아이인 거 같아."

　　"훗. 그건 너무 당연한 말이잖아. -0-"

　　"나 사실 처음에는 반휘 무서운 아이라고 생각했는데. 이제 그런
생각 안 해. 반휘 정말 좋은 아이야!"

　　"훗. 그러냐. 그거 당연한 말인데 그래도 우리 양아치한테 들으니
까 기분 짱 먹는다. ^-^"

　　"그리고 아까 정말 고마웠어."

　　"뭐가."

　　"비호 도와준 거. 비호 편 아무도 없는데 반휘가 도와줬잖아."

　　"바보 양아치. 그건 윤비호 편든 게 아니라 니 편든 거야. 니가 먼
저 윤비호 편들어주고 있어서 그래서 그런 거야."

　　"그래도 다들 비호 미워하고 싫어하는데 반휘는 아니잖아."

　　"하하, 그렇게 되나."

“응. T_T”

“아무튼 모르긴 몰라도 우리 반에 친구 할 만한 인간은 윤비호 개 하나밖에 없으니까. ^-^”

“으응?”

“몰랐지? 우리 반에 나랑 친구 할 만한 놈이 윤비호밖에 없다. ^-^”

도무지 이해할 수 없는 말을 하며 싱글벙글 밝은 미소를 짓는 반휘. 내가 어리둥절해하자 말을 덧붙인다.

“원래 잘생긴 애들은 잘생긴 애들끼리 어울려야 되잖아.”

“……”

“근데 우리 반엔 제대로 생겨먹은 놈이 윤비호 하나니까 당연히 나랑 친구 할 놈은 윤비호 달랑 하나뿐이지. -0-”

“그렇구나.”

하긴 반휘도 인정하듯 비호는 참 예쁘게 생겼으니까. 반휘랑 비호랑 멋진 친구가 되겠구나!! 그렇게 이런저런 잡담을 나누며 반휘와 나란히 학교 뒷담으로 향했다. 떡볶이 집이 학교에서 그리 떨어져 있지 않은지라 몇 분 되지 않아 도착했는데, 손에 들린 아이스크림 때문에 딱히 담을 넘지 못하고 서 있는 상황이었다.

“양아치, 얼른 먹고 신속하게 담 넘자.”

반휘의 말에 고개를 크게 끄덕이고는 산처럼 높은 3단 아이스크림을 재빠른 속도로 먹어 나갔다. 아이스크림은 뭐니 뭐니 해도 핥아먹고, 빨아먹고, 아껴 먹어야 맛있는데 아쉽게도 조금 있으면 쉬는 시간이 끝나 버리니 여유를 부릴 틈이 없었다. 그렇게 반휘와 담벼락에 붙어서 열심히 아이스크림을 먹어대고 있을 때였다.

탁—

소리와 함께 능숙하게 담을 넘어오는 한 아이. 그 동작이 어찌나 날렵한지 깜짝 놀랐다. 우와, 굉장히 날쌘 아이구나. 나도 모르게 입을 쩍 벌리며 그 아이의 날쌘 동작에 놀라고 있는데 담을 넘은 아이의 시선이 내게로 향한다. 그리고 그 아이와 눈이 마주침과 동시에 난 자동적으로 고개를 숙이며 인사를 했다.

"아, 안녕하세요!!"

남제하, 그 아이였다. 그러나 내 인사를 싹 무시한 채 아무 말 없이 그저 날 보고만 있는 그 아이. 정확히 말하자면 내 뒤쪽에 서 있는 반휘를 보는 듯했다.

"어, 어디 가시나 봐요?"

"……."

"히힛. 저는 떡볶이 먹고 오는 길인데."

"……."

아무런 대꾸도 없이 그저 차가운 눈빛으로 쏘아보는 그 아이. 그 눈빛이 날 향한 것이었다면 진작 얼어붙었을 것이다. 차갑다. 눈빛이 저렇게 차가운 아이는 정말 처음이야. ㅠ_ㅠ

그렇게 한동안 무섭게 쏘아보던 아이는 이번에도 이렇다 저렇다 말도 없이 뒤돌아섰다. 그리고 어디론가 가려는 듯 걸음을 옮기기 시작한다. 그런데 바로 그때,

"남제하, 오랜만이다."

라고 알 수 없는 인사를 건네는 반휘. 아마도 선뜻 인사를 건네는 반휘를 보니 반휘와 제하는 꽤 아는 사이인 모양이다. 근데 반휘는 미국에서 살다 왔다면서 제하를 어떻게 아는 것일까?

"하하, 건방진 건 예전부터 알았는데 지금도 여전하구나."

"……."

"그 개 같은 싸가지 아주 그대로네. ^-^"

어떤 사이인지는 자세히 몰라도 반휘의 과하다 싶은 말에 제하가 그 자리에 우뚝 멈춰 선다. 그리고 이내 짜증과 불만이 가득 담긴 얼굴로 뒤를 돌아보았다. 그러자 기다렸다는 듯이 터벅터벅 제하에게로 다가서는 반휘. 제하의 앞으로 손을 쑥 들이밀며 악수를 청한다.

"그래도 오랜만에 보니까 반갑네. 어디 악수나 한 번 하자."

"더러운 손 치워."

그러나 반휘의 손을 툭 쳐내며 싸늘하게 노려보는 제하. 아, 이게 무슨 분위기지. 마치 싸움이라도 일어날 것 같아.

"하, 내 손이 더러워? 내 손이 그렇게 더럽나?"

"……."

"양아치, 내 손 좀 봐봐. 더럽냐? 더러워?"

제하의 말에 개의치 않다는 듯 뒤적뒤적 자신의 손을 살피던 반휘가 불현듯 내게 손을 내밀더니만 유쾌한 목소리로 물었다. 하지만 반휘의 시선은 여전히 제하를 뚫어져라 쳐다볼 뿐이다.

"아, 아니, 깨끗해."

"그치? 깨끗하지? 내가 보기에도 엄청나게 깨끗한데 이상하다. ^-^"

“재수없어.”

반휘 특유의 잔뜩 비꼬는 듯한 말투에 제하는 [재수없어]라는 한마디로 일축하고 뒤돌아섰다. 그러나 그런 제하의 어깨를 순식간에 잡아오는 반휘의 손 때문에 선뜻 걸어나가진 못했다.

“훗, 웃긴다. 혹시나 했는데 우리 같은 마음이네.”

“씨발.”

“나도 니가 참 재수없었거든. 어쩜 이렇게 똑같냐. ^-^”

싱글벙글 웃으며 말하는 반휘지만 이상하게도 그 웃음에 차가움이 잔뜩 서려 있다. 후, 온몸에 소름이 쫘악 돋는 거 같아. 아무래도 반휘랑 제하는 정말 사이가 나쁜가 봐. 알 수 없는 차가움을 내뿜으며 환한 미소 짓고 있는 반휘. 그 모습을 못마땅하다는 듯 잔뜩 굳은 표정으로 노려보고 있는 제하. 반휘와 제하는 한동안 그렇게 서로를 쳐다만 보며 서 있었다. 그리고 나는 그 뒤에서 이러지도 저러지도 못한 채, 불안한 눈빛으로 자꾸만 녹아내리는 아이스크림을 먹고 있는 중이다.

“아무리 재수없어도 그 따위로 무시하고 지나치지 마.”

“…….”

“짜증나도 아는 척은 하고 살자. 어?”

“…….”

“나도 너 같은 새끼 별로 아는 척하기 싫은데 그래도 또 우리 사이가 그런 게 아니잖아. 안 그러냐. ^-^”

퍽—

　반휘의 말이 끝나기가 무섭게 제하가 반휘의 얼굴을 향해 주먹을 날렸다. 말릴 새도, 피할 새도 없을 만큼 빠르게 날린 주먹. 얼굴이 휙 돌아가며 하마터면 중심을 잃고 쓰러질 뻔했는지 반휘가 한쪽 손을 벽에 댄 채 비스듬히 서 있다.

　"꺄악! 반휘야!! 괜찮아?!"

　화들짝 놀라선 반휘의 옷깃을 잡아끌며 묻자, 손에 들려 있던 아이스크림을 내게 건네며 능청스럽게 웃어 보이는 반휘다. 그리고는 주먹에 맞은 턱 주변을 손으로 가볍게 쓸어 내리며 제하에게 말한다.

　"하하, 이제 막 치네."

　"……."

　"열받는다. 열받는데 내가 참아. 참을 거야. ^-^"

　"……."

　"내가 너보다 1살 더 먹었으니까 참아."

　"참지 마. 누가 너보고 참아달래!!"

　"홋. 다른 새끼였으면 끌고 가서 엄청 패는데 너니까 참는다."

　"……."

　"근데 다음에 또 그러면 가만 안 둔다, 남제하. 알겠지?"

　"……."

　"조심해라. 조심해. ^-^"

　미소 띤 얼굴로 서슴없이 내뱉은 반휘의 가시 돋친 말에 제하는 그대로 뒤돌아 제 갈 길로 가버렸다. 그 모습을 바라보던 반휘는 피식 허탈한 웃음을 흘렸고 이내 내 손에 들려 있는 아이스크림을 쓱싹 가져가더니만 언제 맞았냐는 듯이 냠냠 쩝쩝 참으로 맛있게도 먹는다. 읍. 이럴 줄 알았으면 나도 아껴서 천천히 먹는 건데. ㅠ_ㅠ

　그렇게 반휘의 옆에 서서 마냥 부러운 눈빛을 쏘아대는데, 반휘는 그런 나의 애처로운 눈빛을 느끼지 못했는지 제하의 모습이 저 멀리로 사라지자 바닥에 주저앉아 버렸다.

　"바, 반휘야, 왜 그래!!"

　"하, 힘 빠져."

　"아픈 거야?? 맞은 데 많이 아파??"

　"양아치 참 웃긴다. 그치? 니가 보기에도 웃기지?"

　"뭐가… ㅜ_ㅜ 왜 그래, 반휘야."

　"나도 모르겠다. 나도 내가 왜 이러는지 잘 모르겠어."

　"왜 그럴까. 왜 그러지."

　"웃겨. 난 잘못한 거 하나도 없는데."

　"응."

　"근데 이상하게 저 새끼 앞에 서면 자꾸만 작아지네."

　"으응? ㅠ_ㅠ"

　"자꾸만 작아져서 짜증난다. ^-^"

　"ㅠ_ㅠ"

　"씨발. 짜증나. 정말 짜증나."

　제하 앞에서 반휘가 작아지다니. 내 눈에는 전혀 그렇게 보이지 않았는데. 그냥 둘이 서로 미워하고 싫어하고 있다는 것밖에, 내 눈에는 그것밖에 보이지 않았는데 반휘가 언제 작아졌었나?

"반휘야, 힘내 힘내!! T_T 작아지지도 말고, 제하 싫어하지도 말고 사이좋게 지내면 되잖아. 그럼 모두한테 좋은 거잖아. 힘내!"

"훗, 양아치."

"응."

"내가 언제 그 새끼 싫어한댔냐. 난 그런 말 한 적 없는데."

"으응?"

"재수없다고 생각은 해도 싫어하진 않아. 지금까지 남제하 그 새끼 싫어한 적 한 번도 없어. ^-^"

제하를 싫어한 적 없다는 말과 함께 반휘는 씁쓸한 미소를 지었다. 분명 어디선가 본 적이 있는 미소. 알 수 없는 반휘의 그 미소는 비호를 닮아 있었다.

"우리 엄마가… 엄마가 그랬어."

라는 말과 함께 비호가 지었던 그 미소. 그 미소와 너무나 똑같은 미소였다. 나도 모르게 밀려드는 이상한 기분. 도대체 반휘에게 무슨 일이 있었던 걸까. 가슴이 답답할 정도로 굉장히 궁금했지만, 차마 묻지 못하고 그저 입에서만 뱅글뱅글 돌 뿐이었다. 나중에… 나중에 반휘랑 더 친해지면 물어봐야지.

"들어가자."

자리를 털고 일어나며 들어가자고 날 끌어대는 반휘. 이내 훌쩍 담을 넘어버린다. 그래서 나 역시 반휘의 뒤를 따라 아주 가뿐하게 담에 올랐다. 그런데 쉽게 오른 담과 달리 내려가기가 여유지 않다. 아침에도 그렇고 아까까지만 해도 잘 넘었는데 왜 갑자기 다리가 미친 듯이 후들후들거리는 거지. 다리야, 다리야!! 제발 부탁이니까 떠, 떨지 마. ㅠ_ㅠ 그러나 멈추지 않는 다리의 떨림.

“바, 반휘야. ㅜ_ㅜ”

결국 도움의 손길을 바라며 반휘의 이름을 부르는 나.

“왜, 양아치.”

반휘가 대답한다. 대답은 했으나 부산스럽게 손을 움직이며 내게 시선조차 주지 않고 건성으로 답하는 반휘. 그저 무언가 바쁘게 찾는 듯하더니만 어느새 담배를 꺼내 물었고, 그제야 여유가 생겼는지 날 슬며시 올려다보는 반휘다.

“나 좀 잡아주면 안 될까? ㅠ_ㅠ”

“자.”

내 말에 반휘는 참으로 성의없게 한 손을 휙 내밀었고, 난 그 손이라도 잡아보겠다며 발버둥 치기 시작했다. 근데 도무지 손이 닿질 않는다.

“반휘야, 손이 안 닿아.”

“훗, 뭐냐. 양아치 팔 되게 짧다. ^-^”

“아니야! 그렇지 않아!”

“에이~ 짧은데?”

“아니라니까. 나 팔 은근히 길어. 진짜 길어!!”

손을 절레절레 휘저으며 사실은 내 팔이 길었노라 우겨대는데 너무 섣불리 몸을 움직였나 보다. 담벼락 위에서 휘청휘청!! 위태위태!! 잘못하다간 앞으로 고꾸라져 떨어질 절체절명의 위기에 처해 버렸다. 그렇게 어마어마한 위기가 내게 닥치고 있는데, 반휘는 그런 내 모습을 재밌다는 듯 보고만 있다. 너무해, 너무해. 정말 너무해. ㅠ_ㅠ

　"반휘야, 도와줘. 나 떨어질 거 같아."

　"도와줄까, 말까."

　"도와줘. 난 반휘가 도와줬으면 좋겠는데."

　"훗. 겁쟁이 양아치. ^-^"

　"ㅠ_ㅠ"

　"자, 이렇게 내 손 잡고 나한테로 폴짝 뛰어내려."

　피우고 있던 담배를 바닥에 비벼 끄고는 반휘가 내 양손을 잡으며 말했다. 그리고는 순식간에 그 손에 힘을 가해 날 잡아당기는 반휘다.

　"꺄아아아아악―!!"

　마음에 준비가 되지 않았던 난 짧은 비명 소리를 내며 반휘가 잡아당기는 힘에 끌려 아래로 툭 떨어졌고, 엄청난 아찔함에 정신을 제대로 차릴 수가 없었다. 떨어짐과 동시에 철렁 내려앉은 가슴. 심장이 무섭게 뛰어댄다. 그리고 눈물이 주르륵 흘러내렸다. 정말 너무너무 무서웠어, 무서워. ㅠ_ㅠ 하아, 아직까지도 다리가 후들거리고, 아찔한 기분이 가시질 않아.

　"하하. 우리 양아치 한 품에 쏙 들어오네. ^-^"

　내 몸을 감싸 안은 채 방실방실 웃어대며 말하는 반휘. 나는 아직도 심장이 콩닥콩닥 무서워 죽겠는데 뭐가 그렇게 재밌는지 웃어대기에 바쁜 반휘다. 반휘 바보!!

"뭐야. 갑자기 잡아당기면 어떡해. ㅠ_ㅠ"

"하하, 양아치 놀랐냐."

"그래! 깜짝 놀랐잖아. 정말 무서웠잖아."

"양아치 또 우네. 훗, 우리 양아치 많이 놀랐나 보다."

"죽는 줄 알았어. 정말 이대로 죽는 줄 알았단 말이야."

"내가 살려줬잖아. ^-^"

하며 내 볼을 타고 또르르 흘러내리는 눈물을 닦아주는 반휘. 이내 그런 날 보며 화사한 미소를 짓는 반휘다. 그런데 이상하게도 그렇게 얄궂게 웃는 반휘가 전혀 밉지 않았다. 뭐 따지고 보면 반휘가 갑자기 잡아당기는 바람에 조금 놀라긴 했어도 떨어지는 나를 반휘가 잘 받아주어서 다치진 않았으니까. 그렇구나. 반휘가 날 살려준 것이나 마찬가지구나. 그래, 반휘한테 고마워해야겠어!!

"고마워, 반휘야. ㅜ_ㅜ"

"훗."

"정말이야. 다시 생각해 보니까 반휘가 나 살려준 거 맞는 거 같아!"

"양아치."

"으응?"

"너 보고 있으면 참 걱정이다. ^-^"

"내가? 내가 왜? ㅜ_ㅜ"

"이렇게 순진하고 단순해서 어떻게 살래. ^-^"

"히힛. 아냐, 나 순진하지 않아."

"우리 양아치. 착해 빠져서 정말 걱정된다, 걱정돼."

"아닌데. 나 착하지 않는데."

"내가 그렇다면 그런 거야. 토 달지 마."

"아냐. 나 무지 약았어. 무지 못된 아이야."

"훗. 누가 그래."

"내가 정말 착했으면… 은석이도 미워하지 않았을 거구. 다른 아이들 말만 믿고 비호 따돌리지도 않았을 거야."

"하하, 그게 뭐냐. 뭐가 그렇게 복잡해."

"ㅠ_ㅠ"

"내가 착하고 순진하다면 그런 거야. 내가 그렇게 생각한다는데 왜 자꾸 구구절절 토 다는데. ^-^"

"그, 그치만 난 사실 그렇게 좋은 아이가 아니니까."

"그만그만, 그만 해. 내 눈에는 그렇게 보였어, 양아치. 난 너란 애를 착하고 순진하다는 느낌으로 봤다고. 알겠어?"

"ㅜ_ㅜ"

"지금도 그렇고 앞으로도 그렇게 볼 거야. 그니까 그만 말해."

"반휘가 꼭 그래야겠다면 그래야지."

"하하. 앞으로 토 달면 죽는다. ^-^"

"응, 조심할게."

"가자. 수업 시작하겠다!!"

"어머, 진짜야? 너 정말 반휘랑 떡볶이 먹고 왔어?"

"응응."

"반휘랑 먹으니까 더 맛있었겠다. 그치?"

"응."

"어우~ 기집애! 나한테도 같이 가자고 그러지!!"

"다음에는 무니도 꼭 같이 가자고 그럴게."

"그래, 기집애야. ㅡ_ㅡ*"

"히히힛. 정말 미안해, 무니야."

"참, 너 근데 아까 윤비호는 어떡한 거야?"

"아, 비호 양호실에 있어."

"이파인, 너 근데 왜 자꾸 윤비호 편드냐?"

"친구니까."

"너 비호 알아서 좋을 거 하나 없어."

"왜? 비호 착해. 무니도 비호랑 얘기해 보면 잘 알 거야."

"됐어."

"비호 정말 착하고 좋은 아이야. ㅠ_ㅠ"

"됐다니까! 암튼 내 말 그냥 넘기지 말고, 비호랑 어울리지 마."

"ㅜ_ㅜ"

"그게 파인이 너한테도 좋아."

"ㅠ_ㅠ"

"다른 사람은 다 알아도 넌 몰라야 돼."

"응?"

“그러니까 자꾸 윤비호 가까이 하지 마.”

무니는 그렇게 알아듣지 못할 말을 내뱉고는 재빠르게 책상에 엎드렸다. 그게 도대체 무슨 말일까. 나랑 비호는 왜 친해지면 안 되는 거지? 왜 나만 비호랑 가까이 지내면 안 되는 건데. 난 말이야, 진심으로 비호랑 친하게 지내고 싶어. 비호가 좋은 아이라는 걸 안 이상 다른 아이들처럼 따돌리고 싶지 않아. 무니가 뭐라 그래도 어쩔 수 없어. 나 비호랑 친하게 지낼 거야. 난 비호가 좋아.

나의 작은 머리로 고민이란 것을 한다는 건 수업 시간에 잠을 편히 잘 수 없을 만큼 굉장히 힘든 일이었다.

“내 말 그냥 넘기지 말고, 비호랑 어울리지 마. 그게 파인이 너한테도 좋아. 다른 사람은 다 알아도 넌 몰라야 돼. 그러니까 자꾸 윤비호 가까이 하지 마.”

아무래도 무니의 말이 자꾸만 신경 쓰인다.

뒤척뒤척— 뒤척뒤척—

한참을 뒤척거리며 두 눈만 껌벅이다가 결국 자고 있는 무니를 툭툭 깨우기 시작하는 나. 역시 무니가 왜 그러는지 물어보는 게 좋겠어. 그게 맘 편할 거 같아.

“무니야.”

“후움.”

“무니야, 무니야, 공무니!!”

"왜 그래. 왜 부르는데."

"잠깐만 일어나 봐. 나 물어볼 거 있어. 응?"

"졸려. 뭔데 그래. 빨리 물어봐."

"그냥 궁금해서 묻는 거니까 화내지 말고 대답해 줘."

"알겠어."

"저기 그, 그니까……."

"풋, 기집애 뜸들이지 말고 말해 보라니까."

졸음이 잔뜩 서려 있던 눈에 생기가 한가득 실리는 무니. 내가 머뭇거리며 말을 하지 못하자 무니는 내 등짝을 세차게 때리며 마음 한구석을 편하게 해준다. 역시 좋은 친구. ㅠ_ㅠ

"아까 한 말 그거 말이야. 그거 무슨 뜻이야?"

"으응? 뭐가? 내가 아까 무슨 말 했었나?"

"비호 얘기. ㅜ_ㅜ"

"아."

"왜 비호랑 친하게 지내면 안 되는지."

"그거야 뭐 윤비호 걔 전따니까. 너까지 따돌림당할까 봐."

"ㅠ_ㅠ"

"그냥 파인이 네가 걱정되어서 한 말이지. 하하하."

"무니가 그랬잖아. 다른 사람은 다 알아도 난 비호 몰라야 한다구."

"……."

"그게 무슨 말인지 이해가 안 돼. 답답하고 궁금해서 잠도 안 와."

"바보. 난 그냥 니가 윤비호 같은 애랑 놀면 물들까 봐 그런 거야."

"그치만……."

"너 같은 애들은 그런 애랑 어울리면 물들기 십상이란 말이지."

"으응."

"아함~ 졸리다. 잠이나 자자. 난 윤리 시간이 제일 좋아."

그렇게 무니는 또다시 꿈나라로 떠났고, 난 또다시 생각에 잠겨 버렸다. 무니가 항상 내 걱정을 해준다는 거 그건 너무나 잘 알고 있지만 무니가 내 걱정을 하고 나에 대해 잘 알듯이 나 역시 자그맣게 떨리는 무니의 목소리만 들어도 모두 알 수 있다. 무니가 내게 무언가 숨기고 있다는 사실, 무니가 나한테 자꾸 숨기려는 이유, 분명 따로 있겠지. 하지만 무니야, 나 그거 반드시 알아낼 거야. 무니한테 미안하지만 나 꼭 알아야겠어.

딩동댕동—

수업이 끝나는 종이 울리고 턱을 괸 채 살짝 잠이 들었었는지 나도 모르게 화들짝 놀라며 눈이 떠졌다. 우아, 팔 저려. 많이 저리네. ㅠ_ㅠ 머리의 무게를 이기지 못했는지 마구 저려오는 팔을 열심히 주물러대며 혹시나 비호가 교실에 있는지 두리번거리며 주위를 살피는데 어느새 반휘가 다가와선 말을 건다.

"양아치, 뭐 하냐."

"아, 팔이 너무 저려서 주무르고 있었어."

"하하. 양아치 같은 자세로 졸고 있더니만 내가 그럴 줄 알았어."

"머리가 많이 무거웠나 봐. 후아, 팔 저려."

"훗. 팔 이리 줘봐."

"으응?"

"팔 내놔보라고."

"응?"

"양아치 자꾸 여러 번 말하게 할래. ^-^"

"아니! 미안. 화내지 마, 난 반휘 화내는 거 무서워."

"뭐야. 우리 양아치 그새 쫄은 거냐."

"ㅠ_ㅠ"

"쫄았구나. 얼굴 표정 봐. 큭큭. 웃긴다."

"ㅜ_ㅜ"

"하하. 귀엽게 뭐냐. 우리 양아치 진짜 귀엽네. 참 귀엽다."

하며 불현듯 내 볼을 쭈욱 잡아당기는 반휘. 이내 싱긋 웃으며 감각이 무뎌진 내 팔을 덥석 잡고 조물락조물락 주무르기 시작하는 반휘다. 그런데 신기하게도 반휘가 몇 번 주무르자 저려오던 팔이 쏴악 풀린다. 아마도 반휘는 갑빠가 있는 아이라 팔 힘도 굉장한 모양이다. 역시 반휘는 대단한 능력을 가진 아이야!

"양아치, 이제 팔 괜찮지?"

"응, 아무렇지도 않아. 반휘 정말 대단하다."

"하하, 뭐 이 정도쯤이야."

"아냐. 진짜 멋져!!"

"훗, 그럼 이제 그만 집에 가볼까."

"근데 반휘야, 내 친구 무니도 같이 가자."

"무니가 누군데?"

"내 친구. 나랑 무니랑 친구니까 반휘도 무니랑 친구 해!"

"그럴까."

"응응! 우리 다같이 친하게 지내면 좋잖아."

"훗. 그래, 그러자. 우리 양아치 친구라는데 멋진 내가 당연히 친구 해줘야지. 반갑다. 나 며칠 전에 전학 온 거 알지? 예반휘다."

"응, 난 공무니야. 친하게 지내자!!"

내 말에 먼저 웃으며 인사를 건네는 반휘. 그리고 그런 반휘의 인사를 반갑게 받아주는 무니. 그렇게 해서 반휘와 무니도 친구가 되었다. 근데 난 반휘랑 무니랑 나랑 그리고 비호랑 이렇게 넷이서 모두 친하게 지냈으면 좋겠다. 무니가 비호 싫어하지 않았으면 정말 좋겠어.

"여~ 거기 옹기종기 모여서 뭐 하시나?"

열려진 뒷문에서 갑자기 들려오는 칼칼한 남자 아이의 목소리. 그 소리에 뒷문 쪽을 쳐다보니 대여섯 되는 껄렁한 남자 아이들의 모습이 눈에 박혀온다. 난 길눈도 어둡고 사람 또한 잘 기억하는 편이 못 되지만 내 기억 속의 그 아이가 맞는 거라면 뒷문에 서 있는 껄렁파 아이들 중 한 명, 분명 우리 학교 짱이 틀림없다. 저 아이는 9반인데 여기까지 무슨 일로 온 것일까. ㅠ_ㅠ 물론 그 궁금증은 금방 풀렸다.

"거기 대가리에 노란색으로 물들인 새끼."

"나? ^-^"

"그래, 너. 우리 좀 잠깐 보자. 어?"

역시 반휘를 찾아온 거였구나. 반휘를 가리키며 손가락으로 까딱까딱 따라 나오라고 말하는 짱, 그리고 그 뒤에 위풍당당 반듯하게 선 채로 위험스런 분위기를 조성하는 졸개 1, 2, 3, 4, 5. 그 모습을 본 반휘는 반휘의 성격답게 작은 실소를 터뜨린다. 분명 웃을 만큼 썩 좋은 상황은 전혀 아닌데 말이다. ㅠ_ㅠ

"훗."

입꼬리가 살짝 올라가는 반휘 특유의 웃음. 그 웃음에 짱을 포함 껄렁파 아이들이 죄다 한마디씩 한다, 하지만 신기하게도 그 아이들이 한 말은 모두 같았다.

"아, 저 씹."

분위기는 오싹함에도 불구하고 서로 짠 듯이 똑같은 욕을 내뱉는 껄렁파 아이들은 웃음이 날 정도로 우스웠다. 그러나 정작 반휘는 그 껄렁파 아이들을 차갑게 노려보고 있을 뿐 웃음을 흘리지도, 말을 하지도 않았다. 설마 저 아이들을 상대로 또 싸우려는 건 아니겠지? 반휘가 아무리 잘생기고 못하는 게 없는 아이라지만 그건 정말 무리야!!

"시간 끌지 말고 좋게 말할 때 따라와."

"싫다면."

"니가 선택할 수 있는 건 딱 두 가지다."

"하하. 두 가지나 돼?"

"여기서 맞아 죽든지 밖에 나가서 밟혀 죽든지."

아까와는 달리 사뭇 진지한 표정으로 자신감에 차서 말하는 짱이

다. 그 말에 힘이 꽉 들어가는 반휘의 주먹, 정말 따라가려는 듯 한 걸음 성큼 내딛는 반휘의 발, 그리고 한마디도 지지 않으려는 듯 여유로운 미소와 함께 열리는 반휘의 입. 그 입에서 평소와 다른 차가운 목소리가 서서히 흘러나온다.

"훗. 정말 웃기지도 않네."

"뭐야?!"

"그럼 니들이 선택할 수 있는 건 한 가지뿐이야."

"……."

"여기서든 밖에서든 나한테 죽는다. ^-^ 좋든 싫든 무조건 내 손에 죽는 거야. 어때, 맘에 들지?"

"후후. 우선 그 건방진 말버릇부터 고쳐 줘야겠네."

"어쩌지. 타고난 건 어쩔 수 없다는데 큰일이다. 자신있으면 덤벼. 너 같은 새끼들 하나도 겁 안 나니까."

반휘의 말에 얼굴이 붉으락푸르락 사과처럼 달아오르는 껄렁파 아이들. 당장이라도 덤벼들 기세였지만 짱의 제지에 의해 꼼짝 않고 서 있었다.

"어디 안내해 봐, 니네가 유리한 장소로. ^-^"

반휘는 그 아이들의 행동을 이해한다는 듯 피식 웃으며 쓸데없는 인심을 썼다. 그렇지 않아도 껄렁파 아이들이 백만 배는 더 유리한데. 반휘야, 도대체 왜 그러는 거니. T_T

"바, 반휘야."

"왜. 우리 양아치 왜 그런 표정이냐. ^-^"

“가지 마, 싸우지 마. 싸우는 건 아주 나쁜 거잖아.”

“훗. 걱정하지 말고 먼저 집에 가.”

“ㅠ_ㅠ”

“원래 잘생긴 애들은 이렇게 피곤한 거야. 사는 게 참 피곤하다. ^_^”

“그래도 난 내 친구가 싸우는 거 싫어!!”

“그럼 어쩔까.”

“다치는 거 싫단 말이야. 난 싸우지 않았음 좋겠어.”

반휘의 옷자락을 슬며시 집아끌며 가지 말라고 붙잡고 늘어지자 반휘가 싱긋 웃으며 내 볼을 쭈욱 잡아당긴다. 그리고는 내게 장난기 섞인 투로 말했다.

“양아치, 그럼 도망갈까. ^-^”

“으응?”

“안 싸우려면 도망가야지. 안 그래?”

“응.”

“하하. 도망가자. 달리기 잘할 자신 있지?”

“응응!”

“근데 지금 안 싸우면 매일매일 도망다녀야 돼. 내 말 무슨 말인지 알아?”

“ㅜ_ㅜ”

“양아치, 내일 보자. ^-^ 엘리베이터 앞에서 8시에 보는 거다.”

“반휘야.”

"조심해서 가."

결국 반휘는 나와 무니만 덩그러니 남겨둔 채 교실을 빠져나갔다. 껄렁파 아이들과 싸우기 위해서.

"어우~ 예반휘 개 장난 아니다!! 진짜 멋있어. 그치? 말하는 것도 어쩜 그렇게 멋지니."

반휘와 껄렁파 아이들이 사라지고 무니와 나란히 교실을 빠져나오는데 마냥 신이 난 무니가 잔뜩 들떠선 반휘가 너무 멋지다고 난리도 아니었다. 후아, 반휘 혼자서 괜찮을까. T_T 그렇게 보내는 게 아닌데, 끝까지 붙잡을 걸 그랬어.

"야, 무슨 생각을 그렇게 하냐~"

"으응?"

"기집애, 난 저기서 마을 버스 타고 가야겠다!"

"응응."

"그럼 내일 보자."

그렇게 무니가 손을 흔들며 마을 버스 정류장으로 멀어져 가고, 나 역시 집으로 터벅터벅 발걸음을 돌리는데 아무래도 반휘가 자꾸 신경 쓰여서 걸음이 떨어지질 않는다. 혹시 모르니까 학교를 좀 둘러볼까? 반휘가 쓰러져 있을지도 모르잖아. T_T 난 혹시나 하는 마음에 아이들이 거의 다 빠져나간 학교 안으로 다시 발을 들여놓았다. 그리고 반휘와 껄렁파 아이들의 모습을 찾아 이리저리 기웃기웃 돌아다니는데,

"아앗, 파인이다!!"

하며 갑자기 내 앞에 모습을 드러내는 한 아이, 바로 비호다.

"엇, 비호네!!"

"히힛, 집에 안 가고 여기서 뭐 해?"

"아, 친구 찾아. 반휘가 싸우러 가서 찾는 중이야."

"반휘?"

"응응, 아까 비호 도와준 그 아이 말이야."

"아~ 머리 색깔 예쁘고 얼음같이 생긴 사람!"

"얼음?"

"그 사람 이름이 반휘야? 우외, 에쁘나!!"

"얼음같이 생기다니 그게 뭐야? 얼굴이 네모나다는 건가?"

"히힛, 아니, 차갑게 생겼잖아. 얼음왕자같이 생겼어."

"아하, 그렇구나."

"내가 도와줄게. 나랑 같이 반휘 찾자. 혼자서는 힘들잖아!"

"응. 고마워, 비호야. 비호는 정말 좋은 아이야!!"

그렇게 비호를 만나 비호와 함께 반휘의 행방을 찾아나섰다. 그러나 1시간이 넘도록 학교 안이며 주변을 샅샅이 뒤져 봤지만, 어디에도 반휘의 모습은 없었다.

"하아, 다리 아프다."

"많이 아파?"

"응, 비호는 다리 안 아파? 안 힘들어?"

"응응, 난 아무렇지도 않아. 이거 봐라, 나 되게 튼튼하지?"

하며 자랑스럽게 폴짝폴짝 뛰어대는 비호. 아마도 비호는 무쇠 체

력인가 보다. 정말정말 튼튼하네.

"나는 무지 힘든데. 우리 저기서 조금만 쉬었다 가자. 응?"

"그래. ^o^"

내 말에 알았다며 고개를 끄덕이고는 길거리에 놓여 있는 자그마한 벤치로 마구 뛰어가는 비호. 이내 벤치 가운데 떡하니 앉더니만 어서 오라고 손짓을 해댄다.

"파인아, 빨리 와!! 빨리빨리!!"

"응응."

"빨리 여기 앉아!! 다리 뻗고 앉아 있으면 다리 안 아플 거야."

내가 다가가자 벤치에서 후닥닥 일어나선 자리를 몽땅 내어주는 비호다. 그리고는 뭐라고 대답할 틈도 주지 않은 채 날 의자에 앉히고는 무조건 다리 쭉 펴고 앉으라고 했다.

"아냐, 비호도 같이 앉아."

"안 돼."

"왜? 혼자서 여기 다 앉으면 욕심쟁이잖아. 같이 앉자, 비호야."

"안 돼. 파인이 혼자 다 앉아. 욕심쟁이 아니니까 괜찮아."

"그치만 난 비호도 같이 앉았으면 좋겠는데."

"안 된다니까! -0-"

"그래도 혼자 그렇게 서 있으면 다리 아프잖아. T_T"

"안 아파. 난 그냥 여기 서서 파인이 지켜주고 있을 거야."

"그러지 않아도 되는데… 고, 고마워, 비호야."

"이건 고마운 거 아니야!"

“으응?”

“나는 남자고, 파인이는 여자니까 지켜주는 거 당연한 거야!”

그렇게 비호는 내가 벤치에 앉아서 피로에 지친 다리를 회복시키는 동안 내 옆에 조용히 서서 날 지켜주었다. 그러고 보니 밖에서 보니까 비호 더 예쁘게 생겼다. 비호 정말 좋아. 나 자꾸만 비호가 좋아져~♡

“다 쉬었다!”

“정말? 이제 괜찮아?”

“응. 비호야, 이제 그만 집에 가자!!”

“헤헷, 그래.”

벤치에서 10분 정도 늘어지게 휴식을 취한 후 비호와 함께 집으로 향하려는 찰나였다. 갑자기 날 멈춰 세우는 비호.

“우와~ 사람 토끼다!!”

사람 토끼라니? 처음엔 비호가 무슨 뚱딴지 같은 소리를 하는지 몰라 어리둥절했다. 그래서 멀뚱멀뚱 비호만 쳐다보는데 비호는 계속 똑같은 말만 내뱉었다. 손가락으로 도로 건너편 어딘가를 가리키면서 말이다.

“파인아, 저기 봐!! 사람 토끼야! 사람 토끼가 있어!!”

“으응??”

“저기! 저기!! 생긴 건 사람인데 머리에 이따만한 귀 달렸잖아!”

“어, 어디?”

“우와, 진짜 신기해!! 저기 봐봐.”

"아!"

"거기다 두 마리나 있어. 진짜 신기하다, 그치? 신기하지?"

외계인이라도 발견한 듯 커다란 두 눈이 더욱 휘둥그레져선 비호가 가리킨 곳에는 비호가 [사람 토끼]라고 말한 어떤 이상한 사람들이 지나가고 있었다. 비호의 말대로 머리에 굉장히 커다란 토끼 귀가 달려 있는 우리 또래의 예쁘장한 남자 아이와 재밌게 생긴 여자 아이. 정말이지 놀라지 않을 수 없었다. 세상에나, 사람 토끼라는 게 실제로 조, 존재하다니!! 믿을 수 없어!!

"와, 정말 신기하다."

놀라움에 떡 벌어진 입은 도무지 다물어질 줄을 몰랐다. 가끔 상상은 해봤지만 직접 내 두 눈으로 외계인을 보게 될 줄이야. 비호는 정말 행운을 가져다 주는 아이인가 보다. 그런데 저 외계인들이 도대체 지구엔 무슨 일이지? 여튼 무슨 영문으로 저 사람 토끼족이 지구에 나타난 건지는 모르겠지만, 책에서 읽은 대로 지구에는 정말 수없이 많은 외계인이 존재하는 모양이다. 역시 선생님 말씀대로 책은 거짓말을 하지 않는구나. 그렇게 비호와 함께 외계인을 목격하고 집으로 향하는 발걸음은 무척이나 가벼웠다. 집에 가서 파노한테 꼭 얘기해 줘야지!!

"근데 비호야, 비호네 집은 어디야?"

"응?"

"이쪽으로 가도 돼? 비호네 집도 이쪽이야?"

"응응. ^ㅇ^ 저~쪽이야!!"

“거기가 어디야. 거긴 반대잖아. 이쪽으로 가면 안 되잖아.”

“아냐. 이쪽으로 가도 돼.”

하고는 내 손을 붙잡고 깡총깡총 뛰기 시작하는 비호다. 늘 힘이 넘치는 예쁜 비호. 오늘 하루는 비호와 함께 저물어간다. 참, 근데 반휘는 괜찮은 거겠지?

다음 날 엘리베이터 앞.

“바, 반휘야!! 괜찮은 거야? 말짱해? 안 다쳤어??”

난 엘리베이터 앞에 고개를 숙인 채 벽에 기대 서 있는 반휘를 발견하고는 엄청난 속도로 뛰어가며 외쳤다. 그러자 고개를 들며 천연덕스럽게 말을 잇는 반휘.

“뭐냐, 양아치. 너 5분이나 늦게 나왔어.”

“하. 반휘야, 너, 너 얼굴이 왜 그래? ㅜ_ㅜ”

내 눈에 비친 반휘의 얼굴. 입술은 터지고, 볼엔 작은 상처가 보기 좋게 나 있고, 여튼 하루 새에 얼굴이 꽤 많이 상해 있었다.

“괜찮은 거야?!”

“당연하지.”

“내 눈엔 안 괜찮아 보이는데.”

“하하. 그래? 사실 좀 안 괜찮아. ^-^”

“아프겠다. 진짜 아프겠다.”

“이야, 그래도 양아치 얼굴 보니까 살 만한데 뭐.”

“으응?”

“신기하다. 우리 양아치 신기한 능력 갖고 있나 봐.”

"반휘야. ㅠ_ㅠ"

"양아치 아침부터 또 질질 눈물 짠다."

"ㅜ_ㅜ"

"울지 마. 울면 너랑 안 놀아준다. ^-^"

"앞으로 싸우지 마. 난 싸움하는 친구 좋아하지 않아."

"훗. 학교나 가자, 양아치."

내 목을 잡아끌며 엘리베이터에 오르는 반휘. 반휘가 전학 온 후 처음으로 반휘와 함께하는 등교 길이다. 앞으로는 등하교 길에 반휘한테 누구도 시비를 걸지 못하도록 내가 꼭꼭 지켜줘야겠다. 히힛, 우린 좋은 친구니까!!

"양아치, 어디 가냐."

"응? 담 넘으려면 이쪽으로 가야 돼."

"하하. 누가 담 넘는대. -0-"

"우리 지각했으니까."

"양아치 일로 와, 일로 와, 빨리 와."

"왜? ㅜ_ㅜ"

"가끔은 정정당당하게 살 때도 있어야지, 임마."

"하지만."

"힘들게 담 넘지 말고, 학주한테 인사한 다음에 교실로 가자."

"안 돼. 안 되는데."

"훗. 안 되긴 뭐가 안 돼."

"나 학주한테 걸리면 정말 안 되는데."

"양아치, 자꾸 의리없이 이럴 거냐."

"ㅠ_ㅠ"

"어제 발목 좀 다쳐서 그래. 정문으로 가도 안 혼나게 해줄 테니까 우리 양아치는 오빠만 믿고 따라와라. ^-^ 응?"

"그치만……."

"혼자 정문으로 가려면 쓸쓸하잖아."

"아, 그래."

결국 어쩔 수 없이 반휘의 손에 이끌려 정문으로 향했다. 교문에 점점 가까워질수록 심장이 터질 듯 뛰어댄다. 물론 정문에는 호루라기를 목에 건 채 학주가 대기 중이다. 정말이지 언제나 그 늠름한 모습은 변함이 없으시군요. ㅜ_ㅜ 그렇게 겁도 없이 반휘와 함께 정문에 들어서자 나와 반휘가 있는 곳으로 성큼성큼 다가오는 학주. 순간 반짝 빛나는 학주의 눈동자를 난 똑똑히 보고 말았다.

"이파인 양, 이제 오시나."

"네네. 죄송합니다, 지각을 했어요. ㅜ_ㅜ"

"오호, 그럼 그 옆에 서 계신 분은 누구신가."

"예반휘요 . ^-^"

"머리에 물들인 꼴이 아주 가관이구만?"

"하하, 별말씀을요."

"뭐야?! 이 새끼 어디서 말대답이야? 엉?"

"칭찬을 듣고 가만히 있을 수는 없잖아요, 선생님."

"너 뭐 하는 새끼야? 똑바로 말해!!"

"예반휘라니까요. ^-^"

생글생글 미소 지으며 학주에게 꾸벅 인사를 하는 반휘. 왠지 분위기가 심상치 않다.

"너 학생 머리가 왜 그 모양이야? 누가 멋대로 염색하고 다니랬어?"

"아, 오해하셨구나. 그런 거 아닌데."

"아니긴 뭐가 아니야?! 염색했잖아?! 아니야? 어?"

"하하, 아닌데요. 우리 선생님 색맹인가 보다."

"뭐, 뭐야?! 이 새끼가 뻔히 염색해 놓고 어디서 발뺌이야!!"

"염색 아니에요. 아니라구요. ^-^"

"니가 지금 선생님을 가지고 놀아? 이 건방진 새끼!!"

"왜 그러세요. 염색한 거 아니에요, 아니라잖아요. ^-^"

"이 자식이 끝까지!!"

"염색체 부족이라 그래요. 괜히 사람 잡아대지 마세요."

여, 염색체 부족이라니. 반휘의 머리가 노란 것도 모두 이유가 있었구나. 실제로 우리 동네에 염색체 부족으로 노란 머리를 가졌던 어느 남매가 있었는데, 그 남매는 다른 아이들에게 상당한 놀림을 당했었다. 그래서 난 그 불쌍한 남매의 편을 몇 번 들어줬었고 그때마다 동네 아이들에게 덩달아 흠씬 맞았던 기억이 스멀스멀 떠오른다. 그럼 반휘도 놀림 많이 당했겠구나. 불쌍한 반휘. T_T 그때였다.

"하하, 선생님이 그러시면 안 되잖아요."

"뭐야?!"

　"선생님한테 염색체 부족으로 머리가 노란 아들이 있는데 그 아들이 학교에 가서 어떤 개 같은 성질 갖고 있는 학주한테 [이 건방진 새끼야, 너 왜 염색하고 다녀]라고 자꾸 싫은 소리 들으면 어디 그 성질 머리 개 같은 학주, 가만두고 싶겠어요. ^-^"

　"이, 이 건방진!!"

　반휘의 말에 우물쭈물 딱히 아무런 말도 못하는 학주. 그렇게 나와 학주를 경악하게끔 만든 반휘의 마지막 멘트로 반휘와 학주의 싸움은 끝을 맺었다.

　"믿고 사는 사회를 만들어야 하잖아요."

　"……."

　"선생님, 사랑해요. ~♡"

　"우리 양아치는 오빠만 믿고 따라와라."

　믿음직스러웠던 반휘의 말. 나도 모르게 언제나 멋지고 씩씩한 반휘의 모습을 믿고 있었는데, 그런 나의 작은 믿음은 반휘의 건들대는 말투에서 산산조각나 버렸다. 그리고 결국은 학주의 손에 이끌려 학생과 상담실로 향하는 중이다.

　"뭘 잘못했는지 깊이 생각하고 반성문 써놔!!"

　쾅―!!

　단단히 화가 났는지 학주는 나와 반휘에게 시선조차 주지 않고 자기 할 말만 한 후 빠른 속도로 상담실을 빠져나갔다. 그렇게 학주가 나가자 잔뜩 긴장되어 있던 온몸의 신경이 자연스레 풀리는 기분이다. 평소의 학주 같았으면 반휘를 무지무지 때렸을지도 모르는데, 그나마 반성문에서 그친 게 천만다행일지도 모르겠다.

털썩.

피곤하다는 듯 머리를 쓸어 넘기며 의자에 주저앉는 반휘. 학생과에 끌려온 게 못내 불만스러운 표정이다.

"씨발. 짜증나."

반휘는 짧은 욕설을 내뱉으며 못마땅하단 눈빛으로 오른쪽 발목을 내려다보았다. 그리고는 이내 발목이 시큰대는지 만지작대는 반휘다. 아무래도 발목을 많이 다친 모양인데, 잘못 본 게 아니라면 분명 많이 부어 있었어. 숨을 죽인 채 걱정스런 눈으로 바라보는 내 눈빛을 느꼈는지 불현듯 반휘의 눈이 내게로 향한다. 그 눈에 화들짝 놀라 뒤로 멈칫 한 걸음 물러서자 반휘가 긴 팔을 뻗어 내 손을 잡아당겼다. 그리고 짜증스런 표정이 아닌 은은한 미소가 담긴 얼굴로 날 마주한다.

"왜 그렇게 보냐? ^-^"

"ㅜ_ㅜ"

"바보, 왜 그렇게 쳐다보는데."

"반휘가 아파하니까."

"하하. 별거 아니야. 양아치, 이거 진짜 별거 아니다."

"……"

"어제 멋지게 점프해서 이단 옆차기 하는데 어떤 새끼가 짜증나게 강목으로 내 다리를 때리잖아."

"ㅠ_ㅠ"

"그래서 그냥 진짜 티끌만큼 다친 거야. ^-^"

"그, 그랬구나. 근데 왜 티끌만큼 다쳤으면서 담도 못 넘어."

"양아치, 그게 아니지. -_- 티끌만큼 다쳤으니까 담을 못 넘는 거야."

"으응? 그게 뭐야. 그런 게 어딨어!!"

"뭐야, 우리 양아치 내 말에 토 다는 거냐. 하하, 이상하네. 지금 꼭 내 말에 토 다는 거 같네. ^-^"

"(절레절레)아, 아니야. 그런 거 아니야, 토 다는 거 아니야!!"

"하긴 우리 양아치가 어떤 양아친데. 그치?"

하며 능숙하게 내 볼을 쭈욱 잡아당기는 반휘. 나도 모르게 두 눈을 질끈 감으며 반휘의 손길을 피하려 했지만 피하려는 바로 그 순간 빠른 손놀림에 꼼짝없이 당해 버렸다. 이러다가 정말 볼이 두 배로 늘어나겠어!! T_T 아, 화끈거려. 반휘는 정말 힘이 천하장사인가 봐. 우, 아파. 진짜진짜 아프다. 그렇게 반휘의 손에 의해 벌겋게 달아오른 볼을 손으로 부비적대며 멀뚱멀뚱 서 있는데 반휘가 말한다.

"앞으로 내 걱정 같은 거 하지 마."

"ㅇ_ㅇ"

"양아치는 내 걱정 안 해도 돼. 알잖아, 난 워낙 잘나서 우리 양아치가 걱정해 줄 거리가 없어. ^-^"

"으응?"

"아까같이 그런 표정 짓지 말라고. 걱정하고, 슬퍼하고, 우는 거 하지 말란 말이야. 알겠냐."

"아. 으응!!"

"하하, 참 신기하다."

"뭐가?"

"우리 양아치, 어떻게 그 쪼그만 머리로 내 걱정을 다 하냐."

"반휘 바보! 걱정은 머리로 하는 게 아니라 마음으로 하는 거잖아!!"

"훗. 그래? 그럼 우리 양아치는 마음이 바다처럼 넓은가 보다."

"히힛. 응응!!"

"근데 그래도 내 걱정은 하지 마."

"왜에."

"그냥 양아치는 그 딴 거 안 해도 돼. 어렵고, 아프고, 슬픈 건 이 오빠가 대신해 줄게. ^-^"

"(끄덕끄덕)응응. 알겠어."

"하하. 아무리 생각해도 양아치 너 정말 봉 잡았다. 나처럼 잘생기고 멋진 친구 만들기 진짜 하늘에 별 따긴데."

"우와. 그럼 난 별 딴 거네!!"

"그럼! 당연하지."

반휘의 말을 듣고 곰곰이 생각해 보니 어쩌면 진짜로 하늘에 동동 떠 있는 별을 딴 것이나 다름없다는 생각을 했다. 별똥별처럼 갑자기 나타난 반휘는 가끔씩 무섭게 변하긴 해도 사실은 정말 착하고 따뜻한 아이니까 말이다.

"양아치, 앉아봐. 우리 반성문 누가 먼저 쓰나 내기하자."

"응응. ^0^"

"훗. 좋았어. 늦게 쓰면 꿀밤 10대다. 알겠지?"

"여, 열 대씩이나? 우, 늦게 쓰면 안 되겠다."

"준비 땅!"

"잠깐만. 잠깐만. 나 아직 연필 못 꺼냈단 말이야. T_T"

"하하, 뭐야. 빨리 꺼내."

"(꼼지락 꼼지락)꺼, 꺼냈어."

"자, 시작한다. 시작!!"

그렇게 시작된 꿀밤내기 반성문. 역시 혼자 쓰는 반성문보다는 함께 쓰는 반성문이 즐겁고, 무료하게 쓰는 반성문보다는 이렇게 내기를 하며 쓰는 반성문이 몇 배는 더 흥이 난다는 사실을 이제야 깨달았다. 역시 반휘는 정말 똑똑한 아이구나!!

"다 썼다. -0-"

내기를 시작한 지 얼마 되지 않아서였다. 반성문을 팔랑이며 다 썼다고 외치는 반휘. 이렇게 금방 쓰다니 엄청난 마법이라도 부린 건 아닐까.

"벌써 다 썼어?"

"어."

내 물음에 당연하다는 듯 심플하게 대답하는 반휘. 그 모습이 얼마나 대단해 보였는지 모른다. 난 아직도 [잘못했습니다]를 10번도 채 쓰지 못했는데, 역시 잘생긴 아이는 정말 뭐가 달라도 다른가 보다.

"반휘야, 정말 대단하다."

"내가 좀 그래."

"난 반성문 이렇게 빨리 쓰는 사람 처음 봐."

"훗, 원래 세상에 나같이 멋진 놈은 좀 드물잖아."

"응, 그런가 봐. 반휘 진짜 대단해, 정말 굉장하다."

"하하, 어디어디 우리 양아치는 뭐라고 썼는지 구경 좀 해볼까."

하며 내 반성문을 쓰윽 가져가는 반휘. 이내 깔깔대고 웃어 젖히기 시작한다. 도대체 왜 웃는 거지? 의문을 갖지 않을 수 없었다. 내 반성문 안의 내용이라고 해봐야 고작 [선생님, 죄송합니다. 정말정말 잘못했습니다] 이게 전부인데 무엇이 그렇게도 재밌는 걸까. 도무지 그 웃음의 이유를 알 수 없어 고개를 갸웃갸웃 반휘를 이상하다는 듯 쳐다보자 그제야 내 반성문을 돌려주며 반휘가 말한다.

"양아치, 이게 뭐냐."

"반성문."

"아니, 뭐 하러 똑같은 말을 이렇게 많이 쓰는데."

"응?"

"그리고 글씨는 또 왜 이러냐. 초등학생도 아니고."

"ㅠ_ㅠ"

"삐뚤빼뚤 꼭 지렁이 글씨 같잖아."

"줄이 없어서 그래. 내 글씨 지렁이 글씨 아니야."

"하하, 미치겠네."

"왜 그래. 놀리지 마. 놀리는 거 싫어. T_T"

"진짜 미치겠다. 어떻게 된 게 하는 짓이 죄다 꼬맹이 같냐? 어?"

반휘는 내게 묻는 듯 말했지만 묻는 게 아닌 듯 내 머리를 가볍게 쓰다듬었다. 그리고는 이렇게 말한다.

"양아치, 내 꺼 좀 보고 배워. 반성문을 쓰려면 이 정도는 돼야지."

반휘의 반성문. 텅텅 하얗게 비어 있는 A4 용지 맨 윗줄에 예쁘장한 글씨로 예반휘라 적혀 있고, 그 한참 밑으로 몇 줄의 글이 눈에 들어온다.

선생님, 굿모닝. ^-^ 우리 선생님은 어디서 뭐 하시려나. 전 지금 마음속으로 제 잘못 딱 백만 번 뉘우치고 있거든요. 하하, 진짜 힘들다. 그러니까 꼭 용서해 주세요. 용서해 주실 거죠? 미치도록 사랑해요, 선생님~♡

세상에 태어나서 이런 반성문은 정말 처음 접해보는 것 같다. 정말이지 생소하기 짝이 없는 반성문. 난 그 반성문을 조심스럽게 책상 위에 내려놓았고, 기묘하게 일그러진 얼굴로 반휘를 쳐다보았다. 그러자 날 보고 피식 웃음을 흘리며 손가락으로 반성문 끝자락을 가리키는 반휘다. 으음? 이게 뭐지? 호기심에 반휘가 가리킨 곳을 두 눈이 빠져라 유심히 들여다보자 보일 듯 말 듯 아주 깨알 같은 글씨로 써 있는 글자가 보인다.

벙인데. ♡

이유는 모르겠지만 난 그 세 글자를 읽고 배시시 웃어버렸다. 반휘
는 정말 재밌는 아이인 것 같다.

"우와, 근데 반휘 진짜 글씨 잘 쓴다."

"하하, 난 원래 못하는 게 없다니까."

"그래도 남자가 글씨 이렇게 예쁘게 쓰는 거 처음 봐."

"그래?"

"아, 아니구나. 아니다. 은석이도 있었지, 참."

"은석이? 그게 누군데?"

"응, 내 친구."

내 친구, 내 친구 은석이. 깜빡할 뻔했다. 늘 서기를 맡을 만큼 글
씨를 잘 쓰는 아이였는데. 내 친구 은석이도 글씨를 참 잘 썼었는데
깜빡했다. 은석아, 미안. ㅜ_ㅜ 옛날에는 이런 거 하나하나, 사소한
거 하나하나, 모두 기억하고 잘 알고 있었는데. 시간이 지나니까 자
꾸만 하나씩 지워지려고 하네. 미안. 정말 미안해, 은석아.

"뭐야. 우냐."

"아니야."

"양아치 또, 또 거짓말한다. 거짓말쟁이."

"아냐. 그냥 조금, 아주 조금밖에 안 울었어."

"임마, 다음부터는 아니라고 우기지 마. 알겠어?"

　"ㅜ_ㅜ"

　"다른 사람들한테는 절대 아니라고 우겨도 내가 우냐고 물어보면 그냥 고개만 끄덕이고 울어. 알겠지?"

　"으응."

　"나랑 약속한 거다. ^-^"

　끄덕끄덕.

　"홋. 우리 양아치 참 착하네. 착하다."

　내게 약속을 받아내고는 아주 환하게 웃으며 착하다고 칭찬하는 반휘. 아무리 생각하고, 또 생각해 봐도 반휘는 정말 좋은 아이인 것 같다. 그냥 자꾸, 자꾸만 그런 생각이 든다.

　교실로 가는 복도. 얼렁뚱땅 반성문을 써제히고 뚜벅뚜벅 반휘와 함께 교실로 향하는 길이었다. 텅 빈 가방을 둘러메고 주머니에 두 손을 가볍게 꽂은 채 복도로 걸어 들어오는 제하, 제하가 보였다. 물론 내가 제하를 본 것보다 반휘가 빨랐다.

　"남제하, 이제 오냐. ^-^"

　"……."

　"꽤 늦게 온다."

　"……."

　"이렇게 학교 늦게 가면 엄마가 뭐라고 안 하냐."

　"꺼져."

　빈정대는 듯한 반휘의 말에 제하는 음침할 정도로 낮은 목소리로 [꺼져]라고 말한 뒤, 휘적휘적 사라져 버렸다. 그리고 반휘는 바닥에 시선을 고정한 채 쓴 웃음을 지을 뿐이다. 도대체 뭐지. 싫어하는 것 같은데 제하를 싫어하는 게 아니라고 말하는 반휘. 반휘와 마주치면 표정없는 얼굴이 더욱 차갑게 굳어지는 제하. 아무것도 모르는 난 그저 답답할 수밖에 없었다. 하지만 그 답답함은 의외로 아주 쉽게 풀려 버렸다.

“반휘야.”

“어.”

“저기 그냥 궁금해서 그러는데.”

“응. 뭐.”

“반휘는 미국에서 살다 왔다면서 제하 어떻게 알아?”

“…….”

“마, 말하기 싫으면 안 해도 돼.”

“훗, 엄마 아들이니까.”

“으응?”

“남제하 우리 엄마 아들이야. 그래서 알아.”

“정말? 그럼 제하가 반휘 동생이야??”

“응.”

“근데 무슨 말이 그래. 반휘도 엄마 아들이잖아. 근데 꼭 아닌…….”

“아니야. 난 아니야. 난 아빠 아들이야.”

“으응?”

“하하. 난 아빠 아들이라고. ^-^”

엄마 아들. 아빠 아들. 그 두 개가 어떻게 다른 것인지 모르겠지만,

아빠 아들이라고 말하는 반휘의 눈빛은 깊은 슬픔으로 잠겨 있었다. 더 이상 뭐라고 말을 건넬 수 없을 만큼 슬픔이 가득한 눈. 정말이지 세상에는 내가 알지 못하는 일들이 너무 많은 것 같다. 휴우, 왠지 모르게 어색해진 분위기. 반휘는 아무 말 없이 교실로 발걸음을 옮긴다. 그리고 그 뒤를 바보처럼 뒤쫓는 나.

"반휘야, 반휘야."

"어."

"우리 웃는 얼굴 하자."

"……."

"책에서 봤는데 잘생긴 사람은 웃어야 더 멋있대. 그니까 반휘도 웃어야지. 반휘는 잘생겼으니까 어두운 표정 짓는 것보다 웃는 게 좋을 거 같아."

"훗."

내 말에 반휘가 피식 웃음을 터뜨렸다. 입꼬리가 살짝 올라가는 평소 반휘의 웃음이다.

"양아치, 근데 그거 어디서 읽었냐?"

"응?"

"그 책 이름이 뭔데."

"아, 그, 그냥 어떤 책에서 읽었어."

"그렇게 유익한 책도 있었냐. 우리 양아치 좋은 책 읽고 다니네."

"응응! 독서는 좋은 거잖아!!"

나도 모르게 식은땀이 흘러내렸다. 사실 그런 이야기는 책 어디에서도 읽은 적이 없는데. 역시 좋든 나쁘든 거짓말을 한다는 것은 참으로 어려운 일인 것 같다. 그래도 반휘가 밝게 웃으니까 정말 좋다, 좋아. ^0^ 그렇게 반휘와 함께 교실로 들어가려는 찰나였다. 그 보다 한 박자 앞서 문이 열리더니 비호가 쏙 튀어나오며 말한다.

"우아, 파인이다!"

"아, 비호야."

"내가 파인이 계속 찾아다녔는데!!"

"그랬구나. 나 찾아다녔구나."

"응응. 미미가 파인이 보고 싶다 그래서."

"미미가?"

"응. 그래서 파인이랑 같이 미미한테 가려고 했는데."

"아."

"파인이 이제야 찾았다!!"

"정말 미미가 나 보고 싶다고 그랬어?"

"응!! 파인아, 미미한테 가자. 미미한테 놀러가자. ^0^"

미미한테 놀러가자는 말과 함께 내 손을 붙잡고 달려나가기 시작하는 비호. 나 역시 얼떨결에 반휘의 옷자락을 잡고 열심히 뛰기 시작했다.

헐레벌떡—

숨이 목까지 차 오를 때까지 뛰다가 걸음을 멈춘 건 바로 미미네 집 앞에서였다. 미미네 집. 두 팔로 감싸 쥐어도 한참 부족할 만큼 큰 아름드리나무다. 몸집에 비해 집이 너무 커서 미미를 찾기란 여간 힘든 게 아닌데, 비호는 단번에 미미를 척 찾아낸다.

"미미 저기 있다!"

손가락으로 수없이 많은 나뭇잎 중 한 개를 가리키는 비호. 어디에 미미가 있다는 건지 잘 모르겠지만, 대충 고개를 끄덕였다. 그러자 비호가 신이 나서 미미를 부르기 시작한다.

"미미야, 여기야, 여기 좀 봐! 파인이랑 같이 놀러왔다!! 그니까 빨리 내려와, 빨리!!"

"미미야, 내려와. 내려와서 나랑 비호랑 반휘랑 같이 놀자!"

비호와 함께 어디에 있는지 모를 미미를 열심히 부르고 있을 때였다. 뒤쪽에 서서 하얀 연기를 내뿜으며 반휘가 시큰둥하게 묻는다.

"뭐 하는 건데."

살포시 찌푸려진 얼굴. 아마도 반휘의 눈에는 나와 비호가 이상하게 보였던 모양이다. 커다란 나무를 향해서 미미를 불러대는 모습은 모르는 사람이 본다면 누구나 고개를 갸웃거릴 만큼 이해할 수 없는 행동이니까. 반휘의 반응은 당연했다.

"미미 부르는 중이야. ^o^"

반휘의 물음에 활짝 웃으며 대답하는 비호. 반휘는 비호의 대답이 영 만족스럽지 못한지 담배 연기를 길게 내뱉으며 또다시 물었다.

"미미가 누군데?"

"내 친구!"

"하하, 뭐야. 니 친구는 나무에 사냐."

"응, 미미는 나무에 살아."

“훗. 그거 되게 신기하네.”

“히힛. ^O^”

“가르쳐 줘봐. 어딨는데. 어디 나도 같이 친구 좀 해보자.”

반휘의 말이 꽤나 기뻤는지 하얀 얼굴에 온통 예쁜 미소를 짓는 비호. 그리고 이내 나무 앞으로 쪼르르 가서는 미미가 있는 위치를 반휘에게 열심히 설명해 주는 비호다. 반휘는 비호가 손가락으로 가리킨 곳을 꽤 관심있게 쳐다보았다. 그리고 한참 동안 나무 위를 올려다보던 반휘가 말한다.

“훗, 귀엽네.”

순간 난 그 말에 적지 않은 감동을 받았다. 분명 다른 아이들이었으면 비호를 이상한 아이라 놀리며 언제나처럼 따돌렸을 텐데 역시 반휘는 달랐다. 비호의 애벌레 친구 미미를 귀엽다고 말해 주었다. 정말 진심으로 반휘에게 고마웠다. 혹시나 비호에게 상처 되는 말을 할까 봐 걱정스러웠는데, 정말이지 반휘는 좋은 아이구나.

도란도란—

반휘와 비호와 함께 바닥에 쭈그리고 앉아 몇십 분째 미미가 나무에서 내려오기만을 기다리는 중이다. 약간 지루한 시간이었지만 비호는 마냥 신이 난 듯 노래를 흥얼거리며 반휘에게 관심을 보이기 시작한다.

“나는 윤비호야. ^O^”

“그러냐. 난 예반휘다.”

“히힛, 이름 진짜 예쁘다.”

"어, 그런 소리 되게 많이 듣는다."

"근데 어디서 전학 왔어?"

"미국."

"와~ 그 멀리서 어떻게 여기까지 왔어?"

"비행기 타고."

"왜? 한국에는 왜 온 거야?"

"하하, 지금 뭐냐."

"응?"

"그게 왜 궁금한데. 윤비호, 너 나한테 관심있냐."

"아니, 그냥! 누구든 어딘가를 떠나올 때는 이유가 있으니까."

"훗. 너 그런 말도 할 줄 아냐."

"헤헷. 응."

"왕따라 그래서 이상한 놈일 줄 알았더니 아니네. 다 생긴 대로 논다고 아주 생겨먹은 대로 괜찮다, 너. ^-^"

"응!"

"이래서 끼리끼리 놀아야 된다니까."

"히힛."

"원래 이렇게 완벽한 놈들끼리는 잘 통해. ^-^"

반휘와 비호는 금세 친해졌다. 반휘의 말대로 잘생긴 아이들끼리는 잘 통하는 모양이다. 언뜻 보기에는 반휘가 워낙 터프하고 거친 성격이라 비호와 그다지 맞지 않을 것 같은데, 이렇게 잘 어울리는 걸 보니 말이다. 근데 바로 그때였다.

“하아. 하아. 하아…….”

거친 숨을 몰아쉬며 괴로운 듯 가슴을 움켜잡는 비호. 왜 그러냐고 물을 새도 없이 비호가 바닥으로 쓰러져 버린다.

“비, 비호야—!!”

난 깜짝 놀라서 비호의 이름을 크게 외쳤고, 반휘도 놀랐는지 바닥에서 벌떡 일어나 비호에게 다가갔다. 그리고는 비호의 볼을 찰싹 소리가 나게 치며 비호의 의식을 깨어나게 하려고 부단히 노력하는 반휘지만, 비호는 이미 정신이 혼미해졌는지 작은 소리로 무어라 중얼대며 정신을 잃어갔다.

“엄마… 엄마…….”

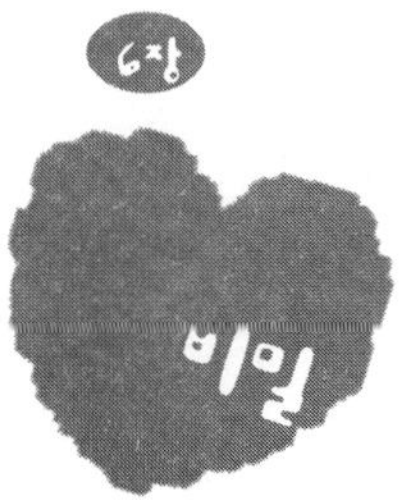

비밀

캄캄한 어둠. 두꺼운 커튼으로 인해 햇빛 한 점 들어오지 않는 방 안에 한 아이가 있다. 7, 8살가량 되어 보이는 예쁘장한 얼굴의 남자 아이. 하얀 시트가 빳빳이 깔려 있는 침대 위 한쪽 구석에 쭈그리고 앉아 있다. 언뜻 보기에는 잠든 것 같지만 아이의 커다란 눈에서는 연신 눈물이 흘러내리고, 앵두같이 빨간 입술은 작게 움직이며 무어 라 계속 중얼대고 있다.

"엄마… 엄마……."

몇날 며칠 아이는 밤낮을 가리지 않고 그저 울기만 했다. 아무리 불러도 질리지 않는지 [엄마]를 부르며 계속 눈물을 쏟아냈고, 그러 다 지치면 자신도 모르게 쓰러져 잠들곤 했다. 방에 들어와 아이를 달래주는 사람은 없었다. 간간히 검은 양복을 걸친 사내들이 소리도 없이 들어와 살펴보기는 했지만, 누구 하나 다가와서 말을 걸거나 달래주려는 기색은 없었다.

"형님, 도련님은 아직도 그대로신데요."

2층 아이의 방에 들어갔다 나온 검은 양복의 사내가 정원에 앉아 한가롭게 술을 마시고 있는 한 중년 남자에게 말했다. 그 말에 중년인은 못마땅하다는 표정으로 아이의 방을 쏘아본다. 아이와 많이 닮은 얼굴. 특히나 눈매를 보면 누구나 아이의 아버지임을 짐작하리라. 이내 그는 굳어진 얼굴을 풀고 맞은편에 앉아 있는 여자에게 눈길을 돌렸다.

여자는 20대 중반의 나이지만 갓 스물을 넘긴 듯 어려 보이는 얼굴에 짙은 듯하지만 싸구려 느낌이 들지 않는 고급스러운 화장을 하고, 호사스러운 옷을 걸치고 있었다. 우아함과 요염함을 동시에 느껴지는 여자로 한눈에도 남자들이 쉽게 끌릴 만한 타입이었다. 중년인은 아무 말 없이 여자에게 술잔을 건넸다. 여자는 살짝 치켜뜬 눈으로 남자를 바라보다 술잔을 받아 들었고, 쓰디쓴 양주를 홀짝홀짝 마시며 교소 띤 얼굴로 말한다.

"자기야, 쇼핑 가자. 응? 우리 같이 쇼핑간 지 오래됐잖아."

여자의 애교 섞인 목소리에 남자의 얼굴에 흐뭇한 미소가 스친다. 그리고 술잔을 마저 비워낸 남자는 곧바로 여자의 말을 실행에 옮겼다. 차를 준비시키고 여자와 함께 쇼핑을 하러 나간 것이다.

검은 조직계의 거물 윤성호 회장, 그의 이름이었다. 강남 일대의 잘 나간다는 나이트클럽은 모두 그의 소유이며, 공식적으로는 [원성 그룹]이라는 유명 그룹을 꾸려 나가고 있다. 또한 주먹으로 시작한 그답게 그가 이끌고 있는 조직의 방대함은 이로 말할 수 없을 정도로 굉장했다. 맨손으로 시작해서 이만한 성취를 이뤘다는 것은 실로 엄청난 일이었다. 그만큼 그가 얼마나 피나는 노력을 했는지는 보지 않아도 훤한 사실이었다. 그가 처음 조직에 발을 들여놓았을 때 누구도 그를 아는 사람은 없었다.

그러나 그는 뛰어난 싸움 실력과 비상한 머리를 지닌 인물이었다. 거기다 시원한 외모, 서글서글한 인품으로 많은 사람들이 그를 따랐다. 하지만 그가 지금에 이르기까지는 그의 뒤를 봐준 또 하나의 거물이 있기 때문이었다. 그러나 평소 사람들 앞에서의 인자한 모습과는 달리 그는 약육강식의 법칙에 따라 자신의 은인을 밟고 일어났다. 말 그대로 자신의 은인을 죽음으로 내몰고, 새로운 거물로 등극한 것이다.

그는 그런 사람이었다. 겉으로는 인자한 얼굴을 하고 있지만, 그 속은 늘 어둠으로 가득했다. 자신의 은인을 죽일 만큼 차갑고 냉정하며, 모든 행동은 항상 계산적이었다. 물론 그로 인해 한낱 싸움꾼에 불과하던 그가 무시할 수 없는 엄청난 거물이 되었지만, 자신의 아내로 새롭게 들인 저 여자, 아이의 새엄마로 들인 젊은 여자로 인해 그는 또다시 씻을 수 없는 죄를 저지르고 있었다.

"엄마… 엄마, 어디 있어!! 엄… 마……."

풀썩.

　어두운 방 안에서 아무것도 먹지 않은 채, 엄마를 찾아대던 아이가 힘에 부쳤는지 바닥으로 고꾸라져 버린다. 그리고 아이는 곧 검은 양복을 입은 사내들에 의해 병원으로 옮겨졌다.

　아이가 눈을 뜬 것은 반나절이 지나서였다. 창문을 통해 들어오는 빛 때문에 눈이 부셨는지 인상을 찌푸리며 일어나는 아이. 누군가를 찾는 듯 고개를 두리번거렸지만 텅 빈 병실 안에는 아무도 없었다. 보나마나 문 밖에 검은 양복을 걸친 사내들만 있으리라. 아이의 눈엔 어느새 눈물이 고였다. 그리고 고였는가 싶더니 어느새 눈물은 떨어지고 없었다. 아이는 그렇게 눈을 뜨자마자 서럽고 서럽게 울기 시작했다.

　지금으로부터 1년 전. 아이의 엄마가 아무도 모르게 사라져 버렸다. 죽은 것도 아니고 그냥 어느 날 갑자기 사라져 버린 것이다. 엄마를 애타게 찾는 아이, 그 아이에게 아버지 윤성호는 이렇게 말했다.

　"니 엄마는 죽었어. 니가 유치원 간 사이에 죽었더구나. 이제부터 너한테 엄마 같은 건 없으니 찾지 마. 알겠니."

　아직은 너무나 어리고 여린 아이인데, 그는 그런 아이에게 엄마의 죽음을 일체의 설명도 없이 통보했다. 엄마는 죽었으니 넌 그냥 그렇게 알라는 투였다. 더 이상 아무것도 묻지 말라는 식이었다.

　아이는 분노하고 슬퍼했다. 죽음에 대해서는 엄마가 밤마다 읽어준 백설공주란 동화책에서 배웠다. 눈을 감은 채 아무 말 없이 그저 평온하게 누워 있는 공주. 아이는 막연히 그것이 죽음이라 생각했다. 그러나 엄마가 죽다니. 늘 아이를 보듬어주고, 동화책을 읽어주던 엄마가 죽다니. 아이는 쉽게 믿을 수 없었다, 아니, 인정할 수 없었다.

물론 엄마가 갑자기 시름시름 앓기 시작했던 것을 기억한다. 그리고 언제부터인가 엄마가 읽어주던 동화책을 자신이 읽게 된 것도, 유치원에 갈 때면 문 앞까지 배웅해 주던 엄마가 창문가에 서서 자신을 보게 된 것도, 더 이상 한식탁에 앉아 즐겁게 식사를 하지 못하게 된 것도 모두 기억한다. 하지만 아침까지 침대에 누워 자신의 정겨운 인사를 받던 엄마가 유치원에서 돌아와 보니 온데간데없이 사라지고, 아빠는 아무렇지 않게 엄마를 죽었다 말한다. 그 누가 엄마의 죽음을 인정하려 들까.

아이는 그렇게 엄마가 죽었다는 그날로부터 1년이 지난 지금까지 엄마를 그리며 눈물로 하루를 보내고 있었다. 그러다 보니 병원에 실려 오는 것은 종종 있는 일이었고, 그렇게 반복되는 일이었다. 하지만 이번은 달랐다. 울다 지쳐 쓰러져 병원까지 실려 오게 된 것은 전과 다름이 없었으나 그 후에 벌어진 일은 아무도 상상치 못했던 것이었다. 아무도 상상하지 못했던 일. 그 끔찍한 일이 아이가 병원을 퇴원하고, 며칠 지나지 않아 일어났다. 병원을 퇴원하고 집에 돌아온 아이는 언제나처럼 자신의 방 안에 온종일 틀어박혀 있었다. 하지만 웬일인지 아이는 울지 않았고, 그저 멍한 상태로 있을 뿐이었다. 그리고 이틀 정도 지났을까. 방 안에만 있던 아이가 서서히 변하기 시작했다. 흥미를 잃었던 책을 다시 읽기 시작했고, 티비에 나오는 만화를 보기 시작했다. 또한 간간이 정원을 나와 바람을 쐬며 돌아다니기도 했다. 그러나 행동만 변화했을 뿐, 아이가 다시 웃음을 되찾은 건 아니었다. 그래도 모두들 갑자기 변한 아이를 보고 놀라는 듯했다. 윤성호 그조차도 아이의 변화를 믿을 수 없다는 표정이었다. 아마도 아이는 엄마의 죽음을 인정한 모양이다. 비록 1년이라는 꽤 오랜 시간이 걸렸지만, 힘겹게 엄마의 죽음을 받아들이고 살기 위해 노력하는 것 같았다. 그런 아이가 안쓰러웠는지 늘 냉랭하게 대하던 윤성호도 아이에게 관심을 갖기 시작했고, 새엄마로 들어온 젊은 여자역시 아이를 따뜻하게 대했다. 그렇게 서서히 안정을 되찾아가는 듯했다. 하지만 모든 것은 아주 잠시 잠깐이었다.

탁—

방문을 여는 소리와 함께 아이가 방에서 튀어나왔다. 그리고 사뿐한 걸음으로 계단을 밟아 내려가는데, 내려가던 아이가 불현듯 다시걸어 올라온다. 아이의 시선을 사로잡은 것, 그것은 2층 복도 끝에자리 잡은 방이었다. 그 방은 집 안에 있는 여느 방문과는 달리 철문으로 되어 있었고, 또한 여러 겹의 자물쇠로 굳게 잠겨 있는데 언뜻보기에도 이상해 보였다. 아이는 고개를 갸웃거리며 그 방으로 걸음을 옮겼다. 그리고는 소용없다는 것을 알면서도 차가운 손잡이를 좌우로 돌려보았다. 역시나 문은 꿈쩍도 하지 않는다. 그때,

"여기서 뭐, 뭐 하십니까. 다른 곳에 가서 노세요!!"

검은 양복을 입은 사내가 1층에서 소리도 없이 올라와 반색을 하며 아이에게 말했다.

집 안에서 늘 봐왔던 얼굴, 굳이 의미를 부여하여 따지자면 그 사내는 윤성호의 오른팔 격이었다. 사내는 성큼성큼 다가와 아이를 계

단 쪽으로 밀어냈고, 아이는 반쯤 등을 떠밀려 1층으로 내려왔다. 순간 왜 그렇게 놀라는 것인지 궁금했지만, 아이는 금세 잊어버렸다.

그리고 그날 밤, 곱게 잠이 들었던 아이가 잠에서 깨어났다. 아직 달이 뜬 어두운 밤인데 뒤척이던 아이가 일어난 것이다. 졸음이 가득한 눈을 부비적대며 방문을 나서는 아이. 아마도 저녁 식사 때 물을 많이 마신 탓인지 화장실이 급했던 모양이다. 다급하게 화장실로 뛰어가는 아이다. 그런데 화장실로 향하던 아이의 걸음이 멈추었다. 왜냐하면 낮에 보았던 2층 복도 끝 방, 그 방의 문이 빼꼼이 열려져 게슴츠레한 빛이 새어 나오고 있었기 때문이다. 아이는 호기심에 발소리를 죽이고 그곳으로 걸어갔다.

끼이익—

방문을 열고 서슴없이 방 안으로 들어가는 아이. 순간 아이는 눈에 비춰지는 방 안 풍경을 보고 그 자리에 굳어졌다. 그리고 이내 두 손으로 자신의 입을 꽉 틀어막고, 순식간에 고인 눈물을 떨구어내며, 바닥에 풀썩 주저앉고 마는 아이다. 그만큼 아이의 눈에 비친 광경이 경악스러웠기 때문이리라.

터벅터벅— 터벅터벅—

그때 누군가 방 쪽으로 걸어오는 소리가 들렸다. 아이는 그 소리를 인식하자마자 가구 사이로 몸을 숨겼다. 작은 몸집인지라 숨을 곳은 얼마든지 있었다.

끼이익—

문을 열고 들어와 음식이 담긴 쟁반을 내려놓고 걸어나가는 사내.

낮에 복도에서 마주쳤던 바로 그 사내다.

철컥철컥—

음식을 놓고 나간 사내가 자물쇠를 잠그는 소리였다. 그렇게 문은 눈 깜짝할 사이에 잠겼고, 아이는 한참 후에야 숨었던 자리에서 몸을 드러냈다. 그리고 비명을 지르기 시작한다.

"아아아아아아악—!!"

그러나 아이의 비명 소리를 듣고 달려오는 사람은 없었다. 방 안은 완벽한 방음 시설로 어떠한 소리도 밖으로 전달될 수 없었기 때문이다. 오싹한 기분이 들 만큼 치밀한 윤성호. 아이는 힘없이 흘러내리는 눈물을 소매로 훔치며, 눈앞에 누워 있는 여자를 하나하나 뜯어보기 시작했다. 많이 마르고, 초췌해진 모습이었지만 분명 그녀, 그녀는 분명 자신의 엄마다. 그렇게 애타게 찾던 엄마. 불과 며칠 전에야 죽었다고 인정하게 된 엄마, 엄마였다.

"엄… 마… 흐흐흑… 엄마……."

아이의 흐느낌에 침대에 누워 있던 여자가 힘겹게 눈을 떴다. 그리고 얼굴에 놀라는 빛이 스치더니 알아들을 수도 없을 만큼 작게 중얼대기 시작한다.

"우… 우리 아… 가… 우리 아가… 맞니?"

여자의 말을 알아들었는지 고개를 끄덕이는 아이. 숨 쉬기조차 벅차 보이는 그녀가 끊어질 것처럼 가느다란 손을 뻗자 아이가 단숨에 다가와 그 손을 잡는다. 그리고 하염없이 울기 시작하는 아이와 아이의 엄마.

"울… 지 마. 우리 아가… 그만 울어. 울… 면 못써."

"엄마, 보고 싶었어. 보고 싶었어, 정말."

"그래… 엄… 마도… 보고… 싶었… 어……."

"왜… 왜 여기 있는 거야… 엄마, 왜 여기 있어? 내가 많이 보고 싶어했는데 왜 여기 있어… 엄마……."

"아… 가… 뚝. 울… 면… 바보야. 자꾸… 우… 울면… 바… 보 되는… 거… 야. 울지 마."

아이의 말에 아무런 대답도 해주지 못하고 그저 울고 있는 아이를 달래는 그녀. 이내 그녀가 괴로운 듯 신음 소리를 내뱉으며 침대 위를 구르기 시작한다. 몸 어디선가 잠잠하던 고통이 일기 시작한 모양이다.

"엄마!! 엄마, 왜 그래. 어디가 아픈 거야—!!"

여자의 몸을 흔들며 외치는 아이. 그러는 여자는 고통 때문에 대답할 정신도 없는지 식은땀만 흘리며 이를 악문다. 아이가 할 수 있는 건 아무것도 없었다. 굳게 닫힌 문을 두드려 보았지만 아무도 달려오지 않았고, 그렇게 엄마의 고통을 두 눈으로 지켜보는 것 이외에는 아무것도 할 게 없었다.

어느 정도 시간이 흐르자 여자는 고통이 사그라졌는지 가느다랗게 숨을 쉬며 정신을 잃은 채 그냥 잠들어 있었다. 이미 끔찍한 고통의 순간을 목격한 아이는 소리없이 눈물을 흘리며 여자를 지켜보고 있었고, 가슴이 메어지는 것 같은 느낌에 숨 쉬기가 힘들 정도였다. 도대체 누가 이렇게 만들었다는 것인가. 아이의 머리 속에 자신의 아빠, 윤성호가 그려졌다.

"아가… 아가……."

"응, 엄마."

"우리 아가는… 늘 건강하고… 행복해야 돼."

"응."

"항상… 웃으면서… 끄윽!!"

아이에게 유언이라도 하듯 말을 잇던 여자가 말을 끝마치지 못하고 소리를 지르며 구르기 시작한다. 이번엔 자제할 기력이 없는지 꽤 큰 비명 소리가 아이의 귓가를 울린다.

"아악!! 죽여줘!! 흐윽… 차… 라리 죽여… 줘!! 윽… 주… 죽… 고 싶… 어!!"

얼마나 고통스러운지 짐작이 갈 정도다. 자신의 아이 앞에서 자제력을 잃고 죽여달라 외치는 여자. 아이의 얼굴은 눈물범벅이고, 괴로운 듯 바닥에 주저앉아 같이 소리를 지른다. 밤새도록 그녀는 반복되는 고통 속에서 몇 번이나 정신을 잃었다. 지난 1년 동안 이런 고통은 줄기차게 반복되어 왔으리라.

다음 날, 끔찍한 밤이 지나고 날이 밝았다. 집 안은 조용했다. 병든 여자가 있던 방에서도 더 이상의 비명 소리는 들리지 않는다. 물론 아이의 울음도 멈춘 상태였다.

철컥철컥—

자물쇠 열리는 소리가 들린다. 날이 밝긴 했지만 아직 사람이 왔다 갔다 하기에 이른 시각인데, 어젯밤과 같이 손에 음식이 든 쟁반을 들고 나타난 사내. 문이 열리고 비릿한 냄새를 맡은 사내가 방 안으로 들어선다.

짱그랑—

손에 들려 있던 쟁반을 힘없이 떨어뜨리는 사내. 얼굴에는 경악하는 빛이 떠오르고 그대로 뒤돌아 도망쳐 버린다. 아이의 엄마가 있던 방. 문 앞에는 칼을 든 채, 피범벅이 되어 서 있는 아이가 보인다. 그리고 침대에 피를 흘리며 죽어 있는 한 여자. 아이의 엄마다. 공허한 눈빛. 어디에 시선을 두고 있는지 모를 아이가 웃으며 말하다.

"엄마… 하늘나라에서 행복해야 돼."

그렇게 병이 든 채, 1년 동안 방 안에서 갇혀 지내야 했던 여자. 그 여자는 자신의 아들에 의해 고통 속에서 벗어났다. 그 아이의 이름 윤비호. 그 아이는 그렇게 엄마를 죽였다.

1장
고백

고백

반휘는 급하게 비호를 등에 업고 양호실로 뛰기 시작했다. 나 역시 그 뒤를 따라 뛰는데, 왜 이렇게 심장이 빠르게 뛰는 건지 모르겠다. 창백하게 질려 버린 비호의 하얀 얼굴. 이마엔 식은땀이 송골송골 맺혀 있다.

비호야, 비호야, 많이 아픈 거야? 비록 아프냐고 물어볼 수는 없었지만 이미 비호의 얼굴은 내게 많이 아프다고 말하고 있었다. 아프지 마, 아프지 마. 비호야. T_T 난 아픈 비호보다 활짝 웃고 있는 비호가 훨씬 좋단 말이야.

양호실 안. 비호는 침대 위에 눕혀졌다. 여전히 아픈 듯 가슴을 감싸 쥐고 있는 비호의 손. 그 손이 작게 떨리고 있는데, 무척이나 아파 보인다.

　"선생님, 선생님, 비호가 많이 아픈가 봐요."

　"비호가?"

　"네. 어떻게 좀 해주세요!! 비호 안 아프게 해주세요!!"

　"그래, 걱정하지 말고 저쪽에 앉아 있어. ^-^"

　"꼭 고쳐 주세요. 꼭이요!! T_T"

　"그래그래."

　양호 선생님은 내 말에 알았다며 고개를 끄덕였지만, 비호에게 딱히 약을 먹이거나 하진 않았다. 그저 비호의 몸에 이불을 덮어주고 지켜볼 뿐이었다. 비호는 숨을 헐떡이며 저렇게 아파하고 있는데, 정작 선생님은 손쓸 생각도 않고 있으니 내 속이 타 들어가는 건 당연했다. 비호가 저대로 죽는 건 아닌지 덜컥 겁이 나는 게 너무나 무서워 견딜 수가 없었다.

　"선생님, 약이라도 주세요. 그냥 있지 말고 비호 좀 고쳐 주세요."

　"파인아, 이건 선생님이 고칠 수 있는 게 아니야."

　"네에?"

　"파인이도 알지 모르겠는데, 비호는 가끔씩 발작을 일으켜."

　발작이라니. 난 그런 거 전혀 몰랐는데.

　"처음 비호가 쓰러져 있는 걸 발견한 건 김 선생님인데, 숨을 제대로 못 쉬고 있더구나. 그래서 혹시나 심장병이 아닐까 걱정되어서 급히 병원으로 싣고 갔더니 다행히 아무 이상은 없었어."

　"네."

"근데 알고 보니까 그게 일종의 정신병이더구나. 공황장애, 혹은 공황발작증이라는 정신병인데 선생님이 고칠 수 있는 게 아니야."

"그럼 비호 어떡해요? 비호 죽으면 어떡해요?!"

"파인아, 비호는 죽지 않아."

"정말요? 정말이죠?"

"그래. 발작은 길게 30분이면 괜찮아지니까 걱정할 거 없단다."

"휴우."

30분 정도면 괜찮아진다는 선생님의 말에 안도의 힌숨을 내쉬었다. 하지만 안도를 하면서도 불안한 건 마찬가지였다. 공황장애, 공황발작증. 생전 처음 듣는 생소한 단어가 자꾸만 불안하게 만들었다.

안절부절. 안절부절.

"그러고 있지 말고 앉아."

"으응?"

반휘였다. 어느새 비호가 누워 있는 침대 옆에 의자를 끌어다놓고 앉아 있는 반휘. 무관심하다는 듯한 말투로 내게 앉으라 말하고 있었다.

"선생님도 어쩔 수 없다잖아. 그냥 앉아 있어."

"……."

"하하, 기다리면 괜찮아지겠지 뭐."

"……."

"뭐야, 왜 그렇게 쳐다보냐. 양아치, 진짜 무섭네. 무섭게 왜 그래."

“반휘는 비호 걱정 하나도 안 되는 거야?”

“훗. 재밌네, 양아치. 뭐야, 지금. 내가 윤비호 걱정 안 하는 것 같아서 화난 거냐.”

“화, 화난 건 아니지만 그래도 비호 우리 친구잖아. 근데 반휘는 비호 아파하는 거 보면서도 대수롭지 않게 말하니까.”

내 말에 씁쓸하게 피식 웃어버리는 반휘. 그 바람에 난 말을 잇지 못했다. 왜 그렇게 웃는 거야. 난 지금 무지 심각한데, 비호가 무지 걱정되는데 반휘가 그렇게 웃어버리면 안 되잖아.

“우, 웃지 마.”

“양아치 니가 자꾸 웃기잖아. ^-^”

“내가 언제.”

“지금. 웃기다 못해 사람 우습게 만들고 있잖아.”

“……”

“아직 모르는 모양인데, 누구나 자기 방식이란 게 있어. 방법이 다르다고 해서 이런 식으로 몰아붙이면 곤란해, 양아치. ^-^ 난 내 방식대로 걱정해. 내 말뜻 알겠어?”

“아……”

“우리 양아치 눈엔 어떻게 보이는지 몰라도 나 지금 충분히 걱정하고 있는 중이야. 그니까 그렇게 보지 마.”

“아, 응. 미, 미안.”

잠시 잠깐 반휘의 말에 할 말을 잃었었다. 정말이지 난 이기적인 아이인가 보다. 반휘의 말대로 누구나 자기 방식이라는 게 있는 건데, 누구나 표현하는 방법이 다른 건 당연한 건데 내가 잘못 생각했구나.

"양아치, 모르지. ^-^"

"응?"

"우리 아빠 지금 많이 아파. 죽을 만큼 아프다."

"으응?"

"아마 내가 이렇게 숨 쉬고 있는 동안에도 죽어가고 있을 거야."

"……"

"근데 걱정하지 않아. 걱정하는 척 안 해. ^-^"

"……"

"내가 걱정하면 아빠가 더 아파해서 그 딴 거 안 하기로 했거든. 그래서 사실 되게 걱정되는데 걱정 안 해, 안 한다."

"ㅜ_ㅜ"

"난 그런 거에 더 익숙해진 놈이야. 걱정하고, 아파하고, 슬퍼하면 눈물이 나니까. 차라리 우는 법 같은 거 그냥 잊어버린 놈이라고."

"으응."

"그러니까 너랑 다르다고 해서 이상하게 생각하지 마. 양아치, 너 그렇게 생각하면 한 대 때려줄 거다. ^-^ 하하, 조심해."

반휘는 아주아주 슬픈 이야기를 내게 아무렇지도 않다는 듯 웃으며 말했다. 슬픈 이야기를 웃으며 이야기한다는 건, 웃으며 말하는 슬픈 이야기를 듣는다는 건 다른 때보다 그 슬픔이 몇 배는 더하다. 언제나 느끼는 것이지만 반휘는 정말 대단한 아이다. 죽어가는 사람을 지켜보면서 걱정하는 모습을 보이지 않기란, 눈물을 보이지 않기란 세상에서 가장 힘든 일 중에 하나일 테니까.

"뭐야, 양아치. 계속 그러고 서 있을 거냐. -0-"

"아, 아니."

"일로 와서 앉아."

"(끄덕끄덕)으응!!"

"자, 그리고 이렇게 손 잡아주고 있어."

내 손을 끌어다 비호의 다른 한 손 위에 올려주는 반휘. 그리고는 싱긋 웃으며 이렇게 말한다.

"하하, 남자가 남자 손 잡아주는 거 쪽팔리잖아. 그니까 양아치 니가 대신 좀 해."

"……."

"손 꼭 잡고 기도나 하라고. ^-^ 이럴 땐 손 잡고 기도해 주는 게 최고야."

반휘의 말에 비호의 손을 꼬옥 잡고 기도를 하는 나. 비호가 아프지 않게 해주세요. 착한 비호, 제발 아프지 않게 해주세요.

비호의 하얗고 예쁜 손을 꼬옥 잡고 기도를 한 지 얼마쯤 지났을까. 거친 숨을 몰아쉬던 비호의 숨소리가 차분해지고 창백하게 질려 있던 얼굴도 제 혈색을 찾았다. 또한 작게 떨리던 손도 그 떨림이 멈춘 지 오래였다. 이제 괜찮은가 봐. 비호 이제 살아난 건가 봐.

툭

불현듯 내 머리를 툭 쳐오는 반휘의 손. 내가 쳐다보자 반휘가 얼굴에 미소를 단 채 이렇게 말한다.

"이야~ 우리 양아치, 기도 되게 잘하네."

"아, 응응."

"봐. 윤비호 벌써 말짱해졌잖아, 그치?"

"으응. 몰랐는데 나 기도에 소질있나 봐. 다행이다. 정말 다행이다."

"훗. 잠깐 여기 있어봐. 나 잠깐 담배 한 대만 피우고 올게."

"저기 바, 반휘야."

"왜."

"비호 일어나면 같이 가자! 응?? 같이 가!!"

"하하, 같이 가긴 뭘 같이 가냐."

"다, 담배 피우러 간다며. 같이 가자구."

"왜? ^-^ 우리 양아치도 한 대 피우려고?"

"아, 아니야!! 그런 거 절대 아니야(절레절레)."

"그럼 뭔데."

"난 그냥 옆에서 구경하고 서 있을 거야!!"

"아하. 구경? 우리 양아치 또 내 담배 피우는 폼에 뻑 갔구나. ^-^"

"그런 거 아냐. 난 그냥 반휘가 심심하고 쓸쓸할까 봐."

"훗. 양아치, 양아치."

"으응. T_T"

"본래 잘생긴 사람은 무지 고독한 거다. 나 정도 생기면 천 년 동안 지겹게 고독해도 모자랄걸. ^-^"

“그치만……..”

“감시나 잘하고 있어. 알겠지? 담배 피우고 왔는데 윤비호 또 아프면 양아치 나한테 혼날 줄 알아라. ^-^”

반휘는 그렇게 말하고 양호실을 빠져나갔다.

쌔근쌔근─

비호의 숨소리가 귓가에 들릴 만큼 무척이나 조용한 양호실. 양호 선생님은 한참 전에 자릴 비운 상태라 나와 비호만 있는 양호실은 조용하다 못해 썰렁 그 자체였다. 비호는 언제쯤 깨어날까. 비호야, 비호야, 빨리 얼어나. 일어나. 비호야. T_T 바로 그때,

“흐음.”

작은 신음 소리를 흘리며 마법처럼 눈을 뜨는 비호. 마치 긴 잠에서 깨어난 듯 기지개를 켜며 일어난다. 그리고 날 발견한 비호는 이내 생긋 미소 지었다. 너무나 예쁜 비호의 미소. ^0^

“우아~ 잘 잤다!! 히힛, 파인이었구나!!”

“응?”

“나 깨운 거 말이야. 파인이잖아. 파인이가 일어나라고 그랬잖아.”

“아, 으응!!”

아마도 비호는 내가 마음으로 부르는 소리를 들은 모양이다. 정말 신기한 아이, 윤비호~♡

“비호야, 이제 안 아파?”

“응, 이제 아무렇지도 않아.”

“다행이다. 걱정했잖아. 나도, 반휘도 얼마나 놀랐는데. 진짜 놀랐어.”

“미안해. ^O^”

“아냐, 괜찮아! 근데 병원에 안 가봐도 돼? 가끔씩 이렇게 아프다며.”

“병원 다니는데 그래도 자꾸 아파.”

“그렇구나. 그, 근데 병원 다니는데도 계속 아프면 큰일이잖아. T_T”

“의사 선생님이 숨 쉬기 운동도 많이 하고, 나쁘고 슬픈 생각 같은 거 안 하면 괜찮아진다는데 난 그게 잘 안 돼.”

“왜, T_T 왜 그게 안 되는데.”

“히힛. 바보. 엄마 생각은 안 할 수 없잖아.”

“……”

“근데 정말 무섭다. 숨이 막혀서 숨도 쉴 수 없고 막 어지러워서 꼭 죽을 거 같아. 그래서 진짜 무서워.”

“비호야. 무서워 할 거 없어!! 앞으로 나랑 숨 쉬기 운동 많이많이 하고, 재밌는 생각만 하면 금방 괜찮아질 거야. 아프지 않게 될 거야.”

“응응. ^O^”

고개를 끄덕이며 배시시 예쁘게 웃는 비호. 그런데 이상하게도 웃고 있는 비호의 모습에 가슴이 아파온다. 비호야, 비호야! 내가 꼭 아프지 않게 만들어줄게, 꼭 그럴 테니까 힘내!!

마음으로 몇 번이나 다짐을 한 후 비호에게 시선을 돌렸을 땐 이미 침대에서 일어나 바닥에서 콩콩 뛰고 있는 비호가 눈에 들어왔다.

“근데 파인아, 반휘는 어디 갔어?”

"반휘 담배 피우러 갔어."

"와, 그럼 우리 반휘 찾으러 가자!!"

"반휘가 여기서 기다리라고 그랬는데. 어어, 잠깐만!!"

내 말이 채 끝나기도 전에 성큼 다가와선 내 손을 잡고 뛰어나가기 시작하는 비호. 단번에 옥상으로 향하는 계단을 두세 개씩 뛰어오른다. 하아, 하아. 이렇게 뛰면 힘든데. 비호야, 힘들어. 나 힘들어. T_T 하지만 비호는 내 손을 꼬옥 잡고, 잠시의 지체도 없이 옥상까지 뛰어올라 갔다. 그리고는 옥상 문을 철컹 열고 탁 트인 하늘이 있는 옥상 안으로 발을 내딛는 비호다.

"하아. 찾았다!!"

옥상에 들어서자마자 난간 쪽에 서서 담배를 피우고 있는 반휘를 본 비호가 큰 소리로 외쳤다.

"히힛. 내가 반휘 찾았다."

"어? 니네 뭐냐."

"비호가 반휘 찾으러 가자 그래서… 하아, 힘들어. T_T"

"훗. 윤비호, 이제 괜찮은 거냐."

"응, 난 괜찮아. 걱정시켜서 미안해. 미안!!"

"뛰어다니는 거 보니까 말짱하네."

"히힛."

"근데 이걸 어쩌냐. 난 니 걱정 하나도 안 했는데. ^-^"

"에이~ 걱정한 거 다 알아."

"하하. 알긴 뭘 아냐. 그건 됐고 빨리 일로 와서 미미나 좀 찾아봐."

“미미?”

“어, 아까부터 찾는데 안 보이네.”

반휘의 말에 쪼르르 반휘 옆으로 달려가는 비호. 한참 동안 여기저기 둘러보던 비호가 말한다.

“이 나무가 아니라 저 나무잖아!! 저 나무가 미미집이야!!”

“아, 뭐야. 이건 줄 알았잖아. 다 똑같이 생겨먹어서 헷갈린다.”

“히히힛. 우리 미미 저기 있다!!”

“어디?”

“저기, 저기!! 보이지??”

“어디? 안 보이는데. 안 보여, 임마.”

“저기 있는데.”

“미미 보고 잠깐 일로 와보라 그래.”

“안 돼, 안 돼. 미미 힘들어서 안 돼!”

“왜 안 돼? 웃기지 마. 점프하면 금방이잖아.”

“진짜 안 되는데.”

“빨리 건너오라 그래. 잘생긴 오빠가 이뻐해 준다고.”

이상하게 잘 어울리는 친구. 비호야, 이제부터 매일매일 행복하자.

수업이 모두 끝나고 주섬주섬 가방을 챙기고 있을 때였다. 내 앞으로 길게 드리워지는 그림자 하나. 누구인지 확인을 하기 위해 고개를 드는 순간, 누군가 내 손을 잡고 교실을 뛰어나가기 시작한다.

“어. 어… 자, 잠깐만!!”

“히힛. 안 돼. ^o^”

비호였다. 예쁘장한 미소를 얼굴에 달고 어디론가 뛰는 비호. 잠깐만이라고 외쳤지만, 히죽 웃으며 안 된다 말하고는 그저 앞만 보며 정신없이 달리기에 바쁜 비호다. 하지만 그 와중에도 혹시나 내 손을 놓칠세라 비호의 손엔 힘이 잔뜩 실려 있다. 그렇게 어디로 가는지도 모르고 비호의 손에 이끌려 뛴 지 한참이었다. 숨은 목까지 차 오르고, 다리는 후들후들 힘없이 떨려 난 더 이상 뛰지 못하고 그 자리에 털썩 주저앉아 버렸다.

"하아. 하아… 잠깐만!! T_T"

"……."

"잠깐만. 비호야, 나 힘들어서 못 뛰겠어."

"안 되는데."

바닥에 주저앉아 있는 날 내려다보던 비호가 내 앞에 쭈그려 앉으며 작게 중얼거렸다.

안 된다고. T_T TOT T_T TOT 그리고는 초조한 눈빛으로 손목에 채워져 있는 시계를 바라보는 비호다. 왜 그러지. 무, 무슨 급한 일이라도 있는 건가. 난 도무지 영문을 알 수 없어 숨을 헐떡이며 멍청히 비호만 바라보았다. 그러자 비호가 메고 있던 가방을 내게 불쑥 내밀더니 이내 등을 보이고 앉는다.

"그거 메고 업혀!!"

"으응?"

"빨리빨리! 빨리 안 가면 늦을지도 몰라!!"

다급함이 묻어나는 비호의 말에 난 비호가 건넨 묵직한 가방을 내

가방 위에 겹쳐 메고, 조금 부끄럽지만 비호의 등에 사뿐히 업혔다. 그러자 아까보다 더 무서운 속도로 뛰기 시작하는 비호다. 도대체 무슨 일이 있는 거지?

그렇게 비호의 등에 대롱대롱 매달려 어렵사리 도착한 곳은 바로 경찰서였다. 아니, 동네 자그마한 파출소. 근데 갑자기 웬 파출소지. 난 고개를 갸웃거리며 비호를 쳐다볼 수밖에 없었다. 이렇게 급하게 이곳엔 무슨 일로 온 걸까. 그때,

"허허~ 비호, 늦시 않고 왔네."

하며 파출소에서 걸어나오는 경찰 아저씨. 비호를 보자 눈가에 주름진 미소가 한껏 번져 나간다. 아마도 비호와 아는 사이인가 보다.

"네! 막 뛰어왔어요!!"

"허허~ 업혀 있는 친구는 비호 여자 친구고?"

"아, 맞다. 히힛. 파인이에요, 파인이!!"

비호는 그제야 날 바닥에 내려주고 배시시 웃으며 경찰 아저씨한테 날 소개했다. 난 엉겁결에 고개를 숙여 꾸벅 인사했다.

"아, 안녕하세요(꾸벅)!!"

"그래, 만나서 반갑구나."

"네, 네에!!"

"비호가 매일같이 노래를 부르더니 정말 예쁜 친구네. ^-^"

"고맙습니다!!"

"이렇게 예쁜 여자 친구도 생기고, 우리 비호 이제 장가가도 되겠네."

　아저씨는 나와 비호를 번갈아보시며 껄걸 호탕한 웃음을 흘리셨다. 우, 우아, 맙소사!! 비호가 장가를 가도 된다니!! 그럼 나랑 비호랑 겨, 결혼하는 거야? 비호랑 나랑 결혼해?! 생각만 해도 부끄러운 상상이 머리 속에 미치자 나도 모르게 얼굴이 새빨갛게 달아올랐다. 난 아직까지 결혼이라고는 생각해 보지 않았는데. 그런 생각 한 번도 해본 적 없는데…….

　"우아, 파인이 얼굴 빨갛다. 원숭이 엉덩이랑 똑같아, 진짜 똑같다!!"

　"아, 아니야."

　"히힛. 바보바보, 파인이 바보. ^o^"

　"나 바보 아니야. T_T"

　"일루와. 나랑 용용이한테 가자. 아저씨, 용용이 보고 올게요!!"

　비호는 그렇게 말하고는 내 손을 잡은 채 파출소 뒤편으로 걸어갔다. 용용이라니, 과연 용용이는 누구일까. 그렇게 약간의 호기심을 품고 비호와 함께 걸어간 곳에는 아담한 철망이 놓여 있었다. 그리고 그 안에는 대여섯 되는 예쁘장한 강아지와 서너 마리의 고양이들이 옹기종기 모여 있었는데 모두 너무나 귀여웠다.

　"우와~"

　"예쁘지? 저기 저게 용용이야!! 눈에 검은 반점 있는 강아지."

　"와~ 진짜 예쁘다."

　"그치그치?"

　"그럼 이건 이름이 뭐야?"

"밍밍이. 그 옆에는 몽몽이구. 쥬쥬, 뽀뽀, 삐삐, 씽씽이!!"

"예쁘다, 정말."

"그리고 여기 제일 작은 고양이는 파인이야. ^o^"

"정말? 우와~ 나랑 이름 똑같네!!"

"응. 내가 파인이 제일 좋아해. 제일 많이!!"

"진짜?"

"응. 내가 제일 좋아해서, 그래서 파인이야."

"그렇구나."

"응. 근데 오늘은 슬픈 날이야."

"왜에?"

"오늘은 용용이가 입양되는 날이거든. 빠이빠이하는 날."

밝던 표정이 순식간에 어두워지는 비호.

"입양?"

"응. 여기 있는 고양이랑 강아지 전부 주인이 없거든. 그래서 키워
준다는 사람 있으면 입양되어서 가는데."

"응."

"오늘은 용용이 입양되는 날이야."

"그랬구나."

"사실 나는 용용이랑 헤어지는 거 되게 싫은데 그래도 용용이한테
는 그게 더 좋은 거니까 보내야 되겠지. ^o^"

"으응."

"히힛. 알고 있는데 자꾸만 슬퍼. 슬프다."

비호가 슬프게 웃는다. 보고 있으면 이유 없이 마음이 아파지는 미소. 그 미소에 코끝이 저절로 시큰해져 왔다. 그래서 그렇게 급하게 온 거였구나. 용용이 때문에, 용용이 입양되어서 가기 전에 보려고. 그래서 그렇게 열심히 뛴 거구나.

비호는 무언가로 빵빵하게 가득 차 있는 묵직한 가방에서 이것저것 꺼내기 시작했다. 하얀 봉투와 맛있는 과자들, 그리고 그것을 한 손에 챙겨 들고 다른 한 손에는 용용이를 꼬옥 안아 든 채 나와 함께 파출소 앞으로 간다. 그리고 그곳에 서서 얼마 기다리지 않자 젊은 아줌마와 손을 잡은 귀여운 여자 아이가 왔다. 용용이를 입양해 가기로 한 사람들인가 보다.

"어머~ 너무 귀엽다. 재연아, 귀엽지? 오빠한테 고맙다고 해."

"오빠, 고맙습니다!! 재연이가 많이많이 좋아할게요!!"

"고마워요. 잘 키울게요. ^-^"

용용이를 받아 들고 감사하다는 인사를 하는 모녀. 비호의 얼굴엔 아쉬움과 슬픔이 잔뜩 묻어 있는데, 그 모녀는 아는지 모르는지 인사를 한 뒤 손을 흔들며 뒤돌아섰다.

"용용이 많이 사랑해 줘야 돼요!! 잘 가, 용용아. 용만큼 커져서 만나자!!"

"……."

"많이 보고 싶을 거야. 용용아. 잘 가… 잘 가!!"

멀어져 가는 용용이의 모습을 바라보면서 비호는 계속 소리쳤다. 그리고 점점 작아지는 비호의 목소리. 비호의 맑고 투명한 눈에선 어느새 한 줄기 따뜻한 눈물이 흐르고 있었다.

"슬프다. 슬프다… 용용이 가버리니까 슬프다."

"스, 슬퍼하지 마, 비호야."

"……."

"비호가 슬퍼하면 용용이도 슬프잖아. 그러니까 슬퍼하면 안 돼."

"히힛. 응."

"비호가 많이많이 웃고, 많이많이 행복해야 용용이도 행복할 거야."

"정말 그럴까?"

"응. 그러니까 웃어. 이렇게 예쁘게 웃어."

"으응. ^o^"

"그래, 그렇게 웃어, 비호야. T_T"

"헤헤. 파인이랑 같이 오기 잘했다. 진짜 잘했다."

날 보고 웃어주는 비호. 예쁘게 웃는 비호를 보면서 생각했다. 비호가 항상 웃었으면서 행복했으면 좋겠다고.

"아저씨, 이따가 씽씽이랑 뽀뽀 밥 꼭 챙겨줘야 돼요!!"

"나, 나중에 또 놀러올게요!"

비호와 함께 파출소 안에 가서 넙죽 인사를 하고, 차가운 박카스를 한 병씩 얻어서 나왔다. 그렇게 시원한 박카스를 마시며 집으로 돌아오는 길은 아주 경쾌하기만 했다. 비호의 웃는 모습처럼 말이다.

룰루랄라~ 언제나 달리기를 좋아하는 비호 덕에 어김없이 깡충깡충 뛰며 집으로 향하고 있었다. 그런데 이상하게도 자꾸만 웃음이 난

다. 몸은 계속 힘들다고 말하고 있는데 신기하게도 웃음만 난다. 그리고 그렇게 비실비실 웃어대다가 시멘트 바닥에 보기 좋게 넘어졌다. 쿠웅!!

"아야."

"어? 파인이 넘어졌다!! 또 넘어졌다!!"

"ㅠ_ㅠ"

"우아, 파인이는 넘어지기 대장, 대장!"

"아, 아니야. ㅜ_ㅜ"

"맞아, 넘어지기 대장이야. 히히힛."

뭐가 그렇게 즐거운지 비호는 넘어져 있는 날 보며 하하호호 연신 웃어댔고, 또 놀려대기에 바빴다.

"웃지 마. 나 아프단 말이야. 아파."

"많이 아파?"

"(끄덕끄덕)으응."

"바보, 아프지 마. ^0^"

"근데 자꾸만 아픈걸. 아파, 비호야."

"그럼 내가 마법가루 뿌려줄게."

"응?"

"마법가루 뿌리면 하나도 안 아플 거야. 금방 나을 거야."

"마법가루?? 그, 그게 뭐야!?"

"비밀!"

"ㅠ_ㅠ"

"슈루루룩~ 슈루루룩~ 슝슝슝!!! 파인이가 빨리 낫게 해주세요"

상처가 난 무릎에 알 수 없는 마법의 가루를 뿌리는 비호. 마법의 가루라기에 반짝반짝 신기할 줄 알았는데, 정작 비호가 마법의 가루를 꺼냈을 땐 아무것도 보이지 않았다. 착한 마음이 부족한 걸까. 왜 내 눈에는 아무것도 안 보이지. T_T

"다 뿌렸어?"

"응응. 이제 안 아프지?"

"응? 아, 으응, 그런 것 같기도 하ᅡ."

"자, 이제 내 손 꼭 잡아! 그럼 안 넘어질 거야."

하며 내게 손을 내미는 비호. 그런 비호의 손을 머뭇머뭇 바라보고 있자 비호가 내 손을 꼭 감싸 쥐고 걷기 시작한다. 이곳저곳 두리번두리번거리면서. 그런데 바로 그때였다.

"후, 그림 좋다?"

건들대는 말투와 함께 갑자기 나와 비호를 막아서는 정체 불명의 한 남자. 자세히 살펴보니 며칠 전 비호를 괴롭히던 아이들 중의 한 명이다. 어디선가 본 것 같았던 바로 그 이이, 바로 날라리 B다.

"윤비호, 너 내가 죽어살랬지. 그새 잊었냐?"

"……."

"하, 이제 아주 뒤통수치려 드네."

"……."

"이딴 식으로 수작 부리지 마. 진짜 죽여 버리는 수가 있어."

비호의 멱살을 순식간에 낚아채며 무섭게 말하는 날라리 B. 그러나 비호는 아무 말이 없다. 고개만 떨구고 있을 뿐 어떤 대항도 하지 않는다. 비호 바보. 윤비호 바보바보!! 바보같이 왜 가만있는 거야.

"하지 마!! 비호 괴롭히지 마!!"

"뭐냐, 넌 또."

"비호 좀 그냥 놔둬. 자꾸 괴롭히지 말라구! T_T"

"미치겠네, 진짜."

"부탁이야. 왜 그러는 건지 모르겠지만, 자꾸 그러지 마. 비호도 알고 보면 참 좋은 아이야. 그러니까 미워하지 마. T_T"

"하아. 어이없다. 어?"

"ㅠ_ㅠ"

"너 모르지. 모르는 거지?"

"뭐, 뭘."

"남들 다 아는 사실을 니가 왜 모르는 건지 나도 모르겠지만."

"……."

"너 이따위로 윤비호 편들면 진짜 미친년이야. 미친년이라고. 알아?"

"그게 무슨 말이……."

"모르는 것 같으니까 지금 내가 말해 주는 것도 괜찮겠네."

"……."

"훗. 어떠냐. 윤비호 니 생각은?"

차갑게 일그러진 웃음을 흘리며 그 아이가 비호에게 빈정대듯 물었다. 그러자 사색이 되어 표정이 굳어지는 비호. 비호가 힘겹게 입을 뗀다.

"…하지 마."

"뭐?"

"말하지 마… 말하지 마."

"싫다면 어떡할래?"

"부탁이야. 부탁이니까 말하지 마. 말해도 내가… 내가 말해."

"웃긴 새끼네. 누구 마음대로?"

"부탁이야."

"그럼 넌 뭐 해줄 건데? 학교 관두고 어디 멀리로 꺼져 줄 수 있나?"

"……."

"아, 그건 못하시겠다?"

"……."

"그럼 어쩔 수 없네. 니가 니 입으로 말해, 지금. 이 자리에서."

"나중에. 내가 꼭 말할게."

"나중에? 나중 언제?"

"……."

"훗, 좋아, 그럼 나중에 말해. 내가 말하라고 할 때까지 입도 뻥긋하지 말고 있다가 내가 말하라면 그때 죽는 한이 있어도 말해."

"……."

"그때까지 저년이랑 웃으면서 재밌게 지내라. 어? 꼭 그래라."

알 수 없는 그 아이의 말에 비호는 힘없이 고개를 끄덕였다.

탁—

그제야 비호의 멱살을 놓아버리고 휘적휘적 멀어져 가는 그 아이. 비호가 휘청이며 바닥에 주저앉아 버린다.

"비호야—!!"

"……."

"괜찮아? 괜찮은 거야?!"

"……."

"왜 그래? 바보같이 왜 그러는 거야? 말해 봐. 말 좀 해봐."

비호는 아무 말이 없었다. 그저 내 손을 꽉 잡고 아무 말이 없었다. 도대체 내가 모르는 무슨 일이 있었던 거야. 눈물이 난다. 비호가 아파하는 것 같아서 자꾸 눈물이 난다. 불쌍한 비호. T_T

"울지 마."

"……(훌쩍훌쩍)."

"나 때문에 우는 거 하지 마. 그러면 안 돼, 그러면 내가 더 힘들어."

"왜왜. 난 지금 비호 때문에 슬픈걸."

"울지 말고 웃어. 지금 많이많이 웃어, 파인아."

난 마음이 아파서 울고 있는데 비호는 울지 말고 웃으라고 말한다. 그것도 많이많이 웃으라고.

"나중에는 나 보고 진짜 웃음 못 지을 테니까 지금 많이 웃어."

"으응."

"우리 웃자. ^0^"

비호의 슬픈 웃음, 그리고 울음에 가까운 나의 어설픈 웃음.

"파인아, 파인아, 내 마음이……."

"응?"

"내 마음이 자꾸만 파인이 좋아하려고 하는데… 그래도 돼?"

"아……."

"나 그래도 될까? 나 그래도 벌 안 받을까. 히힛, 아마 벌받을 거야. 벌 안 받으면 하느님이 없는 거겠지."

"ㅠ_ㅠ"

"근데 그래도 어쩔 수 없어. 나중에 천벌을 받아도 지금은 그냥 실컷 좋아할래."

"으응?"

"나 파인이 좋아할래."

어질어질.

비호의 말이 머리 속을 어지럽혀서 걷고 있는데도 걷는 것 같지가 않았다. 비호의 말에 자꾸만 심장이 두근거리고, 더듬더듬 말이 튀어 나오지 않아 고개만 살짝 끄덕였는데 비호는 그런 날 보며 너무나 예쁘게 웃어주었다. 정말 눈부시게 예쁜 웃음을. 그래서 그때 난 이런 생각을 했다. 비호에게 내가 모르는 무슨 일이 있든 무조건 비호의 편이 되어주기로. 늘 진짜 웃음 지어주기로 굳게, 아주 굳게 마음먹었다. 히힛. 난 매일매일 비호랑 같이 웃을 거야~♡

아파트 단지 앞.

여기까지 어떻게 걸어왔는지 모르겠다. 그저 비호가 했던 말을 되

씹으며 아무 생각 없이 걸었더니만 어느새 집 앞이었다. 후우, 어쩜 좋아. 심장이 자꾸만 콩닥콩닥 뛰어. 우, 너무 뛴다. 그렇게 떨리는 가슴을 쓸어 내리며 아파트 안으로 들어설 때였다. 엘리베이터에서 급하게 내려 뛰어나오는 반휘. 꽤나 급한 모습의 반휘가 보인다. 그리고 그렇게 빠른 속도로 날 지나쳐 가던 반휘가 다시 되돌아와 인사를 한다.

"양아치, 이제 오냐."

"응응. 근데 반휘는 어디 가?"

"어, 가볼 데가 있어서. 아, 늦겠다!!"

"바쁘구나."

"양아치, 그럼 내일 보자. ^-^"

손목에 채워진 시계를 슬쩍 들여다보고는 반휘는 속력을 내서 달려 나가기 시작했다. 도대체 어딜 가길래 저렇게 서두르는 거지? 난 화단 앞에 서서 빠르게 멀어져 가는 반휘의 뒷모습을 멍하니 바라보았다. 많이 중요한 약속인가 보다. 늘 느긋하고 여유로운 반휘가 서두르는 걸 보니 말이다. 난 반휘의 뒷모습을 쫓던 시선을 거두고 터벅터벅 엘리베이터 앞으로 걸음을 옮겼다.

두근두근—

무의식중에 아까 비호가 했던 말이 생각이 나서 심장이 또다시 두근거린다.

"나 파인이 좋아할래."

“양아치!!”

“…….”

“하아, 야, 양아치―!!”

날 부르는 반휘의 목소리에 뒤를 돌아다보니 반휘가 다시 뛰어오고 있었다. 내가 있는 쪽으로.

“양아치, 잠깐만.”

“응? 왜에.”

“하아, 양아치 너 지금 바쁘냐?”

“아니, 별루.”

“그럼 나랑 같이 좀 가자.”

하고는 이렇다 저렇다 말도 없이 무작정 내 손목을 휙 낚아채 아까만큼 빠르게 뛰기 시작하는 반휘다.

“으응? 어디 가는데? 반휘야, 어디 가는 거야?!”

“어?”

“어, 어디 가냐구!!”

“하하. 아빠 소원 들어주러. ^-^”

“응?”

“홋. 하나밖에 없는 아빠 소원 들어주러 가는데 쓸데없이 긴장되어서 그래. 그니까 그냥 같이 좀 가자. 우리 양아치가 같이 가주면 힘될 거 같으니까.”

“으응.”

긴장감과 초조함이 묻어 있는 반휘의 말에 난 짤막하게 대답하고, 그저 열심히 뛸 수밖에 없었다. 그러나 그렇게 뛰어가는 내내 궁금했다. 반휘의 아빠. 그분의 소원은 무엇일까 하고 말이다. 반휘와 함께 허겁지겁 뛰어나와 큰 도로변에서 택시 한 대를 잡아탔다. 그런데 우연찮게도 저번에 그 택시다. 빠르기로 따지자면 빛보다 더 빠른 총알택시. T_T

"어머, 아저씨!!"

"엇, 그때 그 학생이구만."

"네네, 우아~ 이렇게도 만나네요!!"

"그러게. 이거 세상천지가 좁긴 좁구만. 근데 학생 돈은 있는 거지? 저번처럼 그러면 곤란해. -_-*"

"아, 네! 이, 있어요."

돈이 있다는 말에 아저씨는 저번보다 한층 업그레이드된 운전 기술을 멋지게 뽐내셨고, 난 하얗게 질려 버렸다. 말할 수 없을 만큼의 속도감, 아슬아슬 아찔함, 그리고 밀려드는 공포는 가히 상상을 초월하고도 남았다. 그런데 반휘는 아니었던 모양이다. 역시나 갑빠가 있는 아이답게 얼굴엔 여유로운 미소가 넘쳤고, 택시에서 내릴 땐 아저씨와 다정스레 전화번호까지 주고받았다. 그리고 반휘가 말한다.

"하하, 운전은 저렇게 해야 돼."

라고. 여튼 그렇게 도착해 반휘와 함께 들어간 곳은 무척이나 고급스러운 레스토랑이었다. 정말이지 으리으리 삐까뻔쩍한 곳!! +_+

"예약하고 오셨습니까?"

“윤정화 씨.”

“예, 이쪽으로 따라오세요.”

반휘의 말이 채 끝나기도 전에 종업원은 고개를 끄덕이고 나와 반휘를 안내했다. 2층에 자리 잡은 커다란 룸 안으로 말이다.

“저기… 나도 들어가도 돼?”

“훗. 뭐야. 당연히 들어가야지.”

“으응.”

“아, 근데 짜증나게 뭐냐. 되게 떨리네.”

“…….”

“양아치, 잠깐 손 좀 빌린다.”

그 말과 함께 반휘는 내 손을 잡고 씩씩하게 룸 안으로 들어섰다.

8장
가족이란

가족이란

휘황찬란한 조명, 그리고 커다란 테이블 앞에 앉아 있는 여자.

"오랜만이구나."

"응. 오랜만이네, 엄마."

어, 엄마? 앞에 앉아 계신 이분이 바로 반휘네 엄마?!

"인사해, 우리 엄마야."

반휘의 말에 난 엉거주춤 인사를 했다. 그러나 반휘네 엄마는 고개를 까딱이며 간단히 인사를 받을 뿐이었다. 아마도 아름답다는 말은 이럴 때 쓰는 모양이다. 반휘네 엄마를 처음 봤을 때의 느낌이 바로 이거였다. 정말 아름다웠다. 얌전하게 틀어올린 머리와 온화해 보이는 부드러운 미소가 한눈에 들어오는 굉장한 미인.

"그동안 잘 지냈니? 몰라보게 컸구나."

"하하, 내가 좀 컸지? 엄마도 많이 변했네. 몰라볼 뻔했어."

"그래, 어디 아픈 덴 없고?"

"그렇지 뭐."

"그래도 다행히 얼굴은 좋아 보이는구나."

"훗. 뭐야. 엄마 안경 써야겠다."

"으응?"

"이상하네. 엄마는 지금 내 꼴이 좋아 보여? 응?"

"……."

"진짜 이상하다. 참 이상해. ^-^"

반휘 특유의 비꼬는 말투. 그 말에 반휘의 엄마는 바닥으로 시선을 떨궜다. 순간 싸하게 감도는 분위기. 난 그 분위기 안에서 답답함과 불편함에 숨이 막힐 것만 같았다. 휴우, 어쩜 좋아. 괜히 따라왔나 봐. ㅠ_ㅠ

"학교에서 제하 만났어. 만났다고 안 하지?"

"원래 말이 없는 아이라서."

"뭐 그런 걸 떠나서 그 새끼 전부터 나 엄청 싫어했잖아. ^-^"

"반휘야."

"왜? 엄마도 알고 있었던 거 아니야?"

"……."

"모른다고는 못하네. 뭐, 괜찮아. 싫은 건 싫은 거니까. 나도 그 새끼 진짜 밥맛이라고 생각하거든. 피차일반이지 뭐. ^-^"

“말 함부로 하지 마.”

“하, 내가 함부로 말한 건가. 아, 미안. 엄마 아들 남제하 갖고 밥맛이라 그래서 미안해.”

“됐다. 일단 식사부터 주문하자.”

“엄마 좋을 대로.”

그리하여 긴 영어로 된 신기한 음식을 시키고, 모두 침묵을 지키며 음식이 나오기만을 기다렸다. 그 시간이 몇 년이나 되는 것처럼 길게만 느껴졌다. 어딜 보는지 알 수 없는 반휘의 눈. 얼굴은 환하게 웃고 있었지만, 반휘의 눈은 차갑게 굳어 있다. 그와 마찬가지로 반휘의 엄마 또한 처음의 온화한 미소와는 달리 표정은 경직되어 있었고, 말투는 무척이나 건조했다. 여튼 한참 끝에 드디어 나오기 시작하는 음식들. 보기만 해도 군침이 절로 돈다.

“아빠 안부는 안 물어봐?”

마치 갑자기 생각났다는 듯 무신경한 말투로 묻는 반휘. 하지만 난 알 수 있었다. 얼마나 고민한 끝에 물은 것인지 내 손을 잡고 있는 반휘의 손을 보면 알 수 있다. 촉촉하게 땀으로 젖어 있는 반휘의 손.

“궁금하지 않아.”

“예전부터 알고 있었지만 엄마 참 냉정하다. ^-^”

“……”

“정말 냉정하네.”

“반휘야, 오늘은 그 사람 얘기 꺼내지 말고, 기분 좋게 밥이나 먹자.”

“뭐?”

“엄마가 이렇게 부탁할게. 제발 그만 해.”

“엄마, 뭔가 착각하고 있나 본데 내가 지금 엄마랑 밥이나 먹자고 나온 줄 알아?”

“반휘야.”

“내가 엄마 만나러 나온 이유가 뭔데. 어?”

“아빠 소원 들어주러. ^-^”

어디 가는 거냐는 내 물음에 웃으며 대답했던 반휘의 말이 반사적으로 떠올랐다.

“알지? 나 엄마한테 부탁이 있어.”

“그만 해.”

“그 부탁, 엄마가 꼭 들어줬으면 좋겠는데. ^-^”

“엄마한테 아무것도 기대하지 마.”

“기대 안 해. 기대 같은 건 사라진 지 벌써 오래니까.”

“…….”

“그냥 부탁이야, 부탁.”

“…….”

“난 엄마한테 그냥 부탁하는 거고, 엄마는 그 부탁 들어주면 되는 거고.”

“반휘야, 제발.”

“아빠 한 번만 만나줘, 딱 한 번만. 부탁치고 되게 쉽지. ^-^”

“……”

“엄마, 아빠가 엄마 많이 보고 싶어해.”

반휘의 시선을 피한 채 말이 없는 반휘네 엄마. 얼굴엔 당혹스러움이 가득하다. 하지만 이내 표정을 가라앉히고 차분히 말한다.

“곤란해.”

“다시는 이런 부탁 안 할게. 마지막이다 생각하고 한 번만……”

“엄마 입장도 생각해 줘. 더 이상 그 사람하고 연관되고 싶지 않아.”

“엄마……”

“엄마는 지금이 행복해. 니 아빠, 그 사람 정말 끔찍하다구.”

“훗, 그럼 엄마는 나도 끔찍하겠네.”

“아니야. 엄마 말뜻은 그런 게 아니라……”

“상관없어. 나 같은 거 끔찍하다고 생각해도 괜찮아.”

“반휘야.”

“그런 거 아무래도 괜찮으니까 아빠 만나줘.”

“……”

“아빠 지금 죽어가. 얼마 못 살고 죽는대. 불쌍하잖아. ^-^”

“엄마는 그런 감정 따위 없어. 그 얘긴 그만 하자.”

“아빠는 엄마 때문에 한국 온 거야. 알아?”

“몰라. 엄만 그런 거 몰라.”

“치료받아야 하는데 엄마 때문에 나왔다고.”

"엄마랑은 상관없는 일이야."

"아빠가 엄마 보러 나온 건데 어떻게 상관이 없어?!"

"하아."

"엄마는 아빠가 이대로 죽어도 괜찮아?"

"괜찮아."

"정말 질린다, 질려. 엄마 진짜 사람 질리게 하는 여자야."

"미안해. 엄마 그만 가볼게."

핸드백을 챙겨 들고 다급히 의자에서 일어나는 반휘의 엄마. 문 쪽으로 빠르게 발걸음을 옮겼지만 끝내 룸을 빠져나가지 못하고 반휘에게 붙들린다.

"얘기 끝내고 가. 난 오늘 엄마한테 대답 꼭 듣고 갈 거니까."

"반휘야, 엄마 얘기 잘 들어."

"말해."

"엄마랑 그 사람은 이미 끝난 지 오래야. 그러니까……."

"그러니까 뭐? 죽든 말든 이런 부탁 하지 말라고? 그런 거야?!"

"그래."

"후… 부탁이야. 아빠 만나줘. 나 봐서라도 딱 한 번만."

"안 된다고 했잖아, 싫다고 말했잖니!!"

"하."

"엄마는 이런 식으로 니 얼굴 보는 거 괴로워. 너 때문에 그 사람한테 10년이나 붙들려 있었어, 알겠니? 10년이나 희생했으면 그걸로 됐잖아, 끝난 거잖아!!"

“나 때문에?”

“그래, 너만 태어나지 않았어도 이렇게까지 되지 않았어!! 너만 태어나지 않았어도 다 괜찮았다구!!”

이거, 이건 아니잖아. 부모가 자식한테… 엄마가 아들한테 이런 말 해선 안 되는 거잖아.

“미안해.”

“……”

“미안해, 엄마. 태어나서 정말 미안해. 내가 엄마한테 많이 미안해 하고 있으니까 아빠 만나줘. 만나줘요.”

그러나 반휘네 엄마는 반휘의 말이 끝나기도 전에 황급히 룸을 빠져나가 버렸다. 또각또각. 차가운 구두 소리만 남긴 채 그렇게 반휘네 엄마는 사라지고, 반휘는 그 자리에 얼어붙은 듯 앉아 있었다. 무표정한 얼굴로.

“바, 반휘야.”

“훗. 웃긴다. 되게 웃긴다, 그치?”

“ㅠ_ㅠ”

“엄마라는 사람이 아들보고 태어나지 말았어야 한다네. 그런 게 어딨어. 그게 뭐야. 진짜 양아치 엄마다.”

“ㅜ_ㅜ”

“그래, 사실 아빠하고 나 버리고 가서 오래전부터 엄마라고 생각 안 했어.”

“……”

"그래서 안 슬퍼. 하나도 안 슬퍼."

"반휘야."

"안 슬픈데… 씨발. 쪽팔리게 눈물이 나네."

"그래서 안 슬퍼. 하나도 안 슬퍼. 안 슬픈데… 씨발. 쪽팔리게 눈물이 나네."

아마도 슬프지 않다는 반휘의 말은 거짓말일 것이다. 슬프지 않은데 눈물을 흘릴 수 있는 건 아무나 할 수 있는 일이 아니니까. 반휘는 그런 일을 할 수 있는 아이가 아니니까. 그리고 지금 내 눈앞에 서 있는 반휘는 충분히 슬퍼하고 있으니까.

뚝—뚝—

소리없이 떨어져 내리는 눈물. 고개를 돌린 채 작게 들썩이는 반휘의 어깨가 안타까워서 나도 모르게 눈물이 났다. 손으로 훔칠 새도 없이 계속해서 눈물이 떨어져 내린다. 이 일을 어쩌면 좋다지. 이럴 땐 반휘의 어깨를 두드려 주며 울지 말라고, 사실 반휘네 엄마도 반휘를 무척이나 사랑하고 있을 거라고, 그렇게 따뜻한 위로의 말을 건네야 하는데 이건 도무지 눈물이 멈추질 않는다. T_T 불쌍한 반휘. 정말 불쌍하다. 난 흘러내리는 눈물을 애써 닦아내고, 반휘의 어깨를 토닥여 주었다.

토닥토닥.

"우, 울지 마. 반휘야, 울지 마."

“……”

“반휘네 엄마 마음도 사실은 그게 아닐 거야.”

“……”

“그러니까 울지 마. 슬퍼하지 마.”

아무 말이 없는 반휘. 이내 작게 들썩이던 어깨의 떨림이 잦아들고 반휘가 입을 연다.

“10살 때였어. 딱 8년 전 일이네. 훗.”

“……”

“아빠는 출장 때문에 집을 비운 상태였고, 난 엄마랑 둘이 집에 있었어. 그런데 어느 날 갑자기 엄마가 주섬주섬 가방을 싸더라?”

“……”

“그리고는 나한테 그러는 거야. 여길 떠날 거라고. 이제 날 버릴 거라고.”

“반휘야, 엄마 말 똑바로 들어. 난 여길 떠날 거야. 이 집에 다시는 돌아오지 않아. 다 버리고… 반휘 너도 버릴 거야. 알겠니?”

“그게 무슨 말인지 그건 손에 들려 있는 가방만 봐도 알 수 있었어. 그런데 붙잡지 못하겠더라.”

“……”

“너무 놀라서 숨이 탁 막히는 것 같았는데. 가지 말라고, 버리지 말라고, 때 한 번 쓰지 못했어. 엄마가… 엄마가 먼저 선수쳤거든. ^-^”

“…….”

“붙잡지 못하게 엄마가 먼저 선수쳐 버렸어. 행복한 적이 없었대. 나랑 아빠랑 같이 살면서 단 한 번도 행복한 적이 없었다고 그렇게 말하잖아.”

“여기서 행복한 적 없었어. 단 한 번도 행복한 적 없어. 너랑 그 사람이랑 살면서 행복하다고 생각한 적 없었다구. 알겠어? 그래서 떠나려는 거야. 그러니까 붙잡지 마.”

“씨발, 근데 그 말을 듣고 나니까 그때서야 생각이 나는 거야.”
“…….”
“엄마가 지금까지 한 번도 웃은 적 없다는 거. 바보같이 하필이면 그게 그때서야 생각났어, 그때서야. 하아.”
“아…….”
“그래서 버리지 말라는 말 못했어. 그냥 잘 가라고, 많이 웃고 살라고 그 말밖에 못했어.”

“잘 가, 엄마. ^-^ 앞으로는 많이 웃고 살아요. 꼭 많이 행복해야 돼.”

슬픈 이야기. 반휘의 이야기는 어느 슬픈 책보다도 더 슬픈 이야기였다. 이런, 우, 울면 안 되는데, 약한 모습 보여주면 안 되는데 자꾸만 눈물이 퐁퐁 나네. 울지 말자!! ㅜ_ㅜ 참아야 돼, 참아야 돼. 후아, 그치만 너무 마음 아픈 이야기야. 반휘의 이야기가 마치 내 일인 마냥 한없이 아프고 슬펐다. 내가 만약 반휘였다면 난 그렇게 엄마를 보내지 못했을 텐데, 절대로 그러지 못했을 텐데 그렇게 대단한 일을 반휘가 해냈다니 아마도 반휘는 어려서부터 대단한 구석이 꽤 있는 아이였나 보다.

홀쩍홀쩍. 아릿한 마음에 눈물이 자꾸 멈추질 않는다. 그래서 난 반휘의 이야기를 다시 곱씹으며 엉엉 울어댔다. 물론 반휘가 알지 못하게끔 최대한 조.용.히. 그, 그런데 결코 조용하지 못했던 모양이다.

"하하. 양아치 좀 봐라, 우리 양아치 우네."

"ㅜ_ㅜ"

"양아치 왜 우는데. 바보같이 왜 우냐, 양아치. 어?"

"슬프니까. 반휘 얘기가 너무 슬프잖아."

"훗."

"정말이지 난 반휘가 항상 행복한 아이인 줄 알았어."

"행복해."

"근데 그게 아니잖아. 슬프잖아."

"하하. 양아치, 양아치. 우리 양아치 참 재밌는 아이구나. ^-^"

"ㅠ_ㅠ"

"울지 마. 이제 그만 울어."

"으응."

"어떻게 된 게 갈수록 점점 양아치 티만 내냐. 어?"

"그치만 슬픈걸. 마음이 아파."

"이제 안 그래도 돼."

"……."

"그럴 필요 없어. 난 엄청 행복한 새끼니까."

"응?"

"우리 양아치가 좀 전에 엄청 행복한 새끼로 만들어줬으니까. ^-^"

난 아무것도 한 일이 없는데, 반휘는 내가 반휘를 행복하게 만들었다고 말했다. 도무지 무슨 영문인지 모르겠지만 어쨌든 반휘가 웃으니까 기분이 한결 편해진다.

"그만 가자, 양아치."

"응응."

결국 난 고급 레스토랑에서 물만 덜렁 2잔 마시고 집으로 향해야만 했다. 그런데 집으로 향하는 발걸음이 왜 이리도 가벼운 거지? 이유야 어찌 됐든 가벼운 발걸음으로 택시를 타고 슝 날아왔던 길을 반휘와 함께 걷기 시작했다.

어느새 어둑어둑 까매진 하늘. 사람이 북적대는 시내를 지나고 네온사인이 어질어질 번쩍대는 유흥가를 지나 열심히 집으로 걸음을 옮길 때였다.

웅성웅성—

시끄러운 소리가 귓가를 울려 그 소리를 따라 고개를 돌리니 한바탕 싸우고 있는 남자들이 보인다.

"우와, 싸움났나 봐."

“그러게. -0-”

“바, 반휘야, 근데 저거 우리 학교 교복 아니야?”

“어, 맞는 거 같네.”

“잠깐만!”

“왜.”

“마, 맞고 있는 사람.”

“뭐.”

“맞고 있는 사람 말이야. 제하 같은데.”

분명했다. 서너 명 되는 아이들에게 둘러싸여 맞고 있는 사람. 제하가 틀림없다.

“제하 맞아. 저거 제하야!!”

“그래서.”

“제하 많이 맞고 있는 거 같은데 안 도와줄 거야?”

“어.”

아까와는 달리 차가움이 배어 있는 간략한 대답. 그러나 그 대답과 동시에 반휘는 이미 제하가 있는 곳으로 뛰어가고 있었다.

“떨어져.”

“……”

“제길. 떨어지라고!!”

반휘였다. 제하가 맞고 있는 곳으로 단숨에 뛰어가 제하를 때리고 있는 아이들을 거칠게 밀어내며 떨어지라고 무섭게 소리치는 반휘. 그 덕에 싸움은 일순간 멈췄고, 제하를 때리고 있던 아이들이 움찔하며 반휘를 쳐다보았다. 그리고 이내 죄다 한마디씩 내뱉는다.

"어쭈. 이 새끼가 사람을 막 밀치네!! -0-"

"씹. 니가 지금 우리를 건드렸냐. 엉?"

"야야. 저 새끼, 민욱이 형 때린 새끼야!!"

가운데 서 있던 아이의 말에 좌우에 서 있던 아이들의 입이 떡하고 벌어진다. 잘은 모르겠지만, 반휘와 싸웠던 아이들 중 한 명을 말하는 듯했다. 약간의 놀람과 경악을 금치 못하는 바보 삼총사. 그 삼총사는 벌어졌던 입을 재빨리 수습하고는 아주 태연하게 반휘 쪽으로 다가섰다.

"너 아주 잘 만났다!! -0- 니가 민욱이 형을 건드렸다 이거지?!"

"아, 뭐래."

"너 오늘 죽을 줄 알아라!!"

"하하. 죽여봐."

"그래, 안 그래도 죽일 참이다, 새꺄!! -0-"

소매를 걷어붙이며―사실 반팔을 입은 관계로 시늉만―반휘에게 냅다 주먹을 휘두르는 아이. 그런데 이상하게도 자세가 영 불안정하다. 그리고 불안정하다 싶더니 반휘가 툭 내지른 주먹에 바닥으로 나자 빠졌다. 와아. 반휘가 저렇게 강했었나?!

"짜증나네. 진짜 짜증난다. ^-^"

"에이씨. 니놈이 왜 짜증나는데!!"

"어린 새끼들이 술 처먹고 덤비니까 짜증나."

"헛. 이 귀신같은 놈!! -0- 우, 우리가 술 먹은 거 어떻게 알았어,

이 스토커 새꺄!!"

　"니 얼굴에 또박또박 써 있어. '나 오늘 술 처먹었어요' 라고 선명하게 써 있네. ^-^"

　"뭐야? -0- 정말이야?!"

　"정말이면 어쩔 거고, 아니면 어쩔 건데. 니네 오늘 잘못 걸렸어."

　서로의 얼굴을 훑어보며 고개를 갸웃갸웃 어리둥절해하는 바보 삼총사. 어쩐지 이상하다 했더니만 술에 취한 아이들이었구나.

　"앙아치, 제하 데리고 딴 데 가 있어."

　"바, 반휘는?"

　"난 이 새끼들 술 좀 깨게 금방 도와주고 갈게."

　"그래도."

　"아무 데나 눈에 잘 띄는 데만 가 있어. 알겠지, 양아치?"

　"으응. 알겠어!!"

　난 대단한 임무나 맡은 마냥 바닥에 쓰러져 있는 제하에게로 성큼성큼 다가갔다. 아무렇게나 흐트러진 옷과 상처투성이인 얼굴이 눈에 들어오고, 조금 더 다가가자 독한 술 냄새가 진동을 한다. 우읍. 냄새, 냄새, 냄새 나!! 난 진동하는 술 냄새에 입으로 간신히 숨을 쉬며 흐느적거리는 제하를 일으켰다. 무겁다.

　"저기… 일어나 봐. 일어나, 제하야!!"

　"……"

　"일어나면 참 좋겠는데. 정신 좀 차렸으면 좋겠는데."

　하지만 나의 바람과 달리 제하는 술에 만취해 비틀비틀 균형도 잡지 못해서, 내 어깨에 손을 턱 두른 채 간신히 일어섰다.

"저기… 제하야!! 이제 걸어봐. 걸어, 이렇게."

"뭐?"

"걸어보라구. 하나. 두울. 하나. 두울!!"

"제길."

"화내지 말고 걸어봐. 빨리 딴 데로 가자. T_T"

그렇게 몸도 못 가눌 정도로 취한 제하를 끌고 덩달아 비틀비틀 그 곳을 벗어나기 시작했다. 키는 기다랗고, 무게는 무겁고, 정말 힘들다. 너무 힘들다.

"야!! -0- 너네 거기 서!! 안 서냐?!"

"조용히 안 하냐."

"야, 이 기집애야!! 남제하 바닥에다 가만 냅둬라!!"

"조용조용. 조용히 해. 입 다물고 넌 나한테 집중이나 해야지. ^-^"

"닥쳐 봐! 너 반쯤 죽이고 남제하 이따 죽일 거니까!! 야, 너 남제하 가져가지 마. -0- 가져가면 죽어!"

"안 되겠네, 너 정말 안 되겠다. ^-^ 말 더럽게 안 들어먹는 새끼는 맞는 수밖에 없어."

"어억!! -0- 뭐야! 왜 때려"

"한 대 가지고는 입 못 닥치는구나?"

"어어억!! -0- 어억!! -0-"

시끌시끌—

소란스러운 소리가 멀어지고, 난 제하와 함께 가까운 놀이터로 향했다. 노란 등이 켜져 있는 자그마한 놀이터에 들어서자마자 모랫바닥으로 풀썩 쓰러져 버리는 제하. 나 역시 제하의 무게를 이기지 못하고 모랫바닥으로 쓰러졌다. T_T 휴휴, 그나마 모랫바닥이라 다행이었지, 맨 바닥이었다면 큰 사고를 당했겠어!!

그렇게 난 모랫바닥에 널브러진 제하를 옮길 엄두조차 내지 못한 채, 가만히 제하 옆에 앉았다. 노란 불빛에 비춰지는 제하의 얼굴. 술에 많이 취한 것 같은데도 무표정한 얼굴은 여전하다. 후아, 근데 반휘는 도대체 언제 오려나. T_T

그렇게 한참을 기다린 것 같다. 제하는 깊이 잠이 든 상태고 난 그 옆에 쭈그리고 앉아 반휘가 오기만을 눈이 빠져라 기다렸다. 혹시 못 찾고 있는 건 아닐까 하는 의문도 들고, 싸우다가 잘못된 건 아닐까 하는 걱정도 된다. 그렇게 이런저런 생각을 하면서 반휘를 기다리고 있는데,

"훗, 찾았다."

라는 말과 함께 등장한 반휘. 땀에 흠뻑 젖은 반휘가 놀이터 앞에서 빙긋 웃고 있었다.

"반휘야!!"

"오냐, 양아치. ^-^"

"괜찮아? 다친 덴 없는 거야??"

"하하. 임마, 내가 누구냐, 양아치!"

"으응?"

"절대미남 절대막강 예반휘잖냐, 말짱해. ^-^"

“근데 여긴 어떻게 찾아왔어?”

“양아치, 몇 번 말해 줄까? 난 모르는 게 없대도.”

“아아아. 맞아맞아, 반휘는 모르는 게 없지.”

“훗.”

특유의 웃음을 흘리며 터벅터벅 제하가 널브러져 있는 곳으로 걸음을 옮기는 반휘. 이내 제하 옆에 자리를 잡고 털썩 주저앉는다. 그리고는 아무 말 없이 제하를 내려다보는 반휘.

“한심한 새끼.”

“…….”

“뭐가 그렇게 힘들다고 어린 새끼가 이렇게 술을 처먹냐. 한심하다. 그치? 그치, 양아치.”

“으응.”

“진짜 짜증나. 진짜 한심해서 짜증난다. 남제하 새끼 짜증나.”

“ㅠ_ㅠ”

“제길. 근데 참 웃기고 어이없는 게 미워할 수가 없어.”

“…….”

“미운데 미워할 수가 없어. 엄청 쉬운 거 같은데 그게 잘 안 되더라.”

“그, 그래, 그냥 미워하지 마.”

“…….”

“누구 미워하고 그런 거, 무지 힘든 거잖아.”

“…….”

"히, 힘든 거니까 하지 마. T_T"

"하하, 이상하다. 나 원래 힘든 일 되게 잘하는데. ^-^"

"T_T"

"엄마가 나 버리고 가는데도 잘 가라고 손 흔들어주고, 아빠가 죽어가는데도 웃으면서 슬퍼하는 척 안 하잖아. 하하, 이 정도면 나도 힘든 일 잘하는 거 맞잖아. ^-^"

"……"

"근데 고작 저딴 새끼 미워하는 게, 그게 그렇게 어려운 거가."

"바, 반휘야. T_T"

미운데 미워할 수 없는 마음, 반휘의 그 마음. 무척 어렵지만 아주 어렴풋이 조금은 알 것 같다. 착한 반휘. 분명 누군가를 미워하는 건 힘든 일이지만, 미워할 수밖에 없는 상황에서 반휘처럼 미워하지 않을 수 있는 것, 그것 또한 굉장히 힘든 일이다. 지금 반휘는 미워하는 것보다 더 힘든 일을 하고 있는 것이다.

"큰일이다."

"응?"

"지금까지 못하는 거 하나도 없었는데 저 새끼 때문에 하나 생겼잖아."

"T_T"

"양아치 이 일을 어떡하면 좋냐. ^-^ 나같이 멋드러진 놈한테 흠이 하나 생겼는데, 이거 어쩌지."

"괜찮아, 반휘야! 반휘는 완벽하니까 그런 거 하나쯤은 못해도 돼."

“훗, 역시 그렇지? 우리 양아치 생각도 그런 거지?”

“응응.”

“그래, 고맙다. 고마워. 우리 양아치가 최고네.”

고맙다는 말과 함께 내 볼을 쭈욱 잡아당기는 반휘. 반휘의 손에 잡힌 볼이 후끈후끈 아프긴 했지만, 그래도 반휘가 힘을 낸 것 같아서 정말 다행이었다.

“아, 근데 새끼 되게 안 일어나네.”

“그러게. 깊이 잠들었나 봐.”

그렇다. 반휘와 삐그덕거리는 그네며 미끄럼틀, 시소 옹기종기 모여 있는 놀이기구를 모두 타며 꽤 많은 시간을 보냈는데도 제하는 도무지 일어날 기색이 보이질 않는 것이었다. 하늘엔 어느새 달도 떠버리고, 이제 슬슬 집에 혼자 있는 파노가 걱정되기 시작하는데… 난 어, 어쩌면 좋다지. T_T 마음 같아선 먼저 가봐야겠다고, 사랑스런 동생 파노가 기다린다고 말하고 싶었지만 그렇게 해서 혼자 길을 나섰다가는 아무래도 오늘 안에 집에 도착하지 못할 것만 같았다. 휴휴, 제하야, 도대체 언제 일어날 거니. TOT

결국 난 꿈지럭꿈지럭 주머니에서 핸드폰을 꺼내 집으로 전화를 걸었다. 겁에 질려 혼자 있을 파노를 생각하며 말이다.

[여보세요. -0-]

“여보세요? 파, 파노야!! 누나야.”

[근데 뭐.]

“아직 엄마, 아빠 안 들어오셨지?”

[그래, 멍텅구리야.]

"역시 그랬구나. 파노야, 밥은 먹었어?"

[안 먹었다.]

"어쩜 좋아. 혼자 있으니까 무섭지!"

[훗, 내가 뭐 어린애냐!!]

"어린애잖아. ㅠ_ㅠ"

[내가 우리 유치원에서 제일 용감하다, 이 바보 멍텅구리야!]

"그래도 모르는 사람이 벨 누르면 설내 문 열어주지 말고, 누니 갈 때까지 방에 꼭꼭 숨어 있어. 알겠지?"

[싫어. 심심하면 문 열어줄 거다!!]

"안 돼. 그럼 안 돼, 파노야. 그럼 나쁜 어린이야. 저번처럼 말 많은 교회 아줌마들한테 문 열어주면 누나한테 혼난다!"

[쳇. 하나도 안 무섭다 뭐!]

그때,

"양아치 뭐냐. 누군데."

"응? 으응. 동생, 자… 잠깐만. 파노야, 누나 좀 있다 갈 테니까 문 꼭 잠그고 있어!"

[싫다! 메롱메롱! 문 활짝 열어놔야지!!]

"파노야. 누나가 있다가 아이스크림 사갈게. 꼭 잠궈."

[알겠어. ㅡ_ㅡ]

"그래, 그럼 무서워도 조금만 차……."

뚝. 띠리리릭.

어느새 끊겨 버린 전화. 어디서 이런 전화 예절을 배웠는지 파노는 내 말이 끝나기도 전에 전화를 끊어버렸다. 나도 모르게 밀려드는 허탈감. 그래도 우리 파노는 예쁘고 귀여운 내 동생이니까. 파노야, 파노야, 부디 문 꼭 잠그고 있으렴. 누나가 아이스크림 사가지고 금방 달려갈게!!

"양아치, 가자. 데려다 줄게. ^-^"

"응? 아냐. 제하 아직 안 일어났잖아."

"우리 양아치 집에 데려다 주고 다시 와보지 뭐."

"그사이에 제하 일어나서 가버리면 어떡하려구."

"가면 간 거지 뭐."

"그, 그래도……."

"훗. 양아치 오늘따라 말이 많네. 내가 데려다 준다잖아. 그럼 그냥 따라와야지. 언제부터 우리 양아치가 내 말에 토를 달았냐?"

"그치만……."

"하하. 양아치 너 한마디만 더 하면 혼날 줄 알아."

그렇게 해서 결국 모래 바닥에 쓰러져 자고 있는 제하를 남겨둔 채, 반휘와 놀이터를 빠져나왔다. 반휘는 이곳에 이사 온 지 며칠 되지도 않았는데, 어떻게 지리를 속속들이 잘 아는지 헤매지도 않고 금세 아파트 단지에 들어섰다.

"반휘야, 빨리 가봐. 제하한테 빨리 가!!"

"그래."

"내일 보자, 반휘야. 안녕안녕!!"

“들어가. 간다.”

라는 말과 함께 반휘가 스멀스멀 멀어져 가고, 난 후닥닥 엘리베이터에 올라탔다. 그리고는 집 안으로 들어서자 귀염둥이 파노가 날 이상한 눈초리로 쳐다보며 이렇게 물었다.

“누나 남자 생겼냐? -_-”

라고.

“씨!! 내 아이스크림은 어쨌어?! 왜 손에 아무것도 없냐. 나가나가! 문 잠가 버릴 거야!!”

파노는 내가 집 안에 들어서자 남자가 생겼냐는 알 수 없는 질문을 시작으로 사 오기로 약속했던 아이스크림이 보이지 않자 급기야 날 문 밖으로 내몰다시피 했다.

“파노야, 미안. 누나가 깜빡했어.”

“이 멍텅구리!! 엄마한테 다 일러 버릴 거야!! -0-”

“ㅠ_ㅠ”

“아이스크림 사다준다고 거짓말하고 늦게 왔다고 다 말할 거야!!”

“그러지 마, 파노야. 누나가 내일 꼭 사다 줄게. 응?”

“우씨, 거짓말쟁이 말을 어떻게 믿어?!”

“누나 말을 믿어야 착한 동생이지.”

“누가 누난데?! 누가 누나야!! -0-”

“내가 누나잖아.”

“멍텅구리는 내 누나 아니야!! 누나 없어!!”

“파노야, 파노야. ㅜ_ㅜ”

“부르지 마. 그거 내 이름이야, 이 멍텅구리야!!”

“파노야, 누나가 내일 브, 블루 몬스터 사다 줄게!!”

“블루 몬스터? -_-”

“응. 블루 몬스터. T_T”

“알았어.”

블루 몬스터를 사다 준다는 말에 파노는 그제야 미심쩍은 눈초리를 거두고 티비 앞으로 쪼르르 달려가 버렸다. 휴휴. 정말이지 큰일 날 뻔했어. 블루 몬스터가 언제까지 먹힐지는 모르겠지만, 요즘은 토라진 파노를 달랠 때 블루 몬스터만큼이나 좋은 게 없다.

블루 몬스터. 그 존재를 알게 된 건 포켓 몬스터가 한창 유행하던 어느 화창한 날이었다. 언젠가 파노가 유치원도 땡땡이치고 학교로 날 찾아왔다. 거칠게 풀어헤친 남방과 삐딱하게 쓴 노란 모자. 날라리 유치원생의 면모를 너무나 확연히 나타내 주는 파노의 차림. 반 친구들은 모두 그런 파노를 귀엽다 말했지만, 난 얼마나 놀랐는지 모른다. 나의 귀염둥이 동생 파노가 밝은 꿈만 꿔야 할 나이에 탈선의 길을 걷고 있다니. 정말이지 가슴이 철렁 내려앉을 만큼 놀랐다. 거기다 대뜸 불러내선 한단 말이 [누나, 돈 있어? 돈 내놔]였다.

도, 돈이라니. 무슨 영문인지 몰라 대충 고개를 끄덕이곤 왜 그러냐고 묻자 파노는 아무 대답도 해주지 않고 무작정 날 끌고 학교 밖으로 걸어나가기 시작했다. 그렇게 파노의 자그마한 손에 이끌려 도착한 곳은 베스킨라빈스 써얼티원. 말도 없이 가게 안으로 후닥닥 달려 들어간 파노는 이내 알바 학생에게 외쳤다(그것도 아주아주 당당하게 외쳤던 걸로 기억한다).

"블루 몬스터 콘 두 개!! -0-"

그렇다. 파노는 저 아이스크림이 먹고 싶어서 유치원까지 땡땡이치며 날 찾아온 것이었다. 홀짝홀짝. 잘도 핥아먹는 파노. 난 만족스런 표정으로 아이스크림을 먹는 파노를 보다가 하마터면 눈물을 흘릴 뻔했다.

"파노야, 그렇게 맛있니??"

"그지 그래. 근데 쇄? 먹고 싶냐?"

"아니, 천천히 먹어. 그렇게 먹다간 탈나겠다."

"상관 마!"

"근데 파노야, 그거 먹고 싶어서 누나 찾아온 거야?"

"몰라, 멍텅구리 뚱돼지가 지만 블루 몬스터 먹어봤다고 자랑하잖아!!"

여기서 멍텅구리 뚱돼지는 파노의 친구 민웅을 말하는 것이다.

"자꾸만 자랑해서 뚱돼지 미끄럼틀에 꽁꽁 묶어놓고 나왔어!! -0-"

"맙소사."

"씨. 뚱돼지도 먹어봤는데 내가 안 먹어봤다면 말이 안 되잖아!! -0-"

"ㅠ_ㅠ"

"가축보다 못한 사람이 어딨어!! -0-"

블루 몬스터. 그것은 파노의 자존심이었다. 자존심. 아무튼 그 덕에 토라진 파노를 쉽게 달랠 수 있으니 내게 그보다 더 좋은 게 있을까. ^0^ 히힛. 블루 몬스터, 만세만세다!!

다음날. 어김없이 파노의 꼬불이 노래를 들으며 잠자리에서 깨어났다. 하지만 피곤함에 침대 위에서 늦장을 부렸더니 그사이 시간이 유수와 같이 흘러간 모양이다. 늘 화장실에서 씻고 나오면 파노가 티비 앞에서 트니트니 체조를 하고 있는데, 오늘은 씻기도 전에 체조 중이니 말이다. T_T 휴우~ 큰일이다. 평소보다 10분이나 더 늦었네.

"파노야, 누나 간다!!"

"블루 몬스터!! -0-"

"응, 이따 꼭 사 올게!!"

후닥닥―

머리도 감지 않고 고양이 세수만 한 후, 어제 메고 왔던 가방을 고스란히 둘러메고 집을 나왔다. 마음이 급하다. 누가 내리고 있는지 1층에서 꼼짝 않는 엘리베이터. 버튼을 몇 번이고 눌러대도 올라올 기미가 없다. 올라와라, 올라와라. 빨리빨리빨리!! 제발 빨리 올라와라!! 두 손을 곱게 모으고 주문을 외우다시피 중얼중얼 기도를 하며 발을 동동 구르고 있는데,

"거기서 뭐 하냐."

"……."

"하하, 그렇게 기도하면 엘리베이터가 날아오냐."

"어, 어? 반휘야!!"

싱긋 웃으며 내 쪽으로 성큼성큼 걸어오는 반휘.

"홋. 잘 잤냐, 양아치. ^-^"

"응응. ㅜ_ㅜ"

"표정은 그게 아닌데?"

"늦잠을 자버려서. 큰일 났어, 큰일!! ㅜ_ㅜ"

"늦잠이야 항상 자는 건데 뭐가 큰일이라는 거야."

"평소보다 10분이나 더 늦었는걸."

"그게 어때서. ^-^"

"ㅠ_ㅠ"

"매일매일 똑같으란 법이라도 있냐, 양아치."

"아니."

"하하, 똑같으면 숨 막혀서 못살지. 안 그래?"

"응."

"가끔은 넘칠 때도 있고, 모자랄 때도 있는 거야."

"그렇구나."

"오늘은 살짝 넘치는 날. ^-^"

"그, 그치만 학주는 굉장히 싫어할 거야."

"훗. 학주. 또 학주 새끼가 문제구나."

"무섭잖아. 무, 무서워."

"날 잡아서 학주 새끼 한 번 패줘야겠네."

"아, 안 돼, 반휘야!!"

"뭐가 안 돼. 우리 양아치 어깨 좀 펴고 살라고 패줘야겠다. ^-^"

"반휘야. ㅜ_ㅜ"

"왜 우는데. 양아치 왜 우냐."

"난 반휘가 걱정되어서."

"울지 마. 울지 말고 무서우면 뛰어."

"응?"

"뛰자."

그 말과 동시에 반휘는 내 손을 잡고 계단을 뛰어내려 가기 시작했다. 그것도 굉장히 무시무시한 속도로.

콩닥콩닥—

한 번에 계단을 두세 개씩 마구 뛰어내려 왔더니 심장은 불규칙하게 뛰고, 이마에선 식은땀이 흘러내린다. 계단에서 구를 뻔한 위기가 자그마치 서너 차례. 반휘가 손을 잡아주지 않았다면 구르고 굴러서 결국은 병원에 실려 갔을지도 모르겠다. 물론 반휘가 내 손을 잡고 빠르게 뛰어내려 가지만 않았어도 그런 위기는 닥치지 않았겠지만. 하아, 하아, 정말이지 주, 죽는 줄 알았어. T_T

"반휘야, 걸어가자. 하아."

1층 엘리베이터 앞에 도착하자마자 난 가쁜 숨을 몰아쉬며 반휘에게 말했다. 그러자 피식 웃으며 고개를 끄덕이는 반휘. 그렇게 내가 숨을 고르는 사이 반휘는 파란 하늘을 올려다보며 말없이 서 있었다. 그때 반휘의 핸드폰이 울렸다.

띨띠리 띠리리리링링— 띨띠리 띠리리리링링—

"여보세요."

"……."

"네, 네? 언제요! 언제부터요!!"

“…….”

“…알겠습니다. 금방… 금방 갈게요.”

짧은 통화에 얼굴이 사색이 되어 굳어지는 반휘. 내가 흠칫 놀라
쳐다보자 반휘가 어색하게 웃으며 말한다.

“아빠가 많이 아픈가 봐. ^-^”

“아빠가?”

“응. 혈압도 떨어지고 조금 위험한 거 같아.”

“아.”

“근데 괜찮아. 괜찮을 거야.”

“ㅜ_ㅜ”

“가끔 가다 있는 일이니까 금세 괜찮아지겠지 뭐. ^-^”

“그럼 지금 병원 가려구?”

“어, 가봐야겠네.”

“으응.”

“아무래도 오늘은 양아치 혼자 학교 가야겠다.”

“…….”

“큰일이네. 정말 큰일이다.”

“…….”

“우리 양아치 겁도 많은데 진짜 큰일 났다. ^-^”

“아, 아니야.”

“훗. 아니긴 뭐가 아니냐, 양아치.”

“진짜 괜찮아.”

“학주가 괴롭히면 바보같이 울지 말고 나한테 전화해.”

“응, 알겠어.”

“핸드폰 줘봐. 번호 저장해 줄게. ^-^”

“으응?”

“내 번호 모르잖아. 저장해 줄 테니까 핸드폰 내놔보라고.”

“응.”

전화를 받았을 때의 심각하게 굳어졌던 어두운 표정과 달리 밝게 웃으며 아무렇지 않은 듯 내 걱정을 해주는 반휘 때문에 난 잠시 멍해져 있었다.

뒤적뒤적—

주머니에 있던 내 핸드폰이 반휘의 손에 전해지자, 반휘가 싱긋 웃으며 내 핸드폰 폴더를 연다. 그리고 번호를 하나하나 누르기 시작하는 반휘. 그런데… 그런데 버튼을 누르는 반휘의 손이 심하게 떨리고 있다. 눈에 보일 정도로 심하게 떨리고 있는 반휘의 손. 분명 떨리고 있다. 아무렇지 않은 것처럼 웃고 있어서, 아무렇지 않은 것처럼 내 걱정을 해줘서 정말 아무렇지 않은 거라고 생각했는데 그게 아니었구나. T_T 그래, 아빠가 죽어가는데 아무렇지 않을 리 없지. 미안, 반휘야, 미안해. 정말 괜찮은 건 줄 알았어. 그런 줄 알았어. 나 진짜 바보인가 봐. 바보 멍청이. T_T

“바, 반휘야.”

“훗. 손이 미쳤나 보다. ^-^”

“하아.”

"자, 저장 다 했어."

"응."

"이제 빨리 학교 가봐."

"응."

"우리 양아치 이러다 늦어서 더 많이 혼나겠다."

"으응."

"빨리 가."

내 손에 핸드폰을 쥐어주고는 빨리 가라며 골목길로 등을 떠미는 반휘. 반휘의 힘에 떠밀려 앞으로 몇 걸음 걸어나갔지만 그 이상 걸어나갈 수는 없었다.

"양아치, 안 가고 뭐 하냐."

반휘에게서 몇 발자국 떨어진 곳에 우뚝 서서는 멀뚱멀뚱 쳐다보고 있자 반휘가 물었다.

"안 가고 뭐 하냐니까, 양아치!!"

"……."

"어쭈. 우리 양아치 눈에 힘줬네. ^-^"

"……."

"뭐야, 뭔데 양아치. 쓸데없이 눈에 힘은 왜 주는데. 어?"

"……."

"홋. 지금 나랑 한 번 해보자는 거야? 양아치 좀 맞아볼까. ^-^"

라는 말과 함께 내 곁으로 다가와 볼을 쭈욱 잡아당기는 반휘. 그 바람에 두 눈을 부릅뜬 채 억지로 참고 있던 눈물이 또르르 소리도 없이 떨어져 내렸다. 안 돼!! 반휘 앞에서 눈물을 보이면 안 돼. 울고 싶은 건 반휘일 텐데 내가 먼저 이렇게 울면 안 되잖아. T_T 하지만 눈물은 이미 흘러내렸고 내 앞에 반휘는 놀란 얼굴로 날 내려다보고 있었다. 하, 이 일을 어쩌면 좋다지. ㅠ_ㅠ 그러나 미안한 마음과 달리 한 번 터진 눈물은 그칠 줄 모르고 흘러내린다. 훌쩍훌쩍. 놀란 얼굴로 무언가 할 말이 있는 듯 날 내려다보던 반휘는 이내 내 머리를 덥석 껴안더니 한 손으로 벌게진 내 볼을 부비적댄다.

"미안. ^-^"

"……."

"미안해, 미안하다, 양아치."

"T_T"

"우리 양아치 많이 아팠구나. 그치."

그게 아닌데. 아파서 그런 게 아닌데.

"아, 아니야, 반휘야."

"바보."

"아파서 그런 거 아니야. 정말 아냐."

"알아."

"으응?"

"다 아는데. 그냥 아파서 그런 거라고 해두자. ^-^ 그냥 내가 우리 양아치 아프게 해서 운 거라고 하자."

"T_T"

"아, 빨리 가봐야겠다."

　내 머리를 감싸고 있던 손을 풀고 지나가는 택시를 향해 손을 흔드는 반휘. 택시가 멈춰 서자 재빠르게 올라타는 반휘다. 그렇게 반휘가 택시에 오르고 문이 닫히려는 찰나 나 역시 재빠르게 택시에 탔다. 왜 타냐는 눈빛으로 날 바라보는 반휘.

"같이 가자. 나도 같이 갈래!!"

"하하. 뭐 하러."

"혼자 가면 심심하잖아."

"양아지 학교 많이 늦을시노 몰라. ^-^"

"괜찮아. 늦을 수도 있지 뭐. 매일매일 똑같을 순 없잖아."

"훗."

"오늘은 많이 늦게 가는 날!!"

　내 말에 피식 웃고는 창밖으로 시선을 돌리는 반휘. 택시가 요란한 소리를 내며 병원을 향해 출발하고 그와 동시에 대화는 뚝 끊겨 버렸다. 말없이 창밖만 내다보고 있는 반휘, 그리고 나. 창밖을 내다보고 있는 반휘의 무덤덤한 옆모습이 내 눈에는 그저 초조해 보인다. 아무것도 보이지 않겠지? 눈은 끊임없이 무언가를 보고 있지만, 분명 보이지 않을 것이다. 반휘는 지금 아무것도 보지 못할 것이다. 머리 속은 온통 초조함과 걱정으로 가득할 테니까. 말하지 않아도 알 수 있다. 내가 그랬으니까. 나도 그랬었으니까. 은석이가 죽어간다고 했을 때… 죽었다고 했을 때 나 역시 아무것도 보이지 않았으니까. 아무것도 볼 수 없었으니까.

"반휘야, 너무 걱정하지 마."

“훗, 걱정 같은 거 안 해.”

“응응. 그래, 분명 괜찮으실 거야.”

“어, 보나마나 이렇게 달려가면 금세 괜찮아져 있을 거야.”

“…….”

“늘 그랬으니까.”

“으응.”

“이번에도 그럴 거야. 난 아빠 믿어. ^-^”

아빠를 믿는다며 화사하게 웃음 짓는 반휘. 하지만 그것은 믿음이 아니었다. 믿음이 아닌 바람… 그건 반휘의 바람이었다.

9장

하늘 아래 파란 지구인

파란 하늘 아래 지구인

"난 하늘이야!!"
"비호가 하늘이면 난 뭐지?"
"지구인. 하늘을 사랑하는 지구인!!"

　택시가 병원 앞에 멈춰 서고 나와 반휘는 택시에서 내려 병원 안으로 걸어 들어가기 시작했다. 점점 빨라지는 반휘의 발걸음. 빨라지는가 싶더니 어느새 뛰고 있다.
　타다다닥—
　나 역시 그런 반휘의 뒤를 따라 열심히 뛰기 시작했다. 그러나 점점 작아져만 가는 반휘. 난 작아진 반휘마저 놓칠세라 뛰고 또 뛰었다.
　두리번두리번— 두리번두리번—
　아, 놓쳤다!! 어디로 간 거지. 반휘야, 어디로 간 거니?! 간발의 차로 놓쳐 버린 반휘의 모습을 찾아 이리저리 두리번대며 이곳저곳 서

성이는데, 순간 두 눈을 가득 채우는 한적한 복도. 투명한 유리창에 손을 대고 서 있는 반휘가 보인다. 하아, 찾았다. 반휘 찾았다.

난 조심조심 반휘가 있는 곳으로 걸음을 옮겼다. 그렇게 반휘의 옆으로 다가서자 커다란 투명 유리창 너머로 보이는 또 하나의 풍경. 그 네모난 상자 안에는 산소 마스크를 쓴 채, 간신히 목숨을 부지하고 있는 듯한 남자가 누워 있었다. 얼마나 아프고, 얼마나 햇빛을 보지 못해야 저렇게 하얀 피부가 될 수 있는지. 보기만 해도 질릴 만큼 창백한 피부에 점점 생명이 꺼져 가는 듯 까매진 눈자위. 반휘의 아빠다.

"아빠, 여기서 뭐 하냐."

"……."

"여기서 뭐 하고 있는 거야."

들릴 듯 말 듯 슬픔이 실려 들려오는 반휘의 목소리.

"아빠 바보. 바보같이 이게 뭐냐. 어?"

"……."

"지금 얼마나 바보 같아 보이는지 알기나 해?"

"……."

"내가 약속했잖아. 엄마 만나게 해준다고 약속했잖아. 아빠한테 처음 한 약속인데 지키게 해줘야지."

"……."

"아무것도 해줄 수 없으니까 그거라도 지키게 해줘야지. 뭐냐, 진짜. 그래야 맞는 거잖아."

“······.”

“그래야 아빠다운 거잖아.”

목이 메인 듯 고개를 숙인 채로 말을 잇지 못하는 반휘. 한참 후가 지나서야 미소 띤 얼굴로 다시 입을 여는 반휘다.

“아빠, 알아?”

“······.”

“오늘 날씨 되게 좋다. 진짜 더럽게 좋아.”

“······.”

“그러니까 죽지 마. 죽지 말아요. 응?”

“······.”

“죽기엔 아까운 날씨니까 죽으면 안 돼. 알겠지, 아빠.”

“······.”

“이런 날 죽으면 아빠도 억울할 거 아냐. 그치? ^-^”

“······.”

“그러니까 그냥 죽지 마.”

“······.”

“아빠 죽으면 나 진짜 화낸다. 평생 미워할지도 몰라.”

“······.”

“아빠, 잘생긴 아들한테 미움받고 싶어?!”

“······.”

“아니잖아. 그런 거 아니면 그냥 이렇게 누워만 있어도 좋으니까 조금만, 아주 조금만 나랑 더 같이 살아.”

“…….”

“내가 살 십 년 치 몫 아빠 줄게. 공짜로 줄 테니까 부담없이 딱 그 몫만큼만 나랑 살아. ^-^”

“…….”

“그만큼만 나랑 살아줘요.”

주르르륵— 털썩.

벽을 타고 미끄러져 내려와 털썩 주저앉는 반휘. 나와 눈이 마주치자 싱긋 힘없이 웃는다. 생기가 사라져 버린 무미건조한 웃음. 반휘가 묻는다.

“하하. 여긴 안 보이겠지?”

“으응?”

“양아치 너도 눈 감아봐. 나 보지 말고 눈 감아. ^-^”

“응.”

“빨리. 나 보지 마.”

반휘의 말에 따라 두 눈을 꼬옥 감는 나. 그리고 그와 동시에 내 손을 잡아오는 반휘의 커다란 손.

“양아치.”

“응?”

“나 사실 지금 진짜 무섭다. 진짜 겁먹었어. ^-^”

“바, 반휘야.”

“하, 제길. 이젠 웃는 것도 마음대로 안 되네.”

“T_T”

"어떡하냐. 이제 나 어떡하면 좋냐, 양아치."

"ㅜ_ㅜ"

"웃으려고 아무리 노력해도 잘 안 되는데."

"……."

"이럴 땐 도대체 어떡해야 되냐."

"바보. 반휘 바보."

"……."

"그럴 땐 웃지 말고 그냥 울면 되잖아."

"하."

"아프고 슬픈데 웃는 사람이 어딨어. 웃는 건 행복할 때 하는 거잖아. 힘들게 웃지 마. 그게, 그게 더 아파 보이고, 몇 배는 더 슬퍼 보이니까. 그냥 울어, 반휘야. 우는 게 더 자연스러운 거야."

그때였던 것 같다, 반휘가 내 앞에서 두 번째로 눈물을 보인 건.

"위험한 고비는 넘겼습니다. 혈압이 제자리를 찾아가고 있으니 곧 의식이 돌아올 겁니다."

바닥에 앉아 눈을 감고 있는 여자 아이 한 명, 고개를 떨군 채 울고 있는 남자 아이 한 명. 심각한 표정의 의사는 병실에서 나오더니 그렇게 말했다. 나와 반휘에게 분명 그렇게 말했다. 위험한 고비는 넘긴 것 같다고. 저절로 나오는 안도의 한숨. 난 조심스럽게 눈을 떠 반휘를 보았다. 붉게 충혈된 반휘의 눈이 보인다. 내 시선을 느꼈는지 고개를 돌리는 반휘. 이내 피식 웃으며 한마디 던진다.

"이제부터 내 얼굴 한 번 볼 때마다 만 원."

"마, 만 원?!"

"어, 만 원."

"비싸다."

"하하, 양아치 만 원이 비싼 거냐."

"비, 비싼 거 같은데."

"훗. 우리 양아치 양심없다. 고작 만 원인데 비싸대."

"ㅜ_ㅜ"

"지금까지 내 얼굴 공짜로 잘 봤잖아. ^-^"

"으, 응."

"공짜 감상 잘했으면서 최소한 양심은 있어야지."

"그치만 반휘야."

"어~ 어!? 만 원. 양아치 만 원이다!!"

"아니야. 반휘 얼굴 본 거 아니야. ㅜ_ㅜ"

"에이~ 나랑 눈 마주쳤잖아."

"눈만 본 거야. 얼굴은 보지 않았어."

"훗. 그런 게 어딨냐, 양아치."

"여기."

"우리 순진한 양아치 말도 안 되는 소리 잘하네."

"진짜야, 진짜."

"좋아. 그럼 이번 한 번만 봐준다. ^-^"

"고, 고마워, 반휘야."

"지금부터는 진짜 만 원. 만 원이다!!"

"으응."

이제부터 진짜라는 말에 난 가차없이 고개를 떨궈 버렸다. 휴우, 정말 조심해야겠어. 오늘은 절대 반휘 얼굴을 보지 말아야지! 반휘 얼굴을 봤다간 블루 몬스터도 날아가 버릴 거야.

블루 몬스터가 날아가 버리면 파노가 날 평생토록 괴롭히겠지? 난 끔찍한 생각에—평생 똥침 세례를 당하는 상상—고개를 설레설레 휘저었다. 생각만으로도 소름이 돋아나는 깃 같다. 그만큼 독한 마음을 품으면 더 더욱 무서워지는 아이, 그 아이가 바로 파노다. T_T

"양아치, 가자."

가자는 말에 더듬더듬 바닥만 보고 반휘의 뒤를 따라 걷기 시작하는 나. 알 수 없는 웃음소리가 들려온다. 반휘의 웃음소리. 보지 않아서 잘은 모르겠지만 피식 웃으며 재미있다는 투로 말하는 반휘다.

"하하. 뭐냐, 양아치? ^-^"

"응?"

"지금 어딜 보고 걷는 거야."

"바닥."

"왜 거길 봐. 앞을 보고 걸어야지, 바보야."

"T_T"

"우리 양아치 내 얼굴 볼까 봐 그러냐. 어?"

"으응."

"훗. 이거 안 되겠네, 안 되겠다. ^-^"

“…….”

“이러면 우리 양아치 얼굴 다시는 못 보잖아.”

“응?”

“난 양아치 얼굴 계속 보고 싶은데 이걸 어쩌나. -0-”

“아.”

“양아치 이거 어떡할까. 어떡하지?”

“글쎄, 난 잘…….”

“훗. 그냥 봐야겠다.”

하며 갑자기 내 머리를 두 손으로 맞잡고 쭈욱 끌어 올리는 반휘. T_T 윽, 안 돼, 안 돼!! 반휘의 얼굴을 봐선 안 돼!! 버티자. 버텨보자. 그러나 얼마 버티지 못하고 반휘의 엄청난 손 힘에 의해 여지없이 들리는 머리. 할 수 없이 난 두 눈을 꼭 감아버렸다.

“반휘야, 이러지 마. 이러면 안 돼.”

눈을 꾸욱 감은 채 거의 울먹이며 소리치는 나. T_T

“난 반휘를 볼 수 없어. 보면 안 돼.”

“하하, 왜?”

“오늘 블루 몬스터 꼭 사가야 된단 말이야.”

“양아치 진짜 재밌네. ^-^”

“T_T”

“훗, 근데 그만 재밌게 하고 이제 눈떠.”

“하지만…….”

“다시 공짜할 테니까 그냥 눈뜨라고, 바보야.”

“저, 정말?”

“그래, 임마.”

“히히힛. 다행이다!!”

다시 공짜라는 말에 두 눈을 번쩍 뜨자 웃고 있는 반휘의 얼굴이 눈에 들어온다. 반휘네, 반휘다. 반휘 얼굴이다. 그렇게 몇 분 만에 다시 보게 된 반휘의 얼굴, 그 얼굴이 꽤 반갑다.

“자, 이거 타고 먼저 가.”

“반휘는 같이 안 가?”

택시를 잡아주며 학교에 먼저 가보라고 말하는 반휘. 같이 가지 않을 거냐고 묻자 반휘는 대답 대신 날 택시 안으로 구겨 넣으며 싱긋 웃을 뿐이었다.

“양아치, 먼저 가서 좀 혼나고 있어라.”

“응?”

“하하, 난 오후쯤 갈 테니까.”

“아, 으응.”

“그럼 이따 보자, 양아치!”

택시는 기척도 없이 아주 매끈하게 출발을 했고, 병원 건물과 함께 반휘의 모습은 점점 멀어져 갔다.

“고맙습니다, 안녕히 가세요!”

매끄럽게 멈춰 서는 택시. 난 택시 기사 아저씨께 인사를 한 후, 학교 앞에서 내렸다. 정확히 말하자면 학교 뒷담 앞이다. 택시에서 내리자마자 두리번거리며 정신없이 주위를 살피는 나. 이내 후닥닥 담

을 넘어버렸다. 구렁이 담 넘어가듯 그렇게 담을 넘고 시계를 보며 들어갈 만한 시간을 계산하고 있는데,

"파인아!!"

날 부르는 낯익은 목소리. 비호다, 비호.

"아, 비호야!!"

"와아, 왜 이렇게 늦게 와?"

"학교에 오는데 갑자기 일이 생겨서."

"히힛. 그랬구나."

"응. 근데 비호는 여기서 뭐 해? 미미랑 놀아?"

"아니! 나 여기서 파인이 기다렸어."

"진짜? 계속 기다리고 있었던 거야??"

"응! 파인이 안 와서 계속 기다리고 있었어!"

"그렇구나. 그랬구나."

"헤헤."

"바보. 다리 아프게 뭐 하러 기다려."

"보고 싶으니까."

"아……."

"나 파인이 보고 싶었어. ^o^"

내가 보고 싶었다고, 그래서 이곳에 서서 날 기다렸다고 말하는 예쁜 비호. 비호가 빙글빙글 내 주위를 돌며 신이 난 듯 말한다.

"와아, 이제 안 아프다!!"

"응?"

"파인이 보고 싶어서 여기가 막 아팠는데 이제 하나도 안 아파!!"

예쁜 얼굴에 하얀 미소를 달고, 기다란 손으로 가슴 한 켠을 가리키며 말하는 비호. 또랑또랑 빛나는 눈에 진지함이 담겨 있다.

"근데 이상해."

"왜에?"

"아까는 여기가 막 아팠는데 지금은 콩콩콩 뛰어."

"……."

"심장이 막 뛴다."

심장이 뛴다는 말과 함께 고개를 갸웃거리며 긴 팔을 내 머리 쪽으로 뻗는 비호. 이내 내 머리를 툭 만지며 한 걸음 성큼 다가와 날 꼬옥 껴안는 비호다.

"우아, 심장 터지겠다."

"비, 비호야."

"이렇게 안 하면 나 심장 터질 거 같아. ^o^"

"으응."

"그러니까 잠깐만 이렇게 있자."

"아."

"심장 터지지 않게. 터져 버리면 나 그냥 죽으니까."

"응."

"이렇게 있을래. 파인이 안 놔줄 거야!"

"ㅜ_ㅜ"

"나 오래오래 살고 싶단 말이야."

“으응. T_T”

“파인이랑 오래오래 살 거야!”

비호는 날 품 안에 꼭 감싸 안고 나와 오래오래 살 것이라고 말했다. 비호의 돌발적인 행동에 빨간 사과처럼 화끈 달아오른 내 얼굴. 그리고 비호의 말에 금방이라도 떨어져 내릴 듯 위태롭게 맺혀 있는 눈물. 마음속으로 빌었다. 마음속으로 빌고 또 빌었다. 비호의 심장이 터지지 않게 해달라고. 예쁜 비호와 오래오래 함께할 수 있게 해달라고. 하느님, 제 소원을 들어주세요~♡

“가자!”

안고 있던 손을 풀고, 내 손목을 앞으로 쭈욱 잡아끌며 학교 안으로 들어가자 외치는 비호.

“비호야, 아직 수업 끝나려면 멀었는데.”

“응?”

“좀 있다가 쉬는 시간 되면 들어가자!!”

“히힛, 교실에 가는 거 아니야.”

“그럼 어디 가는데?”

“별님한테 기도하러.”

뜨거운 태양이 떠 있는 한낮에 별님한테 기도를 하러 간다니. 분명 비호는 그렇게 말하고 학교 안으로 조심스럽게 발을 들여놓았다. 정말이지 이해할 수가 없어. T_T

살금살금—

계단을 오르기 시작하는 비호와 나. 비호와 오른 곳은 옥상이었다.

파란 하늘이 펼쳐져 있는 뻥 뚫린 옥상.

"저기 비호야, 지금은 별님 없을 텐데."

"아니야. 있어!!"

"없는데. 없잖아. 하늘에 구름밖에 안 보이잖아."

"눈에 안 보인다고 없는 거 아니야. 안 보여도 다 저기 있어."

"그, 그런가. 난 잘 모르겠는데."

"히히. 바보!"

"응. 난 바보. T_T"

"그냥 보인다고 생각해. 그렇게 생각하면 다 보인다."

"아."

"눈 감고 있어도 다 보여."

나에겐 그저 어렵기만 한 비호의 말.

"내 마음도 안 보이지. 그치? 근데 안 보인다고 없는 건 아니잖아. 파인이 좋아하는 맘 꽁꽁 숨어 있어서 안 보이는 것뿐이지 여기 있는 거 맞잖아. ^-^"

그렇구나, 그런 거구나. 이제 좀 알 거 같다. 바로 그때 싱긋 웃으며 파란 하늘을 올려다보는 비호. 두 손을 곱게 모으고 하늘을 향해 중얼중얼 기도를 한다.

"별님아, 비가 펑펑 오게 해주세요! 꼭 와야 돼요, 꼭!!"

알 수 없는 기도. 가뭄도 아닌데 비호는 별님에게 비를 내리게 해달라고 기도했다. 그리고 교실에 들어온 지 몇 시간 후, 하늘에선 거짓말처럼 빗방울이 떨어지기 시작했다.

쏴아아아—

한두 방울씩 떨어지던 빗방울은 어느샌가 요란한 소리를 내며 떨어지기 시작하자 비호는 무척이나 신이 난 듯 복도를 뛰어다녔다. 역시 신기한 아이. 비호는 정말이지 알 수 없는 아이구나. T_T

"어우. 갑자기 뭔 놈의 비야!!"

"제길! 우산도 안 갖고 왔는데, 미친 하늘!!"

반 아이들은 전부 갑자기 쏟아져 내리는 비에 어떻게 집에 갈지 안절부절못하며 어수선하기만 한데 비호만 신이 나 있다.

"야호~ 야호~ 비 온다, 정말 비 온다!!"

우르르쾅쾅—!!

번개까지 치며 무섭게 쏟아 붓는 비 때문에 학교는 2시간이나 단축수업을 했다. 흔히 있는 일이 아니기에 비에 대한 걱정도 까맣게 잊고 주섬주섬 가방을 챙기기 시작하는 나. 아참, 반휘가 학교에 온다고 했었는데 왔다간 허탕치겠다. 문자라도 보내줘야지, 그래야지.

[반휘야, 갑자기 비가 와서 벌써 끝났어. 안 와도 되겠다. 내일 보자!]

그렇게 문자를 보내고 꾸물꾸물 교실을 나서려는데,

"파인아!!"

날 부르는 예쁜 비호. 손엔 커다란 쇼핑백이 들려 있다.

"이거 입어! 빨리 입어!"

쇼핑백을 건네주고는 무작정 입으라고만 외쳐 대는 비호. 그런 비

호의 성화에 못 이겨 커다란 쇼핑백을 들여다보니 노란 물체가 눈에 들어온다. 노란 신발과 노란 옷. 바로 우비와 장화다.

"비호야, 이거……."

"빨리 입어, 빨리빨리~"

"으응. 근데 이거 어디서 났어?"

"내가 산 거야. 파인이랑 똑같이 입으려고 샀어."

"진짜?"

"응. 이거 똑같이 입고서 걸어다닐 거다. 많이많이. ^o^"

[이파인♡윤비호]라는 이름이 새겨진 노란 우비 두 벌. 비호와 난 그 노란 우비를 입고, 신발 대신 노란 장화를 신고 학교를 빠져나왔다. 비가 내린다. 그것도 아주아주 많이 내리고 있다. 하지만 아무리 비가 많이 내려도 좋아. 비호가 준 우비가 날 지켜주고 있으니까♡

첨벙첨벙—

깊게 패여 물이 잔뜩 고여 있는 웅덩이를 그냥 지나치지 않고 노란 장화로 아주 힘껏 밟아대는 비호. 그때마다 시원한 물소리를 내며 빗방울이 이리저리 튀어댄다.

번쩍번쩍—

까만 구름으로 뒤덮인 탁한 하늘을 가르며 마치 카메라 후레쉬가 터지듯 요란한 소리와 함께 천둥번개가 쳐대고, 이곳저곳 움푹 파여 있는 물웅덩이만 골라 힘차게 밟아대던 비호가 앞으로 뛰어나가기 시작한다. 비호는 번개가 무섭지 않은 모양이야. 씩씩한 비호!!

"파인아, 빨리 와. ^o^"

빗소리에 묻혀 들리지 않을 법도 한데 손 한 뼘 높이만큼 작아져 버린 비호가 저만치에서 내게 큰 소리로 외친다.

"우리 같이 걸어다니자!! 응?"

"아."

"같이 많이많이 같이 걷자!!"

"잠깐만, 비호야. 천천히 가!!"

"뭐라구?!"

"조금만 천천히 가!!"

"파인아, 안 들려!! 하나도 안 들려!!"

"T_T"

"너무 멀어서 하나도 안 들린다!! 아무것도 안 들린다!!"

내 말이 전혀 들리지 않는지 제자리에 멈춰 서서는 꼼짝 않고 날 바라보고 있는 비호. 멀찌감치 빗속에 서 있는 비호의 입이 오물오물 움직이며 무어라 말하는 것 같은데 뭐라고 하는지 알아들을 수가 없다. 맙소사, 안 들려. 비호가 뭐라고 하는지 하나도 안 들린다. 비호야, 지금 뭐라고 하는 거야?

"거기 가만히 있어!!"

거세게 쏟아 붓는 빗줄기를 뚫고 내 귓가에 박혀오는 비호의 맑은 목소리. 순식간에 비호가 내 곁으로 뛰어온다. 정말 눈 깜짝할 사이에 거친 숨을 몰아쉬며 내 곁으로 뛰어와 내 손을 잡는다. 차가운 빗물에 젖은 비호의 따스한 손이 내 손을 잡았다.

"비, 비호야."

"이제 들린다. 파인이 목소리 들린다."

"으응."

"하아. 아까는 듣고 싶어도 안 들렸는데."

"나두."

"멀리 있어서 무슨 말 하는지 하나도 안 들렸는데."

슬픈 듯, 무언가 슬프고 아픈 듯 어두운 표정으로 중얼대는 비호.

"이제는 정말 잘 들려. ^O^"

"응."

"우리 앞으로 멀리 있지 말자."

"으응?"

"눈에 보여도 멀리 있으니까, 이렇게 멀리서 말하니까 하나도 안 들리잖아. 그니까 멀리 있지 말자."

"응."

"멀리 있으면, 멀어져 버리면 내가 뛰어갈게."

"ㅜ_ㅜ"

"내가 이렇게 달려갈 테니까 도망가지 않기다!! 알겠지?"

"응, 알겠어!"

"절대 도망가지 마. 멀어지지 마."

"으응."

아리송다리송. 어려운 비호의 말에 고개를 끄덕이며 답하자 만족
스럽다는 듯 예쁜 미소를 짓는 비호. 비호가 내 손을 꼬옥 잡은 채 앞
으로 앞으로 걸어나간다. 맞잡은 손을 타고 하염없이 흘러내려 바닥

으로 떨어지는 차가운 빗물. 비호가 말한다.

"근데 말이야. 나중에, 아주아주 나중에……."

"응?"

"내가 파인이한테 뛰어갈 수 없을 때, 가까이 갈 수 없게 됐을 때… 그땐 파인이가 뛰어와야 돼. ^-^"

"…응."

"내가 뛰어갈 수 없을 테니까, 그럴 용기가 없는 걸 테니까."

"알았어!"

"꼭 한 번쯤은 달려와 줘야 돼. 그냥 그대로 멀어지지 말고 한 번만 달려와 줘. 그리고 내 목소리, 내 얘기 꼭 들어줘야 돼. 꼭."

슬픔이 느껴지는 말투. 내게 말하고 있지만 비호의 눈은 비가 내리는 어둑한 하늘을 향해 있다. 비호야, 어딜 보고 말하는 거야. 난 바로 옆에 있는데 왜 슬픈 얼굴로 하늘을 보면서 말하는 거야? 슬픈 얼굴 마주하는 거 싫지만 나까지 슬퍼질까 봐, 아파질까 봐 무서워서 정말 싫지만, 그래도 이런 건 싫어. 이렇게 슬퍼하는 옆모습 보는 건 더 싫어. 우리 그냥 아픈 것도, 슬픈 것도, 힘든 것도 다 마주 보면서 하자. 응? 다른 데 쳐다보지 말고 마주 보자, 비호야♡ 내가 그렇게 만들어줄게. 내가 꼭 그렇게 만들 거야. 그렇게 비호와 손을 잡고 학교 운동장 10바퀴를 비롯해 시내를 계속 걸어다녔다. 지치지 않을 만큼 정말 많이 걸었다.

그리고 몇 시간 후, 한 손에 블루 몬스터 큰 통을 사들고 집으로 돌아왔다. 집에 들어서기가 무섭게 쪼르르 달려와서는 아이스크림 통

만 낚아채 가는 파노. 아이스크림 통을 들고 화장실로 들어가 버린
다.

　"파노야, 왜 화장실로 갖고 들어가?"

　"알 거 없잖아!!"

　"뭐 하는데 그래?"

　"재미난 거."

　"그게 무슨 소리니, 파노야. ㅜ_ㅜ"

　철컥. 화장실 문을 열자 눈에 들어오는 풍경. 변기 위에 떡하니 앉
은 파노가 아이스크림을 퍼먹으며 세숫대야를 내려다보고 있다. 하
얀 눈밭처럼 새하얀 세숫대야 바닥. 그 눈밭 위에서 온몸을 베베 꼬
며 죽어가고 있는 지렁이가 보인다. 저게 뭐지, 저 하얀 게 뭘까? 그
러나 나의 궁금증은 욕조 옆에 놓여 있는 소금통을 보고 금세 풀려
버렸다. 눈이 아니라 소금이구나, 맛소금. ㅜ_ㅜ

　"파노야, 이게 뭐 하는 거야."

　"보면 몰라? 지렁이 죽이고 있다!!"

　"살아 있는 걸 왜 이렇게 죽이는데, 파노야. ㅜ_ㅜ"

　"재밌잖아."

　"파노야, 이러면 안 돼. ㅜ_ㅜ 이럼 정말 나쁜 아이야."

　"씨. 뭐가 나쁜데?! 뭐가 나빠!!"

　"살아 있는 걸 이렇게 괴롭히면 나중에 정말 무서운 벌 받아."

　"칫. 누가 그래? 누가 그러는데?!"

　"파노야, 이러지 마. 지렁이 불쌍하잖니. ㅜ_ㅜ"

“누나 발에 밟혀 죽은 내 개미가 더 불쌍해, 이 멍텅구리야!”

“파노… 야. T_T”

“나가나가, 개미 살인자!!”

쾅—

날 힘껏 밀어내고는 화장실 문을 닫아버리는 파노. 아직까지 기억하고 있구나. 내가 개미들을 무심코 밟아 죽였던 바로 그 사건(언젠가 파노가 애완용으로 기르고 있던 개미 세 마리. 그 개미 삼형제가 아무런 말도 없이 내 방으로 나들이를 나왔고, 난 그 사실을 모른 채 바보처럼 있다가 그 개미 삼형제들을 단번에 발로 밟아 전멸시켜 버렸다). 어쩌면 파노와 나 사이에 벽이 생긴 것도 그 때문일지 모른다. 파노야, 이제 그만 잊어줘.

여튼 파노의 일로 노심초사하던 난 침대 위에 가만히 누워 예쁜 비호의 얼굴을 곰곰이 그려보다 그냥 잠이 들어버린 것 같다. 창문 틈으로 새어 들어오는 강렬한 햇빛에 눈을 떴을 땐, 이미 집 안은 텅 비어 있었다. 파노도 벌써 유치원에 간 것 같은데. 그럼 대체 지금이 몇 시라는 거지?! 나의 두 눈이 황급히 시계로 향하고 몸은 허둥지둥 급하게 움직이고 있었다. 하아, 또 늦었다. T_T 그것도 아주 많이 늦었다. 벌써 9시가 넘었어!! 머리에선 반질반질 윤기가 흐르고, 배에선 꼬르륵 꼬르륵— 요란한 소리가 나는데도 허겁지겁 세수만 한 채 급하게 가방을 들고 집을 나서는 나. 아니, 정확히 말하자면 현관문을 열고 후닥닥 달려나가려는 바로 그 찰나 문밖 벽에 기대어 주저앉아 있는 반휘의 모습이 두 눈 가득 들어왔다.

“어? 반휘야!!”

“……..”

“반휘야, 여기서 뭐 해?!”

복도를 쩌렁쩌렁 울리며 퍼져 나가는 우렁찬 내 목소리에 지그시 감고 있던 눈을 게슴츠레 뜨고는 날 천천히 올려다보는 반휘. 푸석푸석해 보이는 얼굴엔 피곤이 잔뜩 담겨 있다.

“좋은 아침♡”

“응.”

“굿모닝이다, 양아치. ^-^”

“으응, 굿모닝.”

“밤새 잘 잔 거냐.”

“응응!! 반휘는 잘 잤어?”

“나?”

“응.”

“난 밤새 열리지도 않는 문 두드렸더니 너무 피곤하다, 피곤해.”

“문? 무슨 문?”

“홋. 있어. 그런 문이 있어. 마음 같아선 확 부숴 버리고 싶은 그런 문이 있다, 양아치. ^-^”

“……..”

“하하. 뭘 그렇게 멀뚱대고 쳐다보냐.”

“아, 아니.”

“빨리 문이나 잠궈. 그래야 학교 간다, 양아치.”

“아, 으응!!”

반휘의 말에 현관문을 열쇠로 꼭꼭 잠그고, 하얀 벽에 기댄 채 바닥에 아무렇게나 앉아 있는 반휘를 내려다보자 반휘가 내게 손을 쭈욱 내밀며 말한다.

“일으켜 줘.”

“ㅇ_ㅇ”

“팔팔한 양아치 이럴 때 아니면 언제 써먹냐. 안 그래?”

“핫.”

“빨리 힘 좀 써봐, 양아치. ^-^”

“응, 알겠어!”

쭉 내민 반휘의 손을 잡고 있는 힘껏 잡아당기기 시작하는 나. 그러나 반휘의 몸은 꿈쩍을 않는다. 커다란 바위처럼 그 자리에 꿈쩍 않고 앉아 있다. 우와, 무겁네. 반휘 참 무겁다.

“에이. 뭐냐, 양아치.”

“ㅜ_ㅜ”

“정말 실망이네, 실망이다. ^-^”

“욱.”

“우리 양아치 생각보다 비실비실한 게 힘도 없구나?”

“아냐, 반휘가 너무 무거워서 그래.”

“훗.”

“정말이야. 진짜 많이 무거워!! ㅜ_ㅜ”

“그래?”

“(끙끙)자, 봐봐. 읏차!!”

“하하.”

“내가 이렇게 잡아당기는데도 안 움직이잖아(끄응).”

다시 한 번 손을 열심히 잡아당기며 바닥에 주저앉아 있는 반휘를 일으키려고 최선을 다해보지만, 아까와 마찬가지로 꿈쩍을 않는 반휘다. 무리야, 역시 나한텐 무리였어. 그때 생글생글 환한 미소를 지으며 입을 여는 반휘.

“이럴 때.”

“응?”

“내가 잡아당기면 어떻게 되는 건 줄 아냐, 양아치. ^-^”

“뭐가?”

장난기 가득한 얼굴로 온통 물음표뿐인 내 얼굴을 올려다보는 반휘.

“잡아당기면 끌려온다.”

“ㅇ_ㅇ”

“무조건 끌려오게 되는 거야, 무조건. 이렇게. ^-^”

쭈욱―

내 손을 잡고 있던 반휘의 손에, 아니, 내가 꼬옥 틀어잡고 있던 반휘의 손에 알 수 없는 거대한 힘이 실리고, 난 그대로 반휘의 품에 사정없이 파묻혀 버렸다.

털썩―

“이렇게 되는 거다, 이렇게.”

“아.”

“이제 알겠냐, 양아치. ^-^”

“으응.”

그렇게 고개를 끄덕이며 반휘의 품에서, 차가운 바닥에서 벗어나려는데 반휘가 날 안아온다. 잡고 있던 반휘의 손이 스르륵 풀리는가 싶더니 내 몸을 다시 휘감아왔다.

“하아. 잠깐만, 잠깐만, 양아치. ^-^”

“응?”

“미안한데 잠깐만.”

“응.”

“잠깐만 이러고 있자, 아주 잠깐만.”

간절하다 싶을 정도로 애절하게 들려오는 반휘의 목소리.

“제길. 뭐가 이러냐.”

“음?”

“왜 쓸데없이 니 얼굴만 보면 솔직해지는지 모르겠다.”

“…….”

“양아치 앞에선 숨길 수가 없네. 슬픈 것도, 아픈 것도 잘 숨겨지지가 않는다. ^-^”

“…….”

“이거 나쁜 버릇인데 갖다 버릴 수도 없고.”

“ㅠ_ㅠ”

“큰일이다, 정말 큰일. ^-^”

파묻혀 있는 반휘의 가슴을 울리며 귓가에 들려오는 반휘의 낮은
목소리.

"하하, 어쩌면 좋지."

"왜에."

"내가 할 수 있는 게 아무것도 없어."

"응?"

"마음만 먹으면 다 할 수 있을 줄 알았는데 아니야."

"ㅜ_ㅜ"

"아니더라. 아빠를 위해서 해줄 수 있는 게 아무것도 없어. 몰랐는
데 이젠 알겠어. 제길, 인정하기 싫은데 사실이 그래."

"반휘야."

"참 쓸모없는 놈이다. 그치. ^-^"

"아, 아니야!"

"후, 나도 나름대로 괜찮은 구석이 있는 줄 알았는데 예반휘, 참
쓸모없는 놈이었어."

"ㅜ_ㅜ"

"정말 형편없다."

가슴을 콕콕 찌르는 것처럼 심한 통증이 심장에 전해지는 것 같았
다. 조금만 주의를 기울였다면, 그랬다면 충분히 알 수 있었을 텐데.
반휘의 웃고 있는 얼굴, 그 얼굴에 자리 잡은 두 눈 가득 뜨거운 눈물
이 고여 있었다는 것, 반휘가 많이 아파하고 있었다는 것 그리고 밤
새 무슨 일이 있었다는 것 모두 알 수 있었을 텐데 난 정말 아무것도

몰랐어. 반휘의 얼굴이 왜 피곤해 보이는지, 왜 그렇게 지쳐 보이는지 깊게 생각해 보지 못했어. T_T

"반휘야, 왜 그래."

"……."

"니 탓이 아니잖아. 반휘가 못하는 건, 할 수 없는 건, 그건 정말 어쩔 수 없는 일이라서… 그래서 그런 것뿐이잖아."

"……."

"그러니까 슬퍼하지 마, 반휘야. T_T"

아무런 도움도 되지 못할 말들임에도 불구하고 내 몸을 꼬옥 안고 있는 반휘의 팔에 서서히 힘이 들어간다.

"난 반휘가 슬퍼하지도 않고, 아파하지도 않고."

"……."

"누구 탓도 하지 않고. 어쩔 수 없는 일은 그냥 어쩔 수 없는 일로 그냥 그렇게 그대로 받아들였음 좋겠어. T_T"

"하, 그래."

"지금까지 반휘도 대단해. 난 정말 대단하다고 생각해. 그러니까 자꾸 나쁘게 생각하지 마."

반휘의 등을 짧은 팔로 툭툭 치며 한 톤 더 밝은 목소리로 크게 외치는 나. 그러자 반휘가 피식 웃는다. 소리 내어 웃는 커다란 웃음은 아니지만 분명 웃고 있었다. 아프고, 슬프고, 행복한, 따뜻한, 그런 웃음.

"훗. 단단히 지각했네. ^-^"

손목에 채워져 있는 시계를 내려다보며 중얼대는 반휘.

"기분인데 학교 제치고 놀러나 갈까."

"으응?"

"양아치, 우리 양아치 생각은 어떠냐? ^-^"

"아, 안 돼!!"

"아, 깜짝이야. 하하, 왜 소리는 지르고 그러는데."

"학교에 가야 돼. 하, 학생은 학교에 가야 하잖아!!"

발갛게 달아오른 얼굴로 학교에 가야 한다고 소리를 친 건 불현듯 떠오른, 아니, 계속 머리 속을 빙빙 맴돌고 있던 비호의 얼굴, 비호 때문이었다. 비호, 비호가 많이 기다리겠다.

터벅터벅—

빠르지도, 느리지도 않은 걸음으로 아파트 단지를 나란히 걸어나가기 시작하는 반휘와 나. 그렇게 학교를 향하는 내 머리 속엔 비호가 한가득. 눈앞엔 땍땍 소리를 질러대는 학주가 아른아른. 비호가 보고 싶지만 역시 학주는 너무너무 무서워. T_T 어제 내렸던 비가 거짓말처럼 느껴질 정도로 아주 파랗게 게인 하늘. 그 하늘 밑엔 반휘와 함께 학교를 향하는 내가 있다. 그리고 학교엔 비호가 있겠지. 학주도 있을 거야. T_T

비호 생각--〉♡

학주 생각--〉-_-

반휘 걱정--〉T_T

많은 생각들이 얽히고설켜 자꾸만 머리 속을 어지럽혔다. 머리는 자그마한데 생각할 게 너무 많구나. 이러다 바보 되겠다. 하나만 생각해야지. 예쁘게 웃고 있는 비호 하나만 생각해야지! 비호를 생각하면 행복해지니까♡

그때 내 머리를 툭 쳐오는 커다란 손. 힘이 실린 그 손에 인상을 찌푸리며 뭐라 반응하기도 전 반휘가 먼저 말한다.

"양아치, 뭐 하는 거냐."

"으응? T_T"

"왜 하늘 보면서 웃는 건데."

"그, 그냥."

"하하. 양아치, 그런 건 니가 하는 게 아니잖아."

"응? 뭐가?"

"하늘 쳐다보면서 실없이 웃는 거. ^-^"

"아."

"그건 이렇게 머리 막 삼발하고."

특유의 미소를 얼굴에 달고 기름기가 살짝 감도는 내 머리카락을 마구 휘저어놓는 반휘.

"이렇게 눈이 반쯤 풀린 여자가 하는 행동이야, 양아치."

"그, 그렇구나."

"훗. 앞으로 웃을 땐, 웃을 땐 말이지, 이렇게 나 보고 웃어라. 이렇게. 알겠냐. ^-^"

내 머리를 감싸 쥐고는 쭈욱 잡아당겨 얼굴을 마주 보게 하는 반휘의 커다란 손. 난 반휘의 얼굴을 보며 배시시 웃어버렸다. 그런 거였구나. 하늘을 보면서 혼자 웃는 사람은 이상한 사람이었구나. 머리는 삼발에, 눈도 반쯤 풀렸다니. 정말정말 이상한 사람이나 하는 행동이 었어.

"그 손 놔!!"

불현듯 텅 빈 골목길을 울리며 들려오는 커다란 목소리. 그 목소리를 따라 고개를 돌리자 벌겋게 상기된 얼굴로 화가 난 듯 서 있는 비호의 모습이 눈에 들어온다. 비호다!! 예쁜 비호다, 비호!! 근데 비호가 여기까지 무슨 일이지? 벙찐 채 비호의 모습을 바라보는 반휘와 나. 당황하지 않을 수 없었다. 비호가 많이, 아주 많이 화나 보였으니까. 비호야, 왜 그렇게 화가 난 거니?

"비, 비호야?"

"……."

"비호야."

순식간에 나와 반휘가 있는 곳으로 다가와 내 손목을 휙 낚아채 가는 비호. 이내 날 등 뒤로 숨기며 반휘를 빤히 쳐다보며 말한다.

"만지지 마."

"뭐?"

"파인이 만지지 마."

"훗."

비호의 말에 피식 웃음을 흘려버리는 반휘. 내 손을 맞잡은 손에 더 더욱 힘이 들어가는 비호. 그리고 어리둥절한 표정으로 서 있는 나.

“비, 비호야, 왜 그래.”

“화나니까.”

“왜? 왜 그렇게 화가 났는데. 응?”

“다른 사람이 파인이 머리 만지니까. 파인이가 자꾸 다른 사람 보고 예쁘게 웃으니까.”

“ㅠ_ㅠ”

“그래서 화나. 나 많이 화났어!!”

발그래해진 얼굴로 반휘가 내 머리를 만져서, 내가 반휘를 보고 웃어서, 그래서 화가 많이 났다고 말하는 비호. 그런 비호의 말에 나도 모르게 작은 미소가 피어올랐다. 히힛. 비호가 질투하나 봐. ^0^

“별 웃기는 경우가 다 있네.”

“……”

“윤비호, 양아치가 니 꺼라도 되냐.”

“양아치 아니야, 파인이야! 자꾸 양아치라고 하지 마!!”

“훗. 그래그래, 양아치가 니 꺼라도 되냐고. ^-^”

“파인이라니까!!”

“나한텐 양아치다, 양아치!! -0-”

“……”

“여러 번 묻게 만들지 마. ^-^ 난 이런 식으로 사람 귀찮게 하는 거 제일 싫어한다.”

“난 파인이한테 양아치라 그러는 거 제일 싫어해!!”

“하하, 이거 미치겠네.”

작게 중얼대는 반휘. 왠지 분위기가 심상치 않다. 비호랑 반휘랑 싸우는 건 싫은데, 이러다가 싸우게 될까 봐 자꾸만 겁이 난다. 불안하고, 걱정이 가득한 흔들리는 눈길로 비호의 등 뒤에 서서 조심스레 반휘를 올려다보는 나. 하필이면 두 눈이 반휘와 정통으로 마주쳤다. 순간 알 수 없는 웃음을 흘리는 반휘. 그때 비호의 등이 내 시야를 가려온다.

"뭐야!! 파인이 몰래 쳐다보지 마!!"

"하."

"내 꺼야. 파인이 내 꺼니까 보지 마."

미세하게 일그러진 반휘의 얼굴을 자연스레 뒤덮는 특유의 미소.

"확실하게 윤비호 니 꺼냐? ^-^"

"그래, 내 꺼야!!"

"훗, 그래?"

"내 꺼 맞아, 지금은… 지금은 내 꺼야."

"그게 뭐냐."

"나중엔 그렇지 않겠지만, 그럴 수 없겠지만 지금은 내 꺼야."

"뭐?"

"그러니까 파인이 자꾸 보지 마."

"지금 뭐라는 거냐."

"…좋아하는 건 나중에 해."

알아들을 수 없는 비호의 말에 반휘가 멈칫한다. 그리고 멈칫 당황하던 것 같던 반휘가 이내 웃음을 터뜨렸다. 무슨 뜻을 가진 웃음인지는 모르겠지만 반휘가 웃는다. 하지만 비호는 여전히 심각한 표정으로 말을 이었다.

"믿을게."

"……"

"반휘는 좋은 사람이니까 그래 줄 거라고 믿을게, 무조건."

믿는다는 말에 얼굴 근육 하나하나, 신경 세포 하나하나 차근차근 굳어지는 반휘의 얼굴.

"지금 그 말 엄청 거슬린다, 거슬려."

"……"

"니가 날 왜 믿는데, 왜 믿냐."

"……"

"믿지 마. 알겠냐."

"……"

"난 내 마음 가는 대로 행동할 거니까 좋은 사람이니 어쩌니 하는 쓸데없는 소리 갖다 붙일 거 없다, 윤비호. ^-^"

"……"

"그리고."

잠시 말을 멈추고 성큼성큼 내게로 다가와 날 앞으로 끌어당기는 반휘. 내 몸을 빙글 돌려 비호를 보게 한다.

"믿는다는 말, 믿어달라는 말은."

"……"

"내가 아니라 우리 양아치한테 해야 맞는 거다. 알겠냐?"

“…….”

“똑바로 알고 말해.”

그 순간 비호의 눈빛이 일렁이는 것 같았던 건 내 착각이었을까.

“미움도, 증오도 다 사랑이다.”

“…….”

“부서지고, 망가지고, 엉망이지만, 그것도 사랑이라고.”

그게 무슨 말이야, 무슨 말이지? 반휘야, 난 무슨 말인지 하나도 모르겠어.

“윤비호, 도대체 뭘 겁내는 거냐.”

“…죽는 거…….”

“뭐?”

“파인이 마음속에 있던 내가 죽어버리는 거.”

반휘의 엉뚱한 질문에 비호는 가벼운 듯 무겁게, 그리고 힘들게 대답했다. 겁나는 건 바로 내 마음속에서 죽는 것이라고. 근데 내 마음속에 아주아주 커다랗게 들어차 있는 비호가 왜 죽는다는 거지, 왜?! 비호는 여기 살아 있는데. 내 마음속에 콩콩 뛰면서 살아 있는데.

가끔씩 비호가 어려운 말을 내뱉을 때면, 이해할 수 없는 말을 내뱉을 때면 묘한 불안감이 밀려든다. 막을 수 없을 것만 같은 거대한 파도와도 같은 불안감. 불안해.

“그 딴 게 겁나면 사랑 같은 거 하지 마.”

“…….”

"자격없어."

얼음보다도 더욱 차갑고 냉랭하게 들려오는 반휘의 목소리.

"그냥 이쯤에서 관둬. 차라리 그러는 게 낫겠다."

"……."

"이따위로 자꾸 불안하게 만들 거면 그만두라고."

"……."

"니 눈엔 안 보이냐? 불안해하고 있잖아. 불안해한다고. 아까부터 손가락만 만지작대면서 어쩔 줄 몰라 하고 있다고."

멈칫. 내 얼굴을 바라보고 있던 비호의 시선이 내 손이 있는 쪽으로 뚝 떨어지고 꼬물꼬물, 이러저리 뒤엉겨 꼼지락대던 내 손가락의 움직임은 반사적으로 멈추었다. 불안할 때면 나도 모르게 나오는 버릇. 근데 반휘가 어떻게 알았지? 어떻게 알았을까. 내가 불안해하고 있다는 사실, 내 손이 연신 꼼지락대며 움직이고 있었다는 사실, 이 사실을 모두 어떻게 안 걸까. 반휘야, 어떻게 알았어? 난 한 번도 말한 적 없는 거 같은 데 정말 신기하다. 진짜 신기해. 도대체 어떻게 안 거야??

밀려드는 의아함에 고개를 갸웃이며 바로 뒤에 서 있는 반휘를 돌아보려 했지만, 어깨 위에 올려져 있는 반휘의 손에 힘이 들어간다.

"확실히 해. 확실히 하라고, 윤비호."

"……."

"안 그럼 가만 안 둔다, 진짜 가만 안 둬. ^-^"

여전히 시선을 떨구고 있는 비호. 비호의 빨간 입술은 굳게 다물어져 열릴 생각을 않는다. 무슨 생각을 하고 있는 걸까. 난 너무 어려워서 모르겠어. 반휘의 말도, 비호의 말도 나한텐 너무 어려운 말들이라서 하나도 모르겠다. 그치만 딱 한 가지 우리 셋이 함께 있을 때, 그때만은 웃으면서 행복했으면 좋겠어. 비호랑 반휘랑 나랑 모두 웃었으면 좋겠어~♡

"확실히 하기 전에 그 손부터 치워."

들릴 듯 말 듯한 비호의 하이톤 목소리가 낮게 깔리며 귓가에 바쳐온다. 마치 전혀 모르는 다른 사람처럼, 비호가 아니라 꼭 다른 사람을 보는 거 같아. 내 어깨 위에 올려져 있는 반휘의 손을 내려다보는 비호의 눈동자가 너무 차가워서 비호가 아닌 거 같아. O_O

"훗, 그건 내가 정해."

"……."

"이 손을 치울지 말지는 내가 정한다고. 그러니까 넌 그냥 대답이나 해주면 되는 거야. ^-^"

빈정대는 듯한 반휘의 말투, 그리고 차갑게 식어버린 웃음, 그 웃음을 마주하던 비호가 힘들게, 힘들게 축 늘어져 있는 내 손을 잡아온다. 따뜻하게 감싸온다.

"파인이 손은 내가 항상 이렇게 잡고 있을 거야. 불안하지 않게 꼭 잡고 있을 거라구."

"그래?"

"내 꺼니까. 파인이 내 꺼니까~♡"

"훗."

"다시는 손대지 마."

순간 비호의 손이 내 손을 힘껏 잡아당기고, 내 몸은 반휘의 손을 벗어나 비호의 품 안으로 쏘옥 들어가고 만다.

"난 파인이가 좋아. 정말 좋아."

벌겋게 달아오르는 얼굴. 비호의 심장 뛰는 소리가 귓가에 들려오는 것 같다. 달콤한 비호의 향기가 코끝을 맴도는 것 같다. 나도 비호가 좋아. 사탕처럼 달콤한 비호의 향기가 너무 좋아~♡ 내 몸을 부드럽게 휘감고 있는 비호의 팔에, 옅게 들려오는 비호의 숨소리에 심장이 쿵쾅거리고 가슴이 심하게 떨려온다. 이거 사랑인가 봐. 그치? 가슴을 뛰게 만드는 내 두 번째 사랑~♡ 부디 변치 않게 해주세요.

나 : ^-^, 비호 : ^o^, 반휘 : -_-

나란히 나란히 학교로 향하기 시작했다. 내 손을 잡은 채 열심히 걷고 있는 밝은 표정의 비호에 반해 살짝 굳어진 얼굴로 걸음을 내딛고 있는 반휘. 아침부터 피곤한 얼굴을 하고 있던 반휘가 역시나 자꾸 신경 쓰인다. 하지만 내 눈초리를 느꼈는지 무슨 말을 건네기도 전에 피식 웃으며 장난 섞인 말을 툭 던지는 반휘.

"아, 뭐야."

"으응?"

"윤비호, 양아치가 자꾸 나 훔쳐본다!! -0-"

반휘의 말에 화들짝 놀란 토끼마냥 두 눈이 동그랗게 되어선 날 보는 비호.

"조심해라, 조심해."

"아."

"저렇게 몰래 내 얼굴 쳐다보는 애들치고 나한테 안 빠진 애들이 없었다. ^-^"

"ㅠ_ㅠ"

"알잖아, 원래 나같이 잘생긴 애들은 가만히 숨만 쉬고 있어도 알아서들 내 매력에 빠져든다는 거. 하하."

"반휘야."

"참 피곤한 일이야, 진짜 피곤해. 무슨 말인 줄 알지? 그니까 그만 좀 훔쳐봐, 양아치. ^-^"

"그게 아닌데."

"훗. 그거 되게 나쁜 버릇이다. 훔쳐보는 거 나쁜 거야, 양아치."

"아, 아니야. 정말 아, 아닌데……."

"아니긴 뭐가 아닌데. ^-^"

"나 진짜로 훔쳐본 거 아니야."

"와, 이제 막 거짓말하는 것 좀 봐. 훔쳐봤으면서 아니래."

"ㅜ_ㅜ"

"거짓말이 더 나쁜 건데. 안 되겠다, 안 되겠어."

"ㅠ_ㅠ"

"우리 양아치 간만에 살짝 좀 맞아볼까."

생글생글—

나와 비호를 번갈아보며 농담을 던지는 반휘. 반휘의 말에 걸음을 멈추는 비호다. 정말 그게 아닌데, 훔쳐본 게 절대 아닌데. 정말 아닌데 비호가 이상하게 생각하겠다. 우리 예쁜 비호 오해하겠다. 하지만 비호는 화난 얼굴도 아닌, 굳어진 표정도 아닌 함박웃음이 가득한 얼굴로 내 얼굴을 마주한다. 그리고 오물오물 빨간 입술로 내게 말한다.

"바보. 파인이 바보."

"응?"

"괜찮아. 난 괜찮으니까 눈치 보지 마. 괜히 그러지 마."

"아."

"나랑 있잖아. 마음은 나랑 있는 거잖아. 그치. ^o^"

"응."

"반휘는 친구고, 좋아하는 사람은 나잖아. 그러니까 괜찮아. 정말 괜찮아. 정말정말 괜찮은데."

"으응?"

"대신 반휘랑은 꼭 친구만 해야 돼!!"

"아, 응."

"좋아하고, 사랑하고, 아껴주는 건 나랑만 하고 반휘랑은 친구만 해. 그냥 친구."

당연한 일인데, 너무 당연한 사실인데도 비호는 대답을 기다리는 듯 말없이 내 눈을 응시하고 있었다. 그래서 어쩔 수 없이 고개를 끄덕이자 그제야 걸음을 옮기기 시작하는 비호.

하얗고 예쁜 얼굴이 환하게 웃고 있다. 눈이 부실 정도로 빛이 난

다. 히히. 이제부터 비호의 별명은 질투대마왕~

한 걸음, 두 걸음, 세 걸음. 빠른 걸음으로 골목길을 빠져나가는 우리 세 사람. 그때 열심히 걸어가는 우리의 앞을 '탁' 소리와 함께 누군가 가로막는다. 정확히 말하자면 반휘의 앞을 가로막았다. 반휘의 앞을 가로막고 서 있는 제하, 제하다.

"잠깐 나 좀 보자."

차갑고 메마른 눈빛으로 반휘를 쳐다보며 입을 여는 제하. 그런 제하를 무덤덤한 표정으로 빤히 바라보던 반휘가 미소 띤 얼굴로 말한다.

"훗. 봤다. 봤는데 어쩔래."

"장난하냐."

"봤잖아. 봐줬으니까 이제 볼일 끝났지? 그럼 간다. 상대할 시간 없으니까 그만 가볼게. ^-^"

"말장난하지 마."

"왜? 재미없냐. 난 재밌는데."

"씨발. 짜증나."

"훗. 짜증나?"

"……."

"그래, 짜증나겠지. 짜증날 거야, 아마. ^-^"

"……."

"근데, 근데. 나도 니 얼굴 보는 거 짜증나. 기분 정말 더러워진다고."

"……."

"그러니까 그냥 각자 갈 길로 꺼지자. 공평하게 서로 꺼져 주자."

라고 말하며 가로막고 서 있는 제하를 비켜 가려는 반휘. 그러나 제하는 반휘의 앞을 막고 서서 차갑게 노려볼 뿐 비켜줄 생각을 않는다. 한 발짝도 물러서지 않는다. 팽팽한 긴장감. 그 긴장감 속에 먼저 입을 연 건 반휘였다.

"꺼져."

"……."

"꺼져라. 죽여 버리기 전에 꺼져."

섬뜩할 정도로 낮은 목소리. 농담이 아니다. 그냥 흘려버리듯 장난스럽게 내뱉는 말이 절대 아니다. 진심. 반휘는 지금 진심으로 말하고 있어. 흔들림없이 차분히 가라앉은 반휘의 눈동자. 그 눈동자가 진짜라고, 진심이라고, 가만두지 않을 거라고. 그렇게 말하고 있다. 반휘야, 제하야, 둘 다 이러지 마. 제발 싸우지 마. ㅠ_ㅠ

"죽일 수 있으면 죽여봐."

어딘가 반휘와 무척이나 닮은 차가운 미소. 좀처럼 볼 수 없는 제하의 표정없는 얼굴이 차갑게 웃고 있다. 어디 해볼 테면 해보라는 투로.

"남제하."

"왜."

"남제하, 너 오늘 실수한 거야. ^-^"

"훗."

“안 참아. 안 봐준다.”

“…….”

“어울리지 않게 웃지 말고 최선을 다하는 게 좋을 거야. 알겠냐? 난 한 번 뱉은 말은 꼭 지키니까 조심해라.”

“병신.”

“제대로 서 있지도 못할 만큼 죽여줄게. 후회하게 만들어줄 테니까 기대해.”

마침내 일은 터져 버렸다.

“먼저 가.”

“으응?”

“난 나중에 갈게. 이따 보자.”

잠시 잠깐 내게 시선을 주고는 뒤돌아서는 반휘. 무슨 말이든 해야 할 거 같은데, 싸우지 말라고 말려야 할 거 같은데 아무 말도 할 수 없었다. 내 손을 강하게 잡아오는 비호의 손 때문에 한 발짝 앞으로 내딛으려던 발걸음을 멈칫 멈추고 비호를 쳐다볼 수밖에 없었다. 비호야, 왜 그래? 왜 붙잡는 거야.

“가자. ^o^”

“그, 그치만 비호야, 반휘랑 제하가…….”

“그냥 가자.”

“으응?”

“두 사람 문제잖아. 그러니까 끼어들지 말자.”

“그래도 반휘는 우리 친구고, 또 제하는 후배니까 말려야 하잖아.”

“누가 그래? 누가 말려야 한대?”

“으응?”

“난 싫어!! 싫어싫어싫어!! -0-”

“비, 비호야. T_T”

“시간이 없단 말이야. 난 그럴 시간 없어.”

“…….”

“바빠!! 무지무지 바쁘단 말이야!!”

“ㅠ_ㅠ”

“나는 파인이 생각만 해야 돼. 다른 일에 일일이 끼어들고 참견할 시간 없어.”

반짝반짝 예쁘게 빛나는 커다란 눈망울로 어벙벙하게 서 있는 날 지그시 내려다보며 말을 잇는 비호. 뜨거운 체온이 담긴 비호의 커다란 손이 붉게 물든 내 뺨에 살며시 닿아오고, 심장은 쿵쾅쿵쾅. 숨이 막힐 것 같은 떨림과 함께 두 눈을 가득 메우는 비호의 예쁜 얼굴.

빨간 집 대문도, 기다란 전봇대도, 커다란 나무도 지우개로 깨끗이 지운 것처럼 아무것도 보이지 않고 비호만 보인다, 우리 비호만~♡

“조금 나쁜 거지만 그래도 우리, 우리 생각만 하자.”

“으응.”

“다른 사람은 나중에 생각하고, 지금은 사랑만 하자. ^o^”

“자신보다 남을 더 생각할 줄 아는 사람이 되어야 해요. 남을 배려할 줄 아는 사람이 훌륭한 사람입니다. 여러분도 훌륭한 사람이 될 수 있겠죠?"

　왜 바로 순간 바른생활 시간에 들었던 선생님 말씀이 고스란히 떠오르는 건지 이유를 알 수 없었다. 그때 난 분명 [네!! 파인이는 반드시 훌륭한 사람이 될 거예요!!]라고 큰 소리로 대답을 했었던 거 같은데 이제 난 훌륭한 사람이 될 수 없겠구나. 하지만 그래도 난 괜찮아. ^-^ 훌륭한 사람이 되지 못한다고 해도, 어쩔 수 없이 조금 나쁜 사람이 된다고 해도 상관없어. 비호한테 좋은 사람이 될 수 있다면, 그럴 수만 있다면 그걸로 됐어. 그걸로 충분해. 난 그게 백만 배는 더 좋아~♡ 비호 말대로 다른 사람 생각은 나중에 많이 하면 되니까. 지금은 사랑만 하고 그런 건 나중에 해도 되니까~♡

　"알겠지? 지금은 나랑 사랑만 하는 거다. 약속해!!"

　"응!!"

　"히힛. 가자가자!! 사랑하면서 학교 가자."

　퍽—!! 쿵!!

　그런데 비호와 함께 골목길을 거의 다 벗어날 때쯤 귓가에 차갑게 박혀오는 둔탁한 소리. 그 소리에 반사적으로 걸음이 멈추고, 동시에 고개가 휙 뒤로 돌아가 버렸다. 턱을 쓸어 만지며 눈썹을 잔뜩 찌푸린 채 무섭게 웃고 있는 반휘. 반휘가 보인다. 아프고, 힘들고, 슬픈 얼굴을 한 반휘. 아아, 반휘야. ㅠ_ㅠ 이런. 그냥, 나 그냥 가려고 했는데 비호 말대로 다른 사람 생각은 나중에 하기로 단단히 마음먹고 아무렇지 않게 그냥 지나쳐 가려고 했는데 안 되겠다, 안 되겠

어!! ㅜ0ㅜ

"바, 반휘야!!"

그러나 내 목소리가 너무 작았던 걸까. 이상하다. 안 보네. 안 쳐다본다. 분명 있는 힘을 다해 반휘의 이름을 부른 것 같은데 그 소리가 반휘한테 닿기까지는 아무래도 너무 작았나 보다. 그래서 못 들은 척 쳐다보지 않는 모양이다.

>_<>_<>_<>_<>_<(도리도리)

>_<>_<>_()_<>_<>_<>_<>_<(도리도리)

어쩌지, 어쩌면 좋지. 이 일을 어떡하면 좋다지. ㅜ_ㅜ 가봐야겠다. 가까이 가서 말해야겠다. 역시 그러는 게 좋겠어!! 할 수 없이 잡고 있던 비호의 손에서 내 손을 쓰윽 빼내고.

"비호야, 잠깐만, 나 잠깐만… 잠깐만."

하며 어물어물 얼버무린 뒤 반휘가 있는 곳으로 뒤돌아 뛰기 시작하는 나. 얼마 안 되는 거리를 정말 허겁지겁 뛰었다. 좁지만 넓은 골목에 비호만 덩그러니 남겨둔 채 말이다. 비호만… 비호야, 미안미안. 정말 미안해~♡

"씨발. 다시는… 다시는 나타나지 말랬지."

"아마도. ^-^"

"그때 니가 니 입으로 약속했어. 영원히 안 나타난다고."

"그랬나."

"근데 왜 또 나타난 거야!! 왜―!!"

"하하, 약속은 깨지라고 있는 거니까. ^-^"

“진짜 죽고 싶냐, 예반휘!!”

“글쎄, 별로.”

순식간에 반휘의 멱살을 강하게 잡아오는 제하의 거친 손. 반휘가 그 손을 가볍게 쳐내며 말을 잇는다.

“남제하, 생각보다 양심없네. ^-^”

“……”

“별 쓸모도 없는 약속 3년 넘게 지켜줬으면 됐잖아. 뭘 더 바라는데?”

“제발… 제발 좀 그냥 내버려 둬!! 쥐 흔들고 휘저어서 엉망 만들지 말고 그냥 좀 놔두라고!!”

“뭐?”

“이제 겨우 숨 쉬고 살 만해졌는데. 또 나타나서 뭘 어쩌겠다는 거야.”

“하, 넌 살 만했냐.”

“다른 거 다 필요 없어. 약속만 지켜. 지키라고. 알겠어?”

반휘의 눈을 빤히 쳐다보며 약속을 지키라고 말하는 제하. 그 말에 반휘가 피식 웃음을 흘린다. 의미를 알 수 없는 웃음. 아프고 아파서 하얗게 탈색되어 버린 웃음.

“남제하, 너 같으면 아빠가 아파서 죽어가는데 그깟 약속이 눈에 나 들어오겠냐. ^-^”

“……”

“하찮은 약속 지킬 만큼 제정신일 수 있겠냐고.”

다른 이야기들은 모두 모르는 것들뿐이지만 이것만은 알아. 반휘네 아빠가 얼마나 아픈지, 반휘가 얼마나 힘들어하고 있는지 그건 알아, 알아.

"훗. 그래, 그 딴 거 관심없겠지."

"……"

"근데 사람이 죽어간다는데 낯짝 한 번 비추는 게, 그게 그렇게 어려운 거냐?"

"……"

"난 그래도, 그래도 엄마가 나와줄 거라고 생각했다. 밤새 니네 집 대문 두드리면서 병신같이 그렇게 믿었다고."

"……"

"근데 안 나오더라. 죽어도 안 나오더라."

순간 이해할 수 없었던 모든 말들이 하나하나 머리 속을 스치고 지나갔다.

"난 밤새 열리지도 않는 문 두드렸더니 피곤하다. 피곤해. 훗, 있어. 그런 문이 있어. 마음 같아선 확 부숴 버리고 싶은 그런 문이 있다, 양아치. ^-^"

그랬구나. 밤새 두드렸다는 문이, 열리지 않는 문이라는 게 그거였구나. 제하네 집에 갔던 거였구나. 엄마한테 찾아갔던 거였구나. ㅠ_ㅠ 불쌍한 반휘, 착한 반휘, 불쌍하고 착한 반휘. T_T

“처음으로 원망스러웠어. 아빠가 죽어가는데도, 내가 이렇게 부탁하는데도 엄마가 거절해서… 그래서 나 니네 아빠 죽도록 원망했다. ^-^ 불쌍한 우리 아빠 행복까지 다 뺏어간 거 같아서 원망했다고.”

그때 제하의 주먹이 반휘의 얼굴을 강하게 치는가 싶더니 반휘가 바닥으로 힘없이 내동댕이쳐진다. 그리고,

“누가 누구 행복을 뺏어갔는데?!”

하며 얼음같이 차가운 목소리로 반문하는 세하.

“알지도 못하면서 멋대로 말하지 마. 니가 뭘 알아?! 그 여자가 온 이후로 한 번도 행복한 적 없었어. 지옥이었다고!”

“그 여자?”

“그래, 그 잘난 니네 엄마.”

“지금 뭐라 그런 거냐. 뭐? 뭐라고? 내가 잘못들은 거 같은데 다시 말해 봐.”

“너한텐 엄마일지 몰라도 난 아니야. 그럴 자격 없어.”

“훗. 자격? 아, 자격~? ^-^”

“……”

“요즘엔 부모자식 간에 자격이란 것도 필요하냐. 세상 참 웃기게 돌아간다.”

“재수없으니까 빈정대지 마.”

“씨발. 너 지금까지 그 딴식으로 엄마 힘들게 했냐.”

반휘의 말에 어이없다는 듯 피식 웃음을 터뜨리는 제하.

“훗, 잘 모르겠는데?”

“……”

“내가 아는 건 한 가지야. 그 여자가 니네 아빠한테 가면 우리 아빠가 죽는다는 거.”

“……”

“그러니까 어차피 죽을 거 니네 아빠가 빨리 죽는 게 훨씬 낫겠다.”

제하의 말에 반휘는 물론 나까지도 얼굴이 하얗게 질려 버렸다. 죽음에 대해서 그렇게 쉽게 말을 내뱉을 만큼 나쁜 아이라고는 생각하지 않았는데… 심했다. 제하 말이 너무 지나쳤어.

“그만그만.”

“……”

“양아치, 이제 그만 걸어와. ^-^ 다칠지도 모르니까 빨리 가는 게 좋겠다. 빨리 가.”

그 말과 동시에 어느 틈엔가 비호가 다가와 내 팔을 강하게 잡아당겼고, 반휘가 짓쳐 오르듯 제하에게 주먹을 날렸다. 그리고… 그리고는 어떻게 됐는지 모르겠다. 상황을 지켜볼 틈도 없이 비호의 손에 이끌려 뛰어야만 했기 때문에 그 이상은 전혀 보지 못했다. 이런, 아무리 그래도 싸움은 말려야 하는데, 말렸어야 하는데 정말 큰일 났다 하며 반휘와 제하 걱정에 빠져 뛰고 있을 때였다. 갑작스레 걸음을 멈추는 비호. 무슨 이유에서인지 발갛게 상기된 얼굴로 날 보며 말한다.

“딴생각하지 마.”

순간 나도 모르게 뜨끔— 바늘로 찌른 듯 가슴이 뜨끔했다.

“내 손 잡고 있을 땐 내 생각만 해.”

“아.”

“안 그러면 나 많이 화날 거 같아. 아주 많이.”

“응.”

“모르지. 이렇게 손 잡고 있으면 손끝으로 파인이 마음이 하나하나 스며든다.”

“ㅠ_ㅠ”

“그래서 다 보여.”

비호의 말에 왕구슬마냥 휘둥그레지는 나의 눈. 저, 정말일까? 이렇게 손만 잡아도 내 마음이 다 보인다는 게? 진짜로 그런 거라면 정말 큰일인데. 그러면 정말 창피해지는데.

“뺏기는 기분 싫어.”

“……”

“자꾸 슬퍼져.”

반짝반짝 투명하게 빛나는 비호의 눈동자가 촉촉하게 젖어드는 것 같았다. 미안. 비호야, 정말 미안. 내가 비호를 슬프게 했구나. 미안한 마음에 비호의 얼굴을 똑바로 쳐다볼 수 없었다. 가슴이 자꾸만 따끔거려 온다. 난 정말 나쁜 아이야. 사랑만 하기로 해놓고, 그렇게 하기로 분명 약속해 놓고, 비호를 슬프게 했으니까. 이제 미움받을지도 몰라. 미, 미움받는 게 당연해. ㅜ_ㅜ

쭈뼛쭈뼛—

아무 말도 하지 못한 채 땅바닥만 내려다보고 있었다. 이럴 땐 뭐라고 해야 하는 걸까. 한참 동안 무슨 말을 해야 할지 고민하며 애꿎은 모래만 신발로 뒤척거리고 있는데 비호의 커다란 손이 내 어깨에 살며시 닿아온다. 그리고,

"왜 이렇게 이상한 표정 짓고 있는 거야."

"……."

"히힛, 표정은 이상하고, 눈은 딴 데만 쳐다보고 진짜 이상하다!"

"비호야."

"응응. ^O^"

"아, 아깐 내가 미안해. T_T"

"힛. 바보바보."

"맞아. 난 진짜 바, 바보일지도 몰라."

"우~ 아냐아냐!! 파인이 바보 아니야!!"

"그치만."

"다음부터 안 그러면 되잖아. 앞으로는 내 생각만 해!!"

"그래도."

"내 말만 들어. 그러면 하늘에서 이따만한 사탕이 떨어질 거야!!"

"으응?"

"슝슝~ 하늘에서 사탕이 떨어집니다! 파인이 손으로 사탕이 떨어집니다!"

어깨에 닿아 있던 비호의 손이 바지 주머니 안으로 들어가는가 싶

더니 어느새 내 머리 위를 분주하게 움직이기 시작했다. 쉴 새 없이 빠른 속도로 움직이는 비호의 손. 멈출 것 같지 않던 그 손이 활짝— 펼쳐진 내 손바닥 위로 내려앉았다. 그리고 마치 마법처럼 내 손바닥 위에 나타난 정체 불명의 커다란 왕사탕. o_o 우와! 진짜 사, 사탕이다!!

"신기하지, 신기하지?!"

"응!!"

"이거 먹고 내 생각만 해야 돼!"

"응응. 정말 굉장하다. 진짜 크네."

"히히힛."

"근데 이거 정말 하늘에서 떨어진 거야?"

"응응!! 하늘에서 떨어진 거야!! -0-"

"이상해. 비호 손에서 나온 거 같았는데."

"응응!! 내 손에서 나온 거야."

"좀 전엔 하늘에서 떨어진 거라며. T_T"

"맞아, 하늘에서 떨어졌어."

"왜 자꾸 이랬다 저랬다 그리는 거야."

"내가 하늘이니까! -0- 난 하늘이야."

"비호야, 하늘은 저기 위에 있는 게 하늘이잖아."

비호의 엉뚱한 말에 손가락으로 하얀 구름이 동동 떠 있는 파란 하늘을 가리키자 비호가 고개를 설레설레 저으며 이렇게 외친다. T_T

"저건 가짜야!! -0-"

라고.

쿠구궁―!!

순간 하늘이 무너지는 것 같은 느낌이 밀려들었다. 미, 믿을 수 없어. 매일같이 저기 저~ 하늘을 보면서 소원을 빌고 또 빌었는데… 그래서였을까, 간절한 내 소원이 모두 이루어지지 않았던 건. 어지러워, 어지러워. ○_○

"그럼 난 뭐야."

"……."

"비호가 하늘이면 난 뭐지? T_T"

빙글빙글― 어지럽게 돌아가는 머리와 제멋대로 움직이는 입. 내 요상스런 물음에 비호가 해맑은 미소를 띤 채로 예쁘게 대답한다.

"지구인. ^○^"

"으응?"

"하늘을 사랑하는 지구인!!"

아, 그렇구나, 그런 거구나. 난 지구인☆ 우리 예쁜 비호는 하늘♡ 그럼 비호가 진짜 하늘이면, 정말 그런 거라면 내 소원 하나쯤은 들어줄 수 있지 않을까? 그래, 조금 어렵지만 그래도 어쩌면 들어줄지 몰라. 우린 조금은 특별한 사이니까.

"비호야."

"응?"

"비호가 진짜 하늘이면 내 소원도 들어줄 수 있어??"

"그럼그럼! 난 못하는 게 없어!!"

"정말?"

"응응. ^o^"

"다행이다. 정말 다행이다."

"뭔데, 말해 봐! 말만 하면 내가 다 들어줄게. 히힛."

"……."

"빨리빨리!!"

폴짝폴짝―

제자리에서 몇 번이나 뛰어대며 빨리 말하라고 재촉하는 비호. 비호의 재촉에 조심스럽게 소원을 말하기 시작했다. 매일같이 빌고 또 빌었던 간절한 소원.

"한 번만……."

"응."

"딱 한 번만 꿈속에서 은석이 만나게 해줘."

미안하다고. 세상에서 제일 싫고 밉다고 말했던 거, 그거 몽땅 다 거짓말이라고 말할 수 있게 꿈속에서 마지막으로 딱 한 번만 만나게 해줘. 비호야♡ 내 소원 꼭 들어줘. 그런데 그때 갑자기 바닥으로 털썩 주저앉는 비호. 다리에 힘이 풀린 듯 일어서지 못하고 불규칙하게 숨을 몰아쉬기 시작했다. 그때처럼.

"비, 비호야!!"

가슴을 움켜쥔 채 힘겹게 숨을 몰아쉬는 비호의 뽀얀 얼굴이 하얗게 질려온다. 또 아픈가 봐. 저번처럼 많이 아픈가 봐. 어떻게 해야 하지? 어떻게 하면 된다고 했지?

"의사 선생님이 숨 쉬기 운동도 많이 하고, 나쁘고 슬픈 생각 같은 거 안 하면 괜찮아진다는데 난 그게 잘 안 돼. ^-^"

맞아!! 숨 쉬기 운동. 숨 쉬기 운동을 해야 돼!!
"비호야!! 비호야!!"
"하아. 하아……."
"이렇게! 이렇게 나처럼 숨 크게 쉬어봐!!"
"……."
"천천히! 천천히 따라해 봐!"
난 비호의 손을 꼭 잡고 아주 천천히 숨 쉬기 운동을 하기 시작했다. 비호의 불규칙한 숨소리가 잦아들기를 바라며.
"비호야, 슬픈 생각 하지 마."
"……."
"우리 놀이동산 가서 재밌게 노는 생각 하자. 슬픈 거 말고 신나는 거 생각하자."
비호는 지금 내 말을 듣고 있는 걸까? 또르르르— 볼을 타고 흘러내리는 비호의 눈물이 아니라고 말하는 것 같다. 예쁜 비호. 비호만은 슬퍼하지도, 아파하지도 않았으면 좋겠는데. 정말 그랬으면 좋겠는데. 아프지 마. 아프지 마, 비호야. 순간 힘겹게 내뱉은 듯 비호의 작디작은 목소리가 귓가에 들려온다.
"미안. 미안, 정말 미안해."

    바보 같은 비호는 뭐가 그리도 미안한 걸까. ㅜ_ㅜ 소원 때문이라
면 이렇게 미안해하지 않아도 괜찮은데. 비호가 이렇게 아파하면 내
가 더 미안해지잖아. 하늘아~♡ 지구인이 하늘을 많이 사랑하니까
부디 아프지 마. 아프지 마.

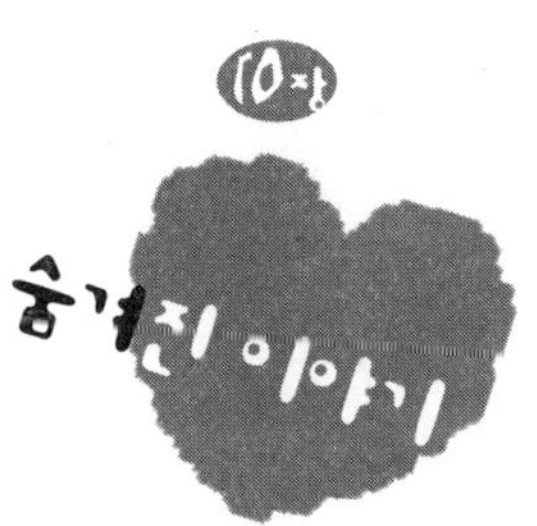
양
숨겨진 이야기

숨겨진 이야기

첫 번째 소년 이야기

"아직도 얼얼하네."

"제길, 아파. 학주 새끼는 왜 우리만 잡아대냐."

"내 말이 그 말이다. 만만한 게 우리지 뭐."

"어제 싸움도 솔직히 그 새끼들이 먼저 그런 건데."

화장실 안. 구석진 곳에 어정쩡한 자세로 서서 담배를 피우고 있는 교복 차림의 남자 아이들. 화장실 안을 온통 희뿌연 담배 연기로 가득 채우려는 심산인지 연신 담배를 피워대며 불만스런 표정으로 말하고 있다. 건들대는 말투 하며, 차림새만 봐도 한눈에 알아볼 수 있는 교내 유명 문제아들이다. 그런데 그중 유독 눈에 띄는 한 남자 아이. 훤칠한 키에 이지적인 외모를 가진 그 아이만이 아무 말도 없다. 깊은 생각에라도 빠진 듯 담배만 피울 뿐이다.

"야, 한은석!! 넌 괜찮냐."

옆에 서 있던 한 아이의 걱정스런 물음에 말없이 고개만 끄덕이는 그 아이. 그 아이의 이름 한은석, 한은석이다.

"세상에서 제일 싫어!! 제일 미워!!"

머리 속을 계속 맴도는 말. 유치원생이나 내뱉었을 법한 유치스러운 말이 은석을 계속 괴롭히고 있었다. 어젯밤 그 아이에게서 그 말을 들을 때만 해도 아무렇지 않은 척 담담히 웃어넘겼는데, 사실은 그게 아니었나 보다. 학주에게 두드려 맞는 동안에도 미친놈처럼 그 아이의 표정 하나, 말투 하나, 손짓 하나, 눈빛 하나 빠짐없이 되새겨 보고 있었으니.

젠장. 온 신경이 마비되어 버린 걸까. 은석은 잔뜩 구겨진 얼굴로 담배 한 모금을 깊게 들이마시고는 애써 잊으려는 듯 두 눈을 '질끈' 감아버렸다. 그러나 그럴수록 똘망똘망 귀엽게 생긴 여자 아이의 얼굴은 끊임없이 머리 속을 휘젓고 다니며 자신을 혼란스럽게 할 뿐이었다.

'제길. 제길.'

그 아이보다 몇 배는 더 훌쩍 커버린 키만큼 은석도, 그의 주위 것들도 모두 너무나 쉽게 변해 버렸는데, 왜 그 아이만은 늘 그대로인지. 자라지 않는 것처럼 느껴지는 그 아이의 자그마한 키처럼 그 아이는 늘 변함이 없었다. 변하지 않는 무색의 순수함처럼.

"야, 기분도 그런데 수업 제치고 술이나 먹으러 가자."

"대낮부터 무슨 술이야."

"야야, 밤낮이 무슨 상관이냐. 이럴 때 아니면 언제 마셔. 가자가자!!"

화장실 바닥에 아무렇게나 담배를 비벼 끄며 주춤대는 여러 아이들을 화장실 밖으로 밀어내는 한 아이. 그 바람에 은석 역시 엉거주춤 화장실을 빠져나와 학교를 벗어나고 있었다.

"후우—"

은석의 입에서 흘러나온 의미를 알 수 없는 한숨 소리. 표정없는 얼굴로 긍정도, 부정도 하지 않은 채 친구 녀석들의 뒤를 따르고는 있지만 역시나 마음이 무겁기는 여전한 듯했다.

"야, 근데 대낮에 교복 입고 가도 받아주는 술집이 있냐?"

"새끼, 걱정도 많다. 쓸데없는 걱정 말고 따라나 와."

"야야, 어디로 가는 건데?"

"아줌마도 죽이고 술 진짜 잘 대주는 데 있어. 따라만 오래두."

뭐가 그리도 신나는지 다친 다리를 쩔뚝거리며 저만치 앞서 나가는 찬욱. 은석은 그런 찬욱의 뒤를 나직한 걸음걸이로 따르고 있었다. 그러나 그 와중에도 은석은 어젯밤 일을 생각하고 있는 중이다.

"슬퍼. 자꾸 다른 사람 보는 거 같아서 슬퍼져."

"⋯⋯."

"은석아, 이제 싸움 같은 거 하지 말고 우리 같이 재밌게 학교 다니자. 응?"

"⋯⋯."

"예전처럼 나 모르는 수학 문제도 가르쳐 주고⋯⋯."

"이제 그런 거 안 해."

"은석아⋯⋯."

"나한테 신경 끊어. 귀찮고 성가셔."

"⋯⋯."

"제발 사람 그만 피곤하게 하라고. 알아들어?"

"…나빠. 정말 나빠⋯⋯."

"나 원래 나쁜 새끼야. 그러니까 내 일에 참견하지 마."

"어떻게 그래. 어떻게 모른 척해!"

"해. 못할 게 뭐 있어. 나 같은 새끼 모르는 걸로 치면 되잖아."

"⋯⋯."

"애처럼 굴지 마. 짜증나."

"…은석이 나빠!! 싫어!!"

"⋯⋯."

"세상에서 제일 싫어!! 제일 미워!!"

그렇게까지 말하고 싶지는 않았는데 많이 상처받았겠지. 잊자. 그냥 잊자. 귓가를 계속 빙빙 맴도는 대화를 지우려는 듯 세차게 고개를 흔들어보는 은석. 그러나 은석은 잘 알고 있다. 기억이란 잊으려 하면 더욱 선명해지고, 지우려 하면 더욱 강하게 되새김질되어 생각하지 않으려 해도 본능적으로 떠오른다는 것을. 누구보다도 잘 알고 있는 은석이었다.

'어떻게 해야 하니. 어떻게 해야 너에 대한 내 마음을 버릴 수 있을까. 사랑이 아니었으면 좋겠다. 널 사랑하는 게 아니었으면 좋겠다.'

"여기야, 들어가자!!"

"워~ 한 며칠 들쑤시고 다니더니 괜찮은데 발견했네. 쿡."

"야, 한은석, 뭐 해? 안 들어가냐?"

"담배 한 대만 피우고 들어갈게."

은석의 말에 다급히 재촉해 대던 친구들이 하나둘 술집 안으로 사라져 버리고, 후미진 골목길 술집 앞에 덩그러니 남은 건 은석과 그의 절친한 친구 태준뿐이었다.

"왜? 무슨 고민이라도 있냐? 얼굴이 그게 뭐냐."

아침부터 내내 어두운 얼굴을 하고 있던 은석이 마음에 걸렸는지 조심스럽게 말을 건네는 태준. 태준의 물음에 은석은 말없이 담배만 피워댈 뿐이다.

"참, 나 아침에 걔 봤다. 근데 울고 있더라."

"……."

"나야 뭐가 뭔지 잘 모르겠지만 야야, 한은석 너 왜 그러냐."

"뭐가."

"좋아한다면서 왜 그렇게 차갑게 구냐고. 너 걔랑 어렸을 때부터 친했다며."

"훗."

"하여튼 넌 알다가도 모르겠다."

"……."

"빨리 들어와. 들어가 있을게."

아무 말도 없는 은석이 답답하다는 듯 태준은 은석의 어깨를 툭 쳐주고 먼저 술집 안으로 들어갔다. 이럴 땐 혼자 내버려 두는 게 오히려 낫다. 소리없이 타 들어가는 담배. 그 담배처럼 점점 까맣게 타 들어가는 은석의 마음. 아침부터 울고 있었을 그 아이를 생각하니 저도 모르게 가슴 한 켠이 뜨거워진다.

"바보같이… 왜 또 울어."

은석은 한심하다는 투로 중얼거렸지만 속으로는 자신이 얼마나 원망스러웠는지 모른다. 보나마나 밤새도록 울고 퉁퉁 부은 눈으로 학교에 가 또 울었겠지. 바보같이 작은 일에도 잘 울어대는 울보 녀석이니까. 순간 차갑게 식어버린 은석의 얼굴 사이로 피식 쓴웃음이 스치고 지나간다. 그건 아마도 자신에 대한 원망과 질책, 그리고 술집 안에서 흘러나오는 한 여자의 웃음소리 때문이리라. 밝은 대낮에 교복을 입은 학생들에게 술과, 웃음을 팔고 있는 자신의 불쌍한 어머니. 가엾은 어머니 때문일 것이다. 하아, 아들에게 술을 파는 어머니가 세상에 몇 명이나 존재하고 있을까. 은석은 주머니 안에 있던 담배를 모조리 다 피우고서야 술집 안으로 발을 들여놓을 수 있었다.

아이러니, 아이러니하다. 세상은 온통 아이러니한 것들뿐이다.

휘적휘적—

테이블로 걸어와 의자에 걸터앉는 은석. 이렇다 저렇다 한마디 말도 없이 술잔만 기울이기 시작한다. 차라리 취하자, 취해 버리자. 그러나 마셔도, 마셔도 정신이 몽롱해지기는커녕 오히려 더 맑아지는 것 같았다. 정말 괴롭기 짝이 없는 일이다.

"은석아, 천천히 좀 마셔. 그러다 취한다."

"그냥 취하게 냅둬. 오늘 술이 땡기나 보지."

처음부터 이랬던 건 아니다. 술을 팔고 있는 지금의 어머니가 처음부터 술을 팔았던 것도 아니고, 학교에서 사고나 치고 다니는 자신도 처음부터 그랬던 건 아니다. 어디 가 있는지 소식조차 알 수 없는 아버지 역시 처음부터 그렇진 않았다. 도대체 어디서부터 무너진 걸까. 되짚어보기엔 너무나 멀어진 이야기들. 사업이 망하고 어떤 창녀와 자취를 감춰 버린 아버지, 살기 위해 술과 웃음을 팔게 되어버린 어머니, 엉망으로 망가져 버린 나, 그리고 변함없이 맑고 깨끗한 너라는 아이.

은석은 마시고 또 마셨다. 어느새 몸을 가누기조차 힘들 지경이 되어버렸지만 괴롭기는 술을 마시기 전이나 마찬가지였다. 비틀비틀— 술기운에 벌겋게 달아오른 얼굴을 식히기 위해 술집 안에 있는 의자를 서너 개쯤 바닥에 넘어뜨리고서야 간신히 밖으로 나온 은석. 뒤에서 친구 놈들이 불러대는데도 듣지 못한 채 앞만 보고 걷기 시작한다.

'차라리 죽으면… 죽으면 편하겠지.'

마음 한 켠에 늘 자리 잡고 있던 죽음에 대한 갈망이 또다시 되살아났다. 가슴을 짓누르는 듯한 강한 통증. 은석은 고통스러운 듯 한 손으로 가슴을 부여잡았다.

"세상에서 제일 싫어!! 제일 미워!!"

자꾸만 아프게 하는 그 아이의 말. 은석의 얼굴에 또다시 힘없는 미소가 드리워졌다. 그런데 바로 그 순간,

끼이이익—!!

하는 요란한 급브레이크 소리와 함께 골목길에서 갑자기 튀어나온 자동차 한 대에 의해 은석의 몸이 바닥으로 내동댕이쳐졌다. 꿈인지 현실인지 가늠할 수 없고, 점점 아득해져만 오는 정신. 단지 지금 떠오르는 건 그 아이의 얼굴뿐이다. 이렇게 빨리 너무나 쉽게 죽을 거라고는 생각하지 못했는데. 하아…….

마치 그림처럼 눈앞에 해맑게 웃고 있는 여자 아이와 남자 아이가 보인다. 그리고 온몸을 울리며 들려오는 소리.
『나는 나중에 은석이랑 결혼할 거야. ^-^』
『…….』
『은석이가 제일제일 많이 좋아!』
『히힛.』

『…….』

『나도!! 나도 파인이가 제일 좋아!!』

다시 한 번 그때로 돌아갈 수 있다면 좋겠다. 마지막으로 다시 한 번 좋아한다고 말할 수 있었으면 좋겠다.

두 번째 소년 이야기

"이번 한 주는 어떻게 보냈니?"

"……."

"밥도 잘 먹고, 잠도 푹 자고, 즐겁게 보냈어?"

"……."

하얀 가운을 걸친 꽤 자상해 뵈는 어느 여의사가 생글생글 예쁜 미소를 지으며 맞은편에 앉아 있는 소년에게 묻고 있었다. 언제나 그랬듯이 소년의 대답을 기다리는 그녀. 그러나 소년의 빨간 입술은 굳게 다물어져 열릴 생각을 않는다.

"휴우~"

손에 쥐어져 있던 진료 차트를 내려놓으며 긴 한숨을 내쉬는 여의사. 몇 달째 아무런 진전이 없는 저 예쁘장한 소년을 보고 있자니 마음이 여간 답답한 게 아니다. 이쯤에서 포기해야 하는 건가. 자기 일에 있어선 늘 완벽함을 추구하는 그녀지만, 지금 그녀의 머리 속은 온통 '포기'라는 단어로 꽉꽉 들어차 있었다. 그러나 역시 그동안 소년에게 들인 노력을 생각하면 더욱더 오기가 치밀어 오르는 그녀다.

"자, 오늘은 어떤 얘기를 해볼까?"

“…….”

“음. 그래, 오늘은 지금까지 살아오면서 가장 행복했었던 일을 말해 보자.”

한층 더 밝은 톤의 목소리로 이야기를 이끌어가는 그녀. 그러나 오늘이라고 다른 날과 별반 다를 게 없었다. 소년의 텅 빈 눈동자는 여전히 그녀의 뒤편에 있는 시계를 바라볼 뿐이고, 그녀는 혹시나 하는 마음에 혼자 이런저런 얘기를 떠들어댈 뿐이었다.

“오늘은 그만 하자.”

“…….”

“대신 다음주에는 우리 같이 재밌게 얘기하는 거야. 알겠지?”

어지럽혀진 책상 위를 정리하며 소년에게 다정스런 목소리로 말하는 그녀. 비록 오늘도 소년과 단 한 마디조차 나누지 못했지만 ‘언젠가는 저 소년도 마음을 열겠지’ 하는 기대감을 조심스럽게 가져 본다. 그런데 무엇이 잘못되기라도 한 걸까? 늘 원맨쇼를 하듯 진료실에서 혼자 실컷 떠들어대고, 다음에 보자는 의미없는 인사를 하고 나면 가만히 앉아만 있던 소년이 소리도 없이 진료실을 나가곤 했는데, 오늘은 무슨 일인지 그 소년이 나갈 생각을 않고 의자에 앉아 있었다. 휘둥그레진 눈으로 소년을 바라보는 그녀. 의외의 상황에 당혹스런 표정이다. 그러나 그런 그녀의 놀람을 조롱이라도 하듯 소년의 입이 서서히 열리기 시작했다.

“…사람 죽여본 적 있어요?”

순간 백지장처럼 하얘지는 그녀의 머리 속. 꿈처럼 느껴지는 상황

속에 그녀는 아무런 대답도 하지 못하고 허둥대는 중이었다.

"난 죽여봤어요."

"……."

"엄마를 죽였어요."

사실일까. 사실인지 아닌지 알 수 없는 말을 계속 이어 나가는 소년.

"엄마가 너무 아파해서 하늘나라에서 아프지 않고 행복하라고 죽였어요."

"……."

"이제 그만 아프라고 죽였어요."

반짝반짝. 예쁘게 빛나던 소년의 까만 눈동자에 소리없이 고여드는 눈물. 뜨거운 눈물이 소년의 하얀 볼을 타고 흘러내린다.

"그런데 자꾸 아파요. 자꾸만 아파서 견딜 수가 없어요."

"……."

"왜 자꾸 아프죠?"

"……."

"엄마가 죽던 날 나도 같이 죽어버렸는데… 왜 이렇게 아픈 거죠."

어둑해진 하늘.

병원에서 돌아온 소년이 창백한 얼굴로 침대 위에 앉아 무언가 내려다보고 있었다. 소년의 손에 쥐어진 사진 한 장. 소년이 보고 있던 건 이 빛 바랜 사진이었다. 사진 속에서 해맑게 웃고 있는 어린 아이와 인자한 얼굴의 한 여인. 아마도 소년과 소년의 엄마인 듯하다. 그렇게 한참 동안 사진을 내려다보던 소년이 조심스레 사진을 쓸어 만지기 시작한다. 그리운 듯 만지고 또 만지는 소년.

그때 '철컥' 하는 소리와 함께 방문이 열리고, 문이 열림과 동시에 곱상한 얼굴의 중년 남자가 방 안으로 성큼성큼 걸어 들어왔다. 순간 사색이 되어 사진을 뒤로 감추는 소년. 소년의 미심쩍은 행동에 중년 남자가 차갑게 묻는다.

"뒤로 숨긴 게 뭐냐."

"……."

"대답해. 말하지 않는다고 모르는 건 아니니까."

중년 남자는 자신의 물음에 대답하지 않는 소년의 행동이 무척이나 못마땅한지 터벅터벅 다가가 소년의 멱살을 세차게 잡아챘다. 그러자 힘없이 들어 올려지는 소년의 몸. 물론 소년의 손에 쥐어져 있던 사진 역시 이미 뺏긴 후였다. 그렇게 사진을 낚아채자마자 소년의 몸은 침대 위로 내동댕이쳐지고, 사진을 본 중년 남자의 차가운 얼굴은 더욱 차갑게 굳어진 표정은 더욱 딱딱하게 굳어가고 있었다.

"이딴 사진을 니가 왜 갖고 있어!!"

"……."

"살고 싶으면 제대로 행동하는 법부터 배워!"

"……."

"내가 니 아버지라고 해서 언제까지 널 봐주진 않아."

중년 남자의 손에 의해 갈기갈기 찢겨져 나가는 빛 바랜 사진. 그

광경을 무표정한 얼굴로 지켜보던 소년이 미친 듯이 소리를 질러대기 시작한다.

"아아아아아아아아아악—!!"

괴성에 가까운 비명 소리가 온 집 안 곳곳으로 울려 퍼지고,

타다다다닥—

그 소리에 놀란 몇몇 검은 양복 차림의 사내들이 소년의 방으로 달려왔다. 꽤 급하게 뛰어왔는지 숨을 헐떡이며 묻는 한 사내.

"헉헉. 무슨 일이십니까, 형님."

"묶어."

"네?"

"소리 못 지르게 입 막고, 묶으라고."

"네."

중년 남자의 명령에 주위에 서 있던 사내들의 움직임이 바빠졌다. 어느새 한 명은 소년을 묶을 만한 기다란 끈을 가지러 갔고, 나머지 사내들은 소년에게 살그머니 다가가기 시작했다. 이렇게 조심스럽게 다가가는 데에는 모두 이유가 있다. 저렇게 발작을 일으키고 있는 소년을 붙잡아 묶기란 생각만큼 쉬운 일이 아니기 때문이다. 하지만 몇 번 겪어본 일인지라 사내들은 어느새 능숙히 움직이고 있었다.

그렇게 사내들이 움직이기 시작한 그때 소년 역시 본능적으로 위험을 감지하고 있었다. 분명 이렇게 잡히면 테이프에 의해 입이 틀어막히고, 두 손 두 발은 끈에 의해 꽁꽁 묶여 어떠한 반항도 하지 못한 채 깜깜한 방에 감금될 것이다. 몇 년 전 소년의 엄마가 갇혀 있었던

바로 그 방에 말이다. 그 생각이 소년의 머리 속을 빠르게 스치고 지나가자 소리를 질러대던 소년이 뛰기 시작했다. 잡을 새도 없이 놀랄 만한 속도로 달려나가기 시작했다. 그렇게 달려나가는 소년의 머리 속은 오직 한 가지 생각으로 가득했다. 이곳을 어떻게든 빠져나가야 한다는 생각, 도망쳐야 한다는 생각.

'도망쳐야 돼!'

"잡아—!!"

격분한 중년 남자의 목소리가 들려오고, 그 말이 끝나기가 무섭게 사내들이 소년을 뒤쫓기 시작한다.

얼마쯤 뛰었을까. 땀으로 뒤범벅이 된 소년. 어떻게든 그곳에 갇히고 싶지는 않았다. 엄마가 고통스러워하며 죽어갔던 그곳에 갇히긴 싫었다. 엄마의 고통과 아픔이 그대로 전해지는 것 같아서 견딜 수가 없었다. 그러나 점점 좁혀지는 소년과 사내들과의 거리. 미처 신발을 신고 나오지 못한 소년의 발에선 어느새 피가 흐르고 있고, 많이 지친 듯 소년의 속도는 느려지고 있었다.

'빨리. 더 빨리 뛰어야 돼.'

그러나 생각과 반대로 무거워진 다리는 쉽사리 속도를 내주지 않았다. 잡히면 안 되는데, 잡히면 안 되는데… 바로 그때 눈앞에 들어온 차 한 대. 비상등이 켜진 채 시동이 걸려 있는 빈 차 한 대가 소년의 눈에 들어왔다. 생각할 겨를도 없이 비어 있는 운전석으로 올라타곤 무작정 이것저것 밟고 만지작대기 시작했다. 비 오듯 흘러내리는 땀방울. 운전을 해본 적은 없다. 그래도 막막하고 급박한 이 상황에서 그나마 위안이 되는 것이라면 병원을 오갈 때 늘 자동차를 타고 다녔다는 점이다. 물론 뒷좌석에 멍하니 앉아 있었을 뿐 자세히 살펴본 적은 없었지만 그래도 대강 기억을 더듬으면 어떻게든 될 것이다.

끼익— 끼익—

요란한 소리를 내며 불안정하게 내달리는 자동차. 역시 봐둔 적이 있기는 하나 배우지 않은 이상 운전이 쉬울 리 없다. 거기다 자동차를 몰고 도망치기 시작한 때부터 이제는 쫓아오지 않겠거니 마음을 놓고 있었는데 그게 아니었다.

빵-빵-빵-빵—

빵-빵-빵-빵-빵-빵-빵—

요란하게 클랙슨을 누르며 뒤쫓아오고 있는 검은 자동차 두 대. 그게 소년의 마음을 더욱 급하게 만들고 있었다. 그렇게 쫓고 쫓기는 숨 막히는 상황. 어디로 어떻게 가야 할지 생각도 못한 채 소년의 자동차가 골목길로 접어들고 있을 때였다. 갑자기 급하게 커브를 돌던 소년의 자동차에 무언가 쾅! 하고 부딪쳐 왔다. 단지 그게… 그게 끝이었다. 그리고 시작이었다. 소년이 치여 죽인 또 다른 소년. 그리고 그 소년의 장례식 장에서 우연히 보게 된 어떤 소녀.

운명의 타래는 이렇게 얽히고 만다. 우연처럼… 막을 수 없는 철저한 필연처럼.

널 처음 봤던 건 그때야. 내가 죽인, 이름도 모르는 어떤 아이의 장례식장에서 널 봤어. 넌 미처 보지 못했겠지만, 난 널 보고 말았다. 서럽게 울고 있던 키 작은 너를.

  미안. 소중한 걸 빼앗아서 미안하고, 사랑해서 미안하다.

  파인아, 정말 미안해.

by 비호.

11장
넘어서

나만의 기사

조용한 골목길. 마치 죽기라도 할 것처럼 숨을 헐떡이며 쓰러져 있는 비호를 난 두 팔로 꼭 감싸 안고 있었다. 그렇게 하지 않으면 비호가 죽을 것만 같아서 더 더욱 꼭 안았다. 지켜줄게. 아프지 않게 내가 옆에서 지켜줄게, 비호야.

그렇게 비호를 품에 안고 있는 지 얼마쯤 지났을까. 힘없이 축 늘어져 있던 비호의 팔에 힘이 들어간다. 그리고 내 몸을 따뜻하게 감싸온다. 살았다. 비호 이제 살았구나, 살았어.

"비호야."

"……."

"비호야, 말해 봐. 살아 있으면 말해. T_T"

그러나 아무 말도 하지 않는 비호. 대신에 내 몸을 더욱 세게 껴안아온다. 단지 말없이 날 안아줄 뿐이다. 알아, 나 알 거 같아. 다정한 말 한마디보다도 날 더욱 안심하게 만드는 비호의 강한 팔. 우리 정말 사랑이란 거 하고 있나 봐. 그치그치. 맞지맞지? 이렇게 심장이 콩콩 뛰는 거 보니까 나 비호를 너무너무 많이 사랑하나 부다.

"이대로 다 얼어붙었으면 좋겠다."

"……."

"좋아하는 맘, 사랑하는 맘 하나도 변하지 않게 꽁꽁, 아주 꽁꽁 얼어붙었으면 좋겠다~♡ 얼음처럼 꽁꽁 얼어버리면 절대절대 변하지 않을 테니까."

내 귓가를 간질이며 부드럽게 들려오는 비호의 목소리. 비호 말대로 진짜 그럴 수 있었으면 좋겠다. 내 마음, 비호 마음 모두모두 얼음처럼 꽁꽁 얼려서 예쁘게 간직할 수 있었으면 정말 좋겠다!

"어떡하지."

"……."

"나 파인이가 이렇게 좋은데… 너무 많이 좋은데……."

"히힛(발그레)."

"숨 쉴 때마다, 하루하루 시간이 갈 때마다 자꾸만 더 좋아지는데. 놔주기 싫어서 어떡하지. 자꾸 욕심이 생기는데 어쩌지."

신기하다. 비호도 나랑 똑같은 생각을 하고 있네. 나도 비호가 많이 좋은데, 자꾸만 더 좋아지는데, 그래서 이렇게 비호를 '꼬옥' 껴안고 있으면 놔주기 싫어지는데. 계속 이렇게 있고 싶은 욕심이 퐁퐁

솟아나는데. 비호도 그랬구나, 나랑 똑같구나. ^0^ 그치만 아무리 그래도 우리 하, 학교는 가야 하잖아!! T_T 조금만 참자. 학교에 안 가도 되는 어른이 될 때까지 아주아주 조금만 참자.

"…좋아해. 좋아해… 좋아한다…….."

"응?"

"처음 봤을 때부터 좋아했어. 정말정말 많이. ^0^"

"나, 나도 비호 많이 좋아."

"바보바보. 파인이 바보. 아무것도 모르면서."

"아니야. 나도 알아. 비호가 나 얼마나 좋아하는지 다 아는걸!"

"……."

"우리 서로 좋아하잖아. 비호랑 나랑 똑같이 사랑하고 있잖아~♡"

내 말에 환한 미소를 짓는 너무너무 예쁜 비호. 비호는 역시 웃을 때가 제일 예쁘구나. ^0^ 그렇게 예쁘게 웃고 있는 비호를 넋이 나간 표정으로 바라보고 있을 때였다. 점점 가까워지는 비호의 얼굴. 비호의 예쁜 얼굴이 몽땅 들어차 있던 나의 눈 안으로 더 이상 비호의 얼굴이 비춰지지 않는다. 다만 내 눈에 비춰지는 건 비호의 까만 눈동자 하나.

"아니야. 틀렸어."

"으응?"

"똑같이 사랑하는 거 아니야. 내가 더 많이 사랑한단 말이야~♡"

"아."

"내가 수십 배, 아니, 수만 배, 아니아니, 무한대!! -0- 아니, 어쩌면 그보다 더 많이많이 사랑하고 있을지도 몰라.”

“응, 그렇구나.”

“아주 오래전부터, 파인이가 나 모를 때도, 보지 않을 때도 난 좋아했어.”

“…….”

“무지무지 많이, 정말 많이…….”

비호의 하얗고 기다란 손가락이 내 머리칼에 닿아왔다. 그리고 닿는가 싶더니 따뜻하게 매만져 준다. 졸음이 밀려들 정도로 너무나 따뜻하게.

그렇게 몇 시간처럼 길게만 느껴지는 아주 짧은 시간 동안 비호의 얼굴은 점점 가까워져 왔다. 비호의 숨결이 단번에 느껴질 정도로 가까운 거리. 두 눈은 쟁반처럼 휘둥그레지고 심장은 더 더욱 빠르게 빠르게 뛰기 시작한다.

“저, 저기 비, 비호야.”

“쉿! 조용히 해.”

“으응?”

“이럴 땐 눈 감아야 돼. 눈 감아. 뽀뽀할 땐 눈 감으랬어. ^O^”

“뽀뽀??”

“응, 뽀뽀. 우리 뽀뽀하자~♡”

쪼옥~♡

미처 눈을 감을 새도 없이 비호의 빨갛고 도톰한 입술이 내 입술에 겹쳐졌다. 그렇게 내 입술 위에 겹쳐진 비호의 입술. 이유는 알 수 없지만 비호의 입술은 이상하리만큼 뜨거웠다. 촉촉하고, 부드럽고, 뜨거운 느낌. 덩달아 내 입술까지 뜨겁게 달궈지는 기분이다. 하지만 그런 느낌도 잠시 이내 비호의 입술이 쪼옥 소리와 함께 내 입술에서 떨어져 나갔다. 꿈을 꾸는 걸까. 귓가에선 알 수 없는 선율의 피아노 소리가 들려오고, 눈앞의 비호는 마치 왕자님처럼 멋지게만 보이는데 이게 꿈이 아니라면 도대체 뭘까? 그치그치, ♡_♡ 이거 꿈이지?

"내 꺼다~♡ 절대 도망가면 안 돼. ^o^"

"ㅇ응."

"영원히 내 꺼!! 찜찜찜!!"

내 손을 잡은 채 골목길이 떠나가라 큰 소리로 외친 비호였지만, 붉어진 얼굴로 내 눈조차 마주치지 못하고 있었다. 부끄럼쟁이 비호. 그러나 부끄러운 건 나 역시 마찬가지였다. 자연스럽게 바닥에 고정된 시선. 고개를 들 수 없을 정도로 부끄러웠지만 히죽히죽 얼굴에 번져 가는 미소를 막을 수는 없었다. 비호야~♡ 예쁜 비호도 영원히 내 꺼. 찜찜찜. ^-^

뽀뽀 사건 이후 빠른 걸음으로 학교를 향하는 비호, 그리고 나. 둘 다 사과처럼 발그스름한 얼굴로 나란히 손을 꼬옥 잡은 채 경쾌한 걸음으로 학교를 향한다. 무시무시한 학주가 기다리는 우리의 학.교.로.

두리번두리번—

담벼락 주변을 몇 번 살피고는 능숙하게 담을 넘었다. 온몸이 가뿐한 게 하늘을 날으라면 날아다닐 수도 있을 것만 같다. 아무래도 비호의 뽀뽀 때문인가~♡ 그렇게 혼자 엉뚱한 생각을 하는 사이 갑작스레 등장한 내 친구 무니.

“어? 무니야!!”

“이파인! 너 왜 이제 오는 거야?!”

“응응, 일이 좀 있어서 늦어버렸어. T_T”

“휴, 거기다 윤비호까지.”

“응, 비호도 같이 왔어.”

“너 일루 와. 내가 윤비호랑 놀지 말랬잖아!!”

“왜? 무니야, 자꾸 왜 그래?”

“바보. 그냥 내 말 좀 들어. 이유 같은 거 묻지 말고 놀지 말라구.”

하며 무작정 내 팔을 잡고 끌어대는 무니. T_T 무니야, 대체 왜 그러는 거니!!

“그리고 윤비호, 너 똑바로 들어!!”

“…….”

“다시는 파인이한테 접근하지 마. 내 말 무시하고 그냥 지나치면 나도 어떻게 할지 몰라.”

“…….”

“다 말해 버릴 거야.”

도대체 무슨 말을 한다는 건지. 무니는 비호에게 차갑게 쏘아붙이고는 뒤돌아 걷기 시작했다. 물론 무니의 손에 손목을 잡힌 나 역시도 발버둥 치며 질질 끌려가는 신세가 되어 걷고 있는 중이다. T_T 대체 무니가 왜 그러는 거지. 어떻게든 무니의 행동을 이해하고 싶지만, 도무지 이해할 수가 없었다. 부모님의 반대만큼이나 강력한 친구의 반대. 이럴 땐 어떻게 해야 하는 건지 모르겠다. 무니도 소중하지만 비호도 너무나 소중한 사람이 되어버렸는데… 잃고 싶지 않은 사람이 되어버렸는데 난 이제 어떻게 해야 하지?

"잠깐만. 무니야, 잠깐만."

"왜!! 일단 들어가서 얘기해!! -0-"

"팔이 아파서 그래. 손 좀 놔줘. T_T"

"알겠어."

새침한 표정을 지으며 잡고 있던 내 손목을 놓아주는 무니. 바로 그 순간 난 온 힘을 다해 뒤돌아 뛰기 시작했다. 비호가 서 있는 곳으로, 우리 비호한테로.

"야, 이파인!! 너 정말 이럴 거야!!"

"무, 무니야, 이따 봐!!"

"너랑 진짜 절교한다!! 야아—!!"

무니야, 정말 미안해. 무니 너한테는 정말정말 미안한 말이지만 나 지금은 비호가 더 소중한 걸. 빨리, 빨리 무니도 비호를 좋아하게 됐으면 좋겠다. 다같이 친하게 지내는 날이 왔으면 좋겠다. 그때까지 나 조금만 미워해 줘, 무니야. ^0^

미미가 살고 있는 커다란 나무 아래 비호는 그 나무에 등을 기댄 채 눈을 감고 서 있었다. 깊은 생각에라도 빠졌는지 아무런 표정도 없는 얼굴. 비호의 이름을 부르고 싶었지만 웬일인지 입이 떨어지질 않았다.

'비호야, 비호야.'

입 안에서만 맴도는 비호의 이름. 그저 큰 소리로 비호의 이름을 부르기만 하면 되는데 무슨 이유에선지 어렵게만 느껴진다. 그래서 그냥 그렇게 바라만 보고 있었다. 비호가 먼저 날 봐주길, 이런 내 마음이 비호에게 닿기를 기도하면서.

"파인아, 거기서 뭐 해? 파인아, 파인아!!"

동그랗게 눈을 뜬 채 아무 말 없이 서 있는 내가 이상하다는 듯 고개를 갸웃거리며 날 부르는 비호. 이내 내 옆으로 쪼르르— 달려와 내 얼굴을 요리조리 뜯어보는 비호다.

"무니랑 같이 교실에 간 거 아니었어?"

"응(끄덕끄덕)."

"우아우아. 그럼 나랑 가려고 온 거야?"

"응응(끄덕끄덕)."

"우왓!! 조심해. 그러다 부러지겠다."

"으응?"

"그렇게 흔들면 고개 부러져. 파인이 머리 이따만큼 크잖아."

내 머리를 가볍게 쓰다듬으며 웃는 비호. 아무래도 내 머리가 너무 크다고 놀리는 것 같은데, 이상스럽게 화가 나질 않는다. 그냥, 그냥 비호가 예쁘게 웃을 수만 있다면 내 얼굴이 바위처럼 커진대도 기쁠 것만 같다. ^0^ 그치만 이렇게 작은 키에 머리만 커져 버린다면 우습겠지. 어쩌면 비호가 날 싫어하게 될지 몰라. ㅠ_ㅠ 안 되겠다, 더 커지면 안 되겠다. 그렇게 비호의 예쁜 얼굴을 올려다보며 한참 딴생각에 빠져 있는데,

“이야, 재미 좋네. -0-”

하며 빈정대는 투의 목소리와 함께 반휘가 등장했다. 제하와 바닥을 몇 바퀴 나뒹굴었는지 흙먼지로 더럽혀진 교복을 엉망스럽게 걸치고, 살짝 찢어진 입술이 아픈지 일그러진 미소를 짓고 있는 반휘. 차가운 얼굴에 장난스런 미소가 한가득이다.

“바, 반휘야!!”

“훗. 양아치, 여기서 뭐 하냐.”

“으응?”

“학교에 빨리 가랬더니 학교는 안 들어가고 여기서 뭐 하냐고. ^-^”

“아, 그게…….”

“우리 양아치 은근히 말 안 들어먹네.”

“아니야! 그런 거 아냐!”

“하하. 아니긴 뭐가 아니야. 맞네, 맞잖아. 학교 안 들어가고 여기서 윤비호랑 연애질하고 있잖아. ^-^”

“그, 그게 아닌데…….”

“맞아맞아!! 우리 연애질 중이야. 그니까 방해하지 마!!”

내 말을 가로막으며 반휘에게 소리치곤. 붉게 달아오른 얼굴로 내 손목을 낚아채 등 뒤로 날 숨기는 비호다. 그런 비호의 반응이 재밌는지 피식 웃음을 터뜨리곤, 바지 주머니에서 담배를 꺼내 문 반휘는 이내 관심이 없다는 듯 고개를 돌려 버린다.

“뭐야. 계속 그러고 있을 거냐.”

“응?”

“난 담배 한 대만 피우고 갈 테니까 하던 거 마저 해라. ^-^”

얼굴에 묘한 미소를 단 채 파란 하늘에 희뿌연 연기를 내뱉는 반휘. 우리 정말 아무것도 안 했는데 무슨 말이지. 그렇게 아리송다리송 어리둥절한 표정으로 반휘의 행동을 지켜보고 있을 때였다. 갑자기 옆에 있는 나무를 발로 뻥뻥 차대며 큰 소리로 외치는 반휘!!

“미미 나와라!! -O- 윤미미 나와봐, 나와나와!! 잠깐 나 좀 보자. 어?!”

가, 갑자기 미미를 부르는 반휘다. 반휘가 미미를 왜 찾는 걸까? 하지만 그런 의문도 잠시 미미를 찾는 소리에 화들짝 놀란 비호가 어느새 반휘 앞으로 달려간다.

“우리 미미는 왜 찾는 거야!!”

“하하. 왜. 궁금하냐.”

“그래, 미미는 내 친구니까 알아야 돼!!”

“훗. 별거 아닌데.”

“말해!!”

“아니, 뭐 그냥 나도 미미랑 연애나 한 번 해볼까 하고. ^-^”

바, 반휘♡미미? 왠지 상상이 가질 않는 커플인데 반휘의 말은 진심일까. 반휘가 애벌레인 미미를 좋아하다니 정말 의외야. 정말정말 신기한 일이구나. 그러나 신기하다고만 생각하고 있는 나완 달리 비호는 꽤 심각한 표정으로 미미가 살고 있는 나무를 가로막아 섰다.

“우리 미미는 안 돼!!”

꽤 단호한 목소리로 반휘에게 딱 잘라 말하는 비호. 그런 비호의 말에 반휘가 구겨진 표정으로 건들건들 되묻는다.

"훗. 왜?"

"그냥 안 돼."

"뭐가 안 돼. 왜 안 되는데?"

"그냥 안 된다니까!! 절대절대 안 돼!!"

"그냥 안 되는 게 어딨냐. 이유를 대봐. 너랑 양아치는 되고, 나랑 미미는 왜 안 되는데?!"

"몰라몰라!! 안 돼, 안 돼!!"

고개를 절레절레 내저으며 안 된다고 소리치는 비호.

반휘와 미미 사이를 반대하는 비호를 보고 있자니 나와 비호 사이를 반대하는 무니의 얼굴이 떠오른다. 휴, 정말 어렵다.

그렇게 기다란 젓가락마냥 서로 팽팽하게 마주 보고 서 있는 비호와 반휘. 그러고 보니 둘 다 정말 잘생겼구나. 얼굴이 좀 더 뽀얀 쪽은 비호. 키가 좀 더 기다랗고 남자다운 건 반휘. 비호 눈은 쌍꺼풀이 지고 동그란 따뜻한 눈. 반휘 눈은 쌍꺼풀 없이 커다랗고 차가운 눈. 비호 머리색은 옅은 갈색, 반휘 머리색은 밝은 노란색. 정말정말 다르네. 똑같이 잘생겼는데 전부 다 다르게 생겼구나. 그렇게 비호 눈 하나, 반휘 코 하나 번갈아가며 하나하나 비교하고 있는데 바로 그때 비호가 주머니에서 무언가 불쑥 꺼내 반휘에게 내민다.

"닦아. 피나잖아."

한층 누그러진 목소리. 비호가 내민 것은 예쁘게 접혀 있는 손수건이었다. 찢겨진 반휘의 입술이 걱정스러운지 꽤 심각한 표정으로 반휘를 지켜보는 비호. 이내 멋쩍은 듯 머리를 긁적인다.

"아픈 건 싫어."

"하하. 뭐?"

"친구잖아. 그래도 친구니까."

친구라는 말과 함께 비호는 배시시 아주 예쁘게 웃어 보였다. 그리고는 어디론가 급하게 뛰어가는 비호. 긴 다리로 껑충껑충 뛰어가며 내게 말한다.

"파인아, 미미 잘 지키고 있어!! 내가 얼른 가서 약 가져올게. 미미 지켜줘야 돼!!"

그렇게 멀어져 가는 비호의 뒷모습. 그 모습에 나는 물론 반휘도 피식 웃음을 터뜨렸다. 너무너무 귀여운 우리 비호~♡

"훗. 미워할 수가 없는 새끼네."

바닥에 '털썩' 주저앉으며 작게 중얼대는 반휘. 피곤한 듯 금세 두 눈이 스르르 감겨 버렸다. 순간 반휘의 모습이 왜 그렇게 힘들고 지쳐 보이는지.

"반휘야, 반휘야, 괜찮아?"

하며 걱정스런 투로 물을 수밖에 없었다. 그러나 내 물음에 대답 대신 고개만 대충 끄덕이는 반휘. 저, 정말 괜찮은 건가? 걱정 반, 호기심 반. 난 반휘의 곁에 다가가 반휘의 얼굴을 유심히 내려다보았다. 살짝 찢어진 것 같던 입술이 꽤 부어올라 있다. 아프겠다, 많이 아프겠다. T_T

"반휘야, 정말 괜찮아?"

“…….”

“많이 아플 거 같은데 진짜 괜찮은 거야?”

“알잖아, 난 끄떡없어.”

“그렇구나. 그래도 많이 아파 보이는데.”

“하하, 우리 양아치가 날 너무 쉽게 보는데? -0-”

“ㅠ_ㅠ”

“걱정 마. 내가 괜찮다면 정말 괜찮은 거야. 진짜 힘들고 아프면 말해. 양아치 너한텐 말할 거라고.”

“으응.”

“그러니까 걱정은 그때 해. 지금은 아니야. ^-^”

하며 날 보고 밝게 웃어주는 반휘. 그 미소에 걱정으로 움츠러들었던 마음이 확 펴지는 기분이었다. 그래, 반휘는 씩씩하니까, 건강하니까 괜찮을 거야.

“아, 피곤하다.”

“…….”

“양아치, 일로 좀 앉아봐.”

“응?”

“기대게 좀 앉아보라고. ^-^”

반휘의 말에 흙바닥도 마다하지 않고 주저앉자 반휘가 내 어깨에 머리를 기대온다. 동시에 향긋하게 밀려드는 반휘의 향기. 반휘도 이제 그만 행복했으면 좋겠다. 싸울 일도 없고, 슬프고 아픈 일도 없이 늘 웃었으면 좋겠다. 비호랑 나처럼… 우리처럼.

“양아치, 그거 아냐.”

“……”

“세상에는 두 가지 사랑이 존재해. 보여도 되는 사랑, 절대 보이면 안 되는 사랑.”

“……”

“나도 내가 왜 숨겨야 되는지 모르겠는데 지금 내가 하고 있는 건 절대 보이면 안 되는 사랑이야.”

“……”

“훗. 힘들다. 생각보다 힘드네, 양아치.”

그렇게 점점 작아져 가는 반휘의 목소리. 반휘는 그렇게 알 수 없는 말을 중얼거리다 잠이 들었다. 내 어깨에 머리를 기댄 채로. 절대 보이면 안 되는 사랑. 반휘는 분명 절대 보이면 안 되는 사랑을 하고 있다고. 그래서 힘들다고. 생각보다 힘들다고 말했다.

보이면 안 되는 사랑, 절대 보이면 안 되는 사랑. 도대체 반휘가 하고 있는 사랑은 어떤 것일까.

“근데 반휘야, 반휘야. 왜 그래야 돼?”

“……”

“왜 보이면 안 되는데? 왜 그렇지? ㅜ_ㅜ”

“……”

“절대 보이면 안 되는 사랑이 뭔데?”

밀려드는 궁금증에 반휘에게 물어보았지만 대답을 들을 수는 없었다. 내 어깨에 기댄 반휘의 머리가 점점 무거워진다. 아마도 반휘는 벌써 잠이 든 모양이다.

“난… 난 잘 모르겠지만 그래도 힘내.”

“…….”

“힘내, 반휘야! 반휘는 씩씩하니까 잘할 거야. ^-^”

우거진 나뭇가지 사이로 따스한 햇살이 한 움큼 소리없이 밀려든다. 아함, 졸려졸려. 졸리다. 자면 안 되는데, 이대로 잠들어 버리면 안 되는데. 그러나 결국 난 쏟아지는 졸음을 이기지 못하고 억지로 치켜 떴던 눈끼풀을 살머시 내렸다. 비호가 올 때까지 잠시만, 아주아주 잠깐만 자야겠다. 비호야, 조금만 자고 있을게. 그렇게 반휘의 머리에 기대어 잠이 들어버렸다. 아득하게 밀려드는 따뜻함과 포근함에 취해 버린 듯 비몽사몽. 누군가… 누군가 내 머리를 쓰다듬는다. 그리고 귓가를 간질이며 들려오는 낮지만 부드러운 목소리.

“난 니가 아는 것만큼 씩씩하지 못해. 그래도 니 앞에서는 끝까지 씩씩한 척, 강한 척할 거야.”

“…….”

“꼭 그럴 거야. 난 널 지켜주는 기사니까.”

뭐라고 속삭이는 것 같은데 잠결이라 제대로 들을 수 없다. 다만 머리 속을 맴도는 한마디. 난 널 지켜주는 기사니까… 기사니까.

〈2권에 계속… 〉